米国人ジャーナリスト、国家権力への挑戦

FALLOUT
The Hiroshima Cover-up and the Reporter Who Revealed It to the World
Lesley M.M. Blume

ヒロシマを暴いた男

レスリー・M・M・ブルーム
高山祥子＝訳

集英社

原子爆弾投下直後の荒廃した広島。推定される犠牲者数は68,000人から280,000人まで幅があり、死傷者の正確な人数がわかることはないだろう。

Photo by Hulton-Deutsch/Hulton-Deutsch Collection/Corbis via Getty Images.

リトル・ボーイ——4.5トン近くのウラン原子爆弾——投下のあと、広島上空に生じたキノコ雲。雲は何キロもの高さにまで達した。

Photo by Time Life Pictures/US Army Air Force/The LIFE Picture Collection via Getty Images.

BOND
CLOTHES
TWO TROUSER SUITS
Whelan

1945年8月15日。200万人もが、ニューヨーク市のタイムズスクエアに、日本の降伏を祝うために集まった。〈ニューヨーク・タイムズ〉の電光掲示板に日本の降伏が公式発表されたとき、“勝利のどよめきが……鼓膜を打って、感覚が麻痺してしまうほどだった”と、〈タイムズ〉のある記者は回想して言った。瞬時にお祭り騒ぎが始まり、“大都市は原子力のような勢いで感情を爆発させた”。

Photo by ©CORBIS/Corbis via Getty Images.

UP通信社の記者レスリー・ナカシマは、爆弾投下後に初めて広島に入ったジャーナリストだった。1945年8月22日のことだ。配信記事で、彼は広島は灰と瓦礫の荒地だと報告した。〈ニューヨーク・タイムズ〉に掲載されたのは、その記事を大幅に縮約したものだった。

Used with permission from the Nakashima/Tokita family.

経験豊富な従軍記者であるウィルフレッド・バーチェットは、早い時期に連合国占領軍とともに日本に上陸し、西洋の記者たちがこの国の中での自由な移動を占領当局によって禁じられていたにもかかわらず、すぐに広島へ行った。その後〈デイリー・エクスプレス〉に掲載された彼の報告書“原子力の疫病”では、原子爆弾を生き延びた者たちが放射線の影響で死んでいく様子が描写され、世界中に懸念が広がった。アメリカの役人は彼のことを、“日本の宣伝活動の犠牲になっている”と非難した。

Used with permission from the Wilfred Burchett Estate.

〈シカゴ・デイリー・ニューズ〉の記者ジョージ・ウェラー(左)も、早い時期に占領軍とともに日本に入り、単独で長崎へ行った。広島爆撃の三日後、1945年8月9日に原子爆弾によって荒廃した街だ。そこの被害についてのウェラーの報告書は途中で奪われ、“消失”した。占領当局はすぐさま、外国の記者たちに対して原子爆弾が投下された街は立ち入り禁止であると宣言した。

Used with permission from Anthony Weller.

陸軍長官ヘンリー・L・スティムソンから広島への爆撃について説明を受けるハリー・S・トルーマン大統領。ジョン・ハーシーの『ヒロシマ』が発表されたあと、トルーマンはこの記事について公に発言はしなかったが、その年の秋に起きた論争のさなか、スティムソンに“記録を正す”ことを命じた。スティムソンはこれを受けて〈ハーパーズ・マガジン〉に、“陸軍省出身者のネットワーク”の大勢が匿名で共同執筆した反論記事を発表した。

Bettmann/Contributor

1945年7月16日、ニューメキシコ州の原子爆弾実験場での、マンハッタン計画の指導者レズリー・R・グローヴス中将と物理学者J・ロバート・オッペンハイマー。9月9日、二人は爆弾の余波を軽く見せるため、現場に報道関係者を案内した。「日本人は放射線で死者が出たと主張している」グローヴス中将は記者たちに言った。「もしそれが真実だとしても、人数はとても少ないだろう」

Photo by Rolls Press/Popperfoto via Getty Images/Getty Images.

〈ニューヨーカー〉の共同創設者であり編集者であったハロルド・ロスは、悪態をつく才能のある無茶な性格の持ち主だった——壊滅的被害を受けた戦地に他の記者たちが押しかけても、うまい具合に独占記事を手に入れた。「特ダネで世界を出し抜くのはなんて簡単なんだろう」戦争中に、彼は記者の一人に言った。

Photo by Bachrach/Getty Images.

〈ニューヨーカー〉の副編集長であるウィリアム・ショーンは、恥ずかしがり屋で内向的だが、カリスマ性があった。彼にとっては、"あらゆる人間は、ほかの人間と同様に価値がある……すべての命は神聖なもの"だったと、元作家の一人は回想して言った。

Photograph by Lillian Ross. Used with permission of the Lillian Ross Estate.

『ヒロシマ』だけで、その他はほとんど何も掲載されなかった〈ニューヨーカー〉1946年8月31日号。いつもの記事は、すべて除外されていた。不似合いな表紙の絵の光景は、読者を不安にさせるような暗示を感じさせる。アルベルト・アインシュタインが何ヵ月も前に言ったように、原子力の時代の危険を無視し、"安易な慰めに逃避"して夢中歩行するアメリカを描いている。

Used with permission from The New Yorker magazine.

〈ニューヨーカー〉のハロルド・ロスのオフィス。10日間、ハーシーとロス、そしてショーンは、秘密裏に『ヒロシマ』を編集するため、この部屋に鍵をかけて閉じこもった。この企画は彼らにとって、マンハッタン計画の雑誌版だった。

Taken by Hobart Weekes; used with permission from James Mckernon.

ウィルヘルム・クラインゾルゲ神父。『ヒロシマ』のためにハーシーが選んだ六人の主人公たちの、最初の一人。ヒロシマを拠点とするドイツ人司祭で、ハーシーのために通訳をし、ほかの広島の被爆者や原子爆弾の生存者を彼に紹介した。

〈アサヒグラフ〉1952年8月6日号。

広島の谷本清牧師。ハーシーの二人目の主人公であり、街が炎にのみこまれたとき、勇敢にも原子爆弾の被害者たちをより安全な場所へ避難させた“救いの天使”。
〈アサヒグラフ〉1952年8月6日号。

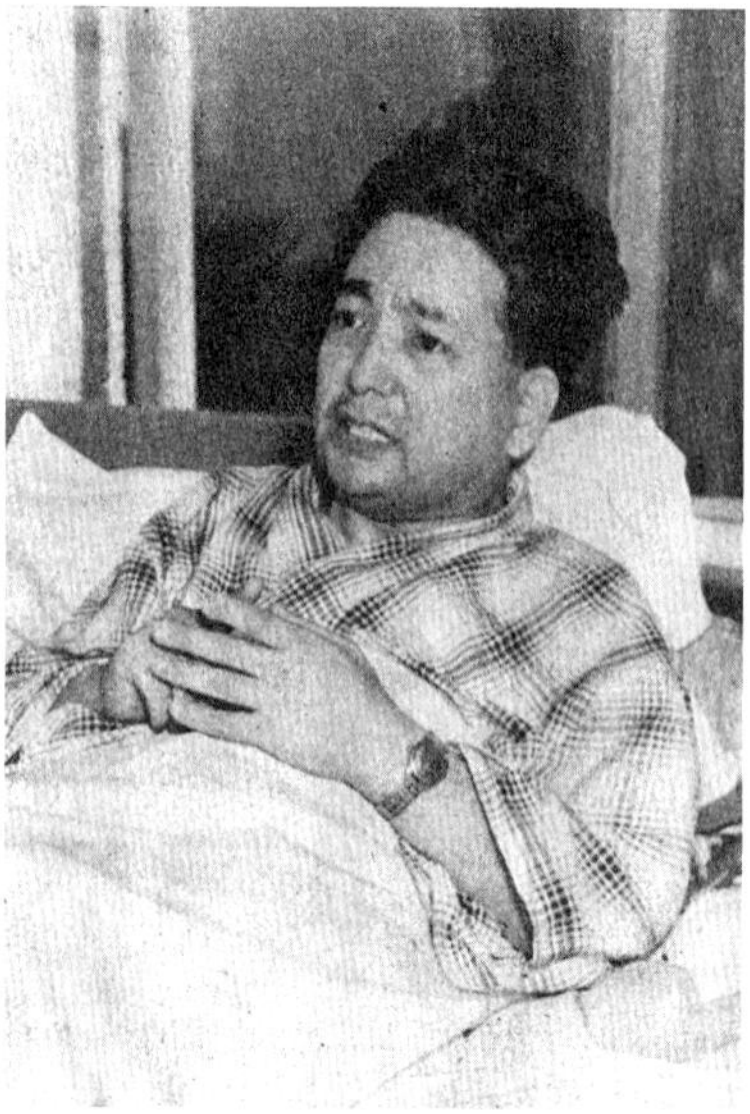

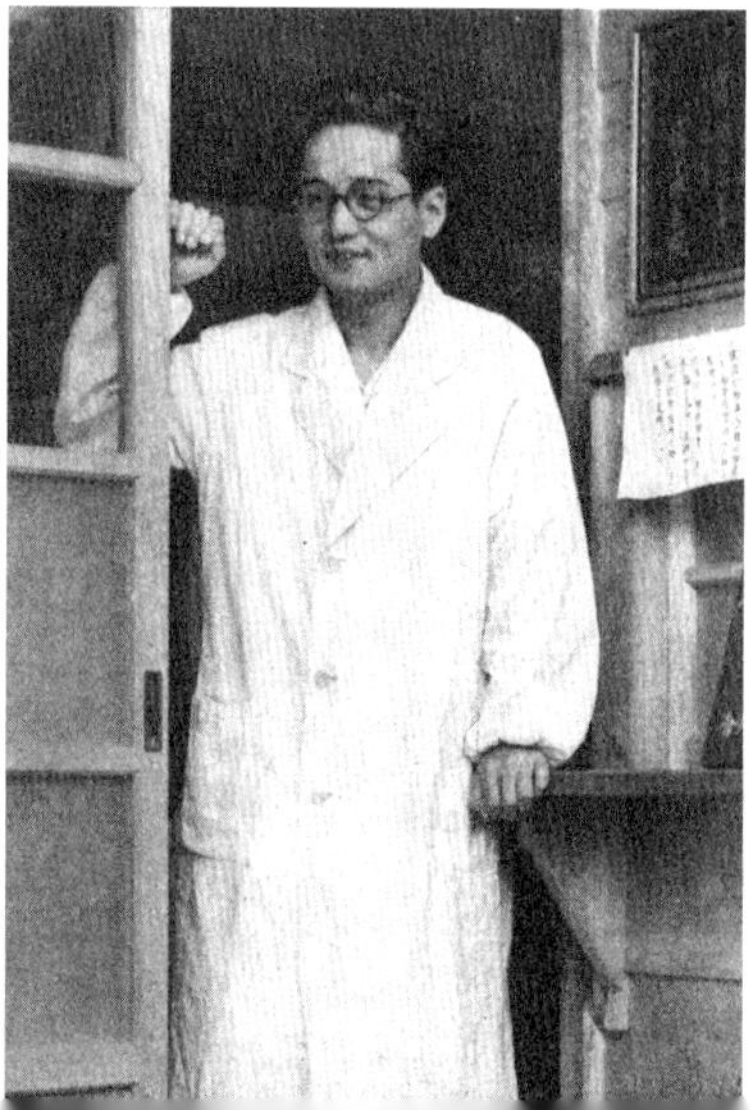

ハーシーの三人目の『ヒロシマ』の主人公、佐々木輝文医師は、原子爆弾投下の日は広島の病院で勤務中だった。数少ない無傷で生き残った広島の医師の一人で、その後何日ものあいだに何百人もの患者を治療した。三日目までに、彼がそれまでに治療した患者の大半が死んだ。
〈アサヒグラフ〉1952年8月6日号。

ハーシーの四人目の主人公、藤井正和医師は、小さな個人病院を営んでいた。原子爆弾投下のさい、倒壊した病院が彼の上に落ちてきた。
〈アサヒグラフ〉1952年8月6日号。

ハーシーの五人目の主人公、中村初代という名の若い寡婦は、自宅で朝食の準備をしていたときに原子爆弾が爆発し、三人の子どもたちが家の残骸の下敷きになった。
〈アサヒグラフ〉1952年8月6日号。

若い事務職員でありハーシーの最後の主人公である佐々木とし子は、原子爆弾が爆発したとき、職場で倒れた本棚によって圧死しそうになった。
〈アサヒグラフ〉1952年8月6日号。

1946年、中国に派遣されたさいのジョン・ハーシー。
5月に広島を取材するため日本に飛ぶ、その直前。

Photo by Dmitri Kessel/The LIFE Picture Collection via Getty Images.

ヒロシマを暴いた男　米国人ジャーナリスト、国家権力への挑戦

近藤（谷本）紘子に

一九四五年以来、世界を原子爆弾から安全に守ってきたのは広島で起きたことの記憶だった。

——ジョン・ハーシー

目次

イントロダクション

ジョン・ハーシーはのちに、暴露記事を書くつもりではなかったと言った。[1] それでも一九四六年の夏、彼は現代のもっとも有害で重大な政府による隠蔽《いんぺい》の一つを暴いた。〈ニューヨーカー〉誌は一九四六年八月三十一日号の誌面すべてを割いて、ハーシーの『ヒロシマ』を掲載した。ここで彼は歴史上唯一の、核兵器による攻撃を生き延びた人類のうちの六人の証言を詳しく描写して、アメリカと世界に向けて、この街に見られた核戦争の恐ろしい現実を包み隠さずに報告した。

　アメリカ政府は広島に、一年前の一九四五年八月六日午前八時十五分に、四・五トン近くの原子爆弾――これには〝リトルボーイ〟というあだ名がついていて、日本の天皇宛ての口汚いメッセージが殴り書きされていた――を落とした。爆弾の創造者たちの誰も、当時まだ実験段階だったこの兵器が作動するかどうかも、確かなことは知らなかった。リトルボーイは初めて戦争で使われた核兵器であり、広島市民はその不運な実験台に選ばれた。リトルボーイが街の上空で爆発したとき、何万人もが焼死し、倒壊した建物の下で圧死したり生き埋めになったり、飛び散った瓦礫《がれき》に当たって死んだりした。爆心地にいた者たちは灰と化し、瞬時に存在しなくなった。原子爆弾を生き延びた者たちの多く――幸運だったとされる――は、つらい放射線障害に苦しみ、続く何ヵ月かのあいだに何百人もが死んだ。

　広島市は当初、この爆弾投下で四万二千人以上の市民[2]が死亡したと見積もった。一年以内に、この見積もりは十万人に増える。[3]正確な人数がわかることはないだろうが、この爆弾の影響で一九四五年末までに二十八万人[4]が死んだのではないかと推定された。以来、何十年ものあいだ、街の地中からは遺骸が頻繁に発見され、いまだに見つかることがある。[5]「六十センチも掘れば、骨がある」[6]広島県知事の湯﨑英彦は言う。「わたしたちはその上で生きている。［爆発の］中心地の近辺だけでなく、街じゅうがそうだ」

　聖書的規模の虐殺だった。今日《こんにち》でも――爆発から七十五年後――広島という地名は恐ろしい核兵器による大虐殺のイメージを喚起し、世界中の人々を震え上がらせる。

　しかしながら、〈ニューヨーカー〉にハーシーの記事が掲載されるまで、驚くべきことにアメリカ政府は原子爆弾投下直後に広島で起きたことの深刻さを隠し、長期にわたる致命的な放射線の影響を隠蔽していた。ワシントンＤＣのアメリカ政府と日本占領軍は広島と、長崎――一九四五年八月九日にプルトニウム爆弾〝ファットマン〟によるアメリカの攻撃を受けた――の現地からの報告を伏せ、封じ、偏向させて、記事の見出しや人々の意識からこの物語を消してしまった。

　最初、政府はこの新しい兵器について率直な態度を取っていた。アメリカ大統領のハリー・Ｓ・トルーマンが広島に原子爆弾を落としたと世界に発表したとき、彼はもし日本が降伏しなかったら、〝空から破滅の雨が降ることだろう、この世で見たこともないようなものだ〟[7]と請け合った。リトルボーイには二万トン以上のトリニトロトルエン（ＴＮＴ）に相当する爆薬が詰められていると大統領は明かした。それまでの戦争行為における、最大規模の爆弾だった。前もって大統領の声明を受け取った記者や編集者たちは、このニュースが信じられなかった。若いウォルター・クロンカイト——当時ヨーロッパに拠点をおいていたUP通信社の記者——はパリからこの爆弾についてのニュースを受け取って、〝明らかに……フランスのオペレーターが間違えたにちがいない〟[8]と思ったと、のちに回想している。〝それでわたしは数字を二十トンに変えた〟[9]まもなく最新情報が入り、〝自分の間違いだったとはっきりわかった〟[10]。

また、最初のうちは報道関係者も、広島と長崎の運命について適切な報道をしているようだった。やがて世界が原子力時代に入ったことの意味を察知して、世界中の編集者や記者たちは、これが戦争に関する最大の記事どころか、人類の歴史上、最大のニュース記事であると理解した。何千年ものあいだ、人類はますます恐ろしくて効率的な殺人機械を考案してきたが、ついに自分たちの文明を全滅させる手段を発明した。E・B・ホワイトが〈ニューヨーカー〉に書いたように、人類は〝神のものを盗もうと〟[11]していた。

だが、湧き上がるキノコ雲の下で実際に何が起きたのかを世界が知るのには、何ヵ月もの時間——それと一人の若いアメリカ人記者と編集者たち——が必要だった。〝広島で何が起きたのか、まだわからない〟[12]と、一九四五年八月七日の〈ニューヨーク・タイムズ〉に書かれている。〝先を見通せない塵《ちり》と煙の雲が、偵察機から目的の地域を隠している〟。さまざまな意味で、この見通せない雲はハーシーが一九四六年五月に広島に入り、何週間も後にそこで見聞きした事柄を発表するまで、本当に晴れることはなかった。〈ニューヨーク・タイムズ〉は長崎の原子爆弾投下の行程に記者を同行させ、日本の降伏後に東京に編集局をおきつづけた唯一の刊行物だったが、〈ニューヨーク・タイムズ〉の記者（のちの編集責任者）であったアーサー・ゲルブは、「わたしたちの大半は、最初、爆弾によって引き起こされた壊滅状態の規模を知らなかった。ジョン・ハーシーの耐えがたいほど詳しい記述で……ようやくアメリカ国民はこの出来事の重大さを実感した[13]」と述べた。

爆弾投下に関するメディアの報道は、初めのうちは広範囲で勢いのあるものだったが、じつのところ投下直後の詳しい様子は、最初からほとんど報じられなかった。アメリカ政府と軍の、広島と長崎での自分たちの創造物についての情報を管理しようとする努力の賜物《たまもの》だ。アメリカ——枢軸国に対して、倫理的および軍事的勝利を苦労して勝ち取ったばかりだった——は、この国の陸軍長官が言ったように、〝ヒトラーよりもひどい残虐行為をしたという評判[14]〟が立つのを望まなかった。ワシントンDCの役人、そして日本に到着したばかりの占領軍は、すぐに彼らの新しい兵器に対する人類の代価の情報を封じこめようと勢いづいた。日本のメディアは、〝公衆の平穏を乱さない[15]〟ように、広島や長崎についての記事を書いたり放送したりすることを占領政府に禁じられた。外国の記者が日本に入り始めると、広島と長崎はすぐさま彼らにとっての立ち入り禁止地域になった。爆弾投下直後の何週間かにこれらの原子爆弾の街について報道しようとした数少ないジャーナリストは、日本から追放すると脅され、アメリカの役人から嫌がらせを受け、何年ものあいだ侵略と過度の残虐行為をしてきたあげくに負けた敵国が国際的同情を引こうとして用意した宣伝《プロパガンダ》を広めていると責められた。

アメリカ国内では、政府の役人たちはTNTの話をして放射能の余波を否定し、全国民に原子爆弾はとても強力な従来型爆弾だと思わせようとした。「他者より大きな銃を持つ者が戦争に勝つのと同じだ、ずっとそういうことだった」[16]と、トルーマン大統領は言った。「一つの兵器に過ぎない」やがて、爆弾が引き起こす放射線障害が本当のことだと認められると、今度はその恐怖を軽く扱おうとした（〝とても快適な死に方〟[17]でさえあるかもしれないと、わずか三年でこの爆弾を創造したマンハッタン計画の指導者、レズリー・R・グローヴス中将は述べた）。

アメリカの人々は、キノコ雲の姿を見たり、爆弾を投下した者による意気揚々とした目撃証言を聞いたりするのは許されたが、雲の下からの証言を伝える報告書は、事実上存在しなかった。広島と長崎の荒廃した風景も、アメリカ軍によって新聞や雑誌に発表された。しかしながら原子爆弾投下後の風景写真は、五年以上ものあいだ日常的に破壊された都市――ロンドン、ワルシャワ、マニラ、ドレスデン、重慶《じゅうけい》、その他たくさん――の姿をさんざん見てきた読者の心に、充分に深く刻まれることはなかった。ハーシー自身が、爆撃後の風景写真は、限られた感情的反応しか喚起しないと認めた。廃墟《はいきょ》は〝人目を引く〟かもしれないが……瓦礫と同じように、そこに人間味は感じられないものだ。[18]アメリカの人々が目にしなかったものがある。それは、治療を求めてよろめきながら辿《たど》り着き、正面階段で苦しみながら死んでいった、爆撃を生き延びた者たちの死体に取り巻かれた、広島と長崎の病院の写真だ（いずれにしても、医師や看護師の大半は死ぬか負傷するかした）。何千人もの名も知れぬ犠牲者の遺骸を焼く火葬場の光景や、髪の毛がごっそり抜け落ちたり、焼け焦げたりした女性や子どもの写真も見なかった。

発表された破壊された広島の風景写真は、原子爆弾の余波の現実をかなり控え目に伝えるものだった。普通、一枚の写真は千語の言葉に相当するといわれるが、この件においては、アメリカの新しい巨大な兵器についての真実を暴き、人々を納得させるには、ハーシーの三万語の記事が必要だった。もちろん日本人は、リトルボーイとファットマンの威力をハーシーに教えてもらう必要はなかったが、アメリカの読者たちは、自分たちの名のもとに落とされた核爆弾の実情をまともに知らされたとき、ようやく衝撃を受けた。

本書は、他のジャーナリストにはできなかったのに、いかにしてジョン・ハーシーが原子爆弾の余波の全貌をつかんだのか、いかにしてハーシーの著書『ヒロシマ』が、ジャーナリズムによるもっとも重要な作品の一つとなった――今も、それは変わらない――のか、その経緯を描いたものだ。もちろん過去七十年にわたり、ハーシーの『ヒロシマ』は危険な核兵器競争を妨げることはできなかった。〈ワシントン・ポスト〉のウォーターゲート事件の報道が政府の不正を解決できなかったのと同様に、その暴露によって原子力時代の諸問題を解決はしなかった。

だが核兵器による戦争行為が本当はどういうものなのか、原子爆弾が人類に対してどう影響するのかを写実的に描き、何年にもわたって、世界中で何百万もの人々に読まれてきた『ヒロシマ』は、第二次世界大戦終結後、核戦争を避けるのに大きな役割を果たした。一九四六年、ハーシーの記事は、核兵器が文明社会の存続に与える脅威について、初めて発せられた有効な警告として国際的に注目を集めた。以来、それは地上での短い人類の歴史を終わらせかねない核戦争を回避するよう、何世代もの活動家や指導者を動機づけるきっかけとなった。わたしたちが原子爆弾による大惨事がどのようなものか知っているのは、ジョン・ハーシーがそれを教えてくれたからだ。『ヒロシマ』の発表以来、指導者や政党はあのような攻撃がもたらす結果を知らずに核兵器の使用をほのめかすことはできなくなった。つまりは、その行為は故意に事実を知ろうとせずになされたものか――あるいは虚無主義的な蛮行だということになる。

犠牲者の統計値は気が遠くなるようなものだ。最初のころ、アメリカで広島の運命がほとんど把握されていなかったのは政府による現地からの情報の積極的抑制によるところが大きかったが、国民の大半が終戦にさいしてひどく疲弊していたせいでもあった。一九四六年までに、アメリカ国民は――世界の他の人々と同じく――先例のない規模での虐殺を目撃していた。第二次世界大戦は人類史上もっとも破壊的な戦闘だった。[19] 国立第二次世界大戦博物館は、世界中で、四千五百万人の民間人と千五百万人の戦闘員が死んだと見積もっている――実際は、中国人だけでも五千万人もの民間人の犠牲者がいたかもしれない。ロシアは二千六百六十万人の死者が出たとしている。[20] アメリカは四十万七千人以上の従軍者を失った。[21] 戦争のあいだ毎日、世界中の戦地からもたらされる陰惨な死傷者数の統計が、アメリカの出版物に発表された。数値にゼロがつけばつくほど、それを実感することができなくなっていった。どこかの時点で、数字は実際の人間の死体を表わさなくなるようだ。人間的な要素が数字から分離してしまった。

『ヒロシマ』で、ハーシーは読者に、爆撃の結果あの原子爆弾の街でこれまでに十万人が死んだと伝えた。もし彼がこの数字や事実を単刀直入に新聞記事に書いていたら、これほど胸に迫る、永続的な衝撃を与えなかったかもしれない。ハーシーと同時代のジャーナリストの一人、〈ニューヨーク・ヘラルド・トリビューン〉のルイス・ガネットは、〝戦闘でも、地震や洪水、あるいは原子爆弾でも、見出しに十万人が死んだと書いてあったら、人間の頭は数字に反応するのを拒むものだ[22]〟と述べた。爆弾投下直後の余波として、アメリカでは広島と長崎の犠牲者についてさまざまな推定値が発表された——そのどれもが不気味なほど高い数値だった。それがたった一つの爆弾によるものだと考えたらなおのことだ——だが、それは意味をなさなかった。

〝数字を見て、驚いて息をのむ〟[23]と、ガネットは書いた。〝それから別の方向を見てラムチョップの話をして、忘れてしまう。だがもしミスター・ハーシーの書いたものを読んだら、決して忘れない〟

ハーシーにとって、こうした非人間的な数字の裏にある陰惨な現実を読者に実感させることが重要だった。一九三九年以来、彼はさまざまな戦地を取材して、どんな国籍の人間であれ、敵や捕虜を同じ人類の仲間として見るのをやめたとたんに彼らが蛮行に走るのを目撃してきた。人類が生き残るための可能性は、とくに戦争行為が核兵器によるものになった今、ふたたび人々がお互いに人間性を認め合えるかどうかにかかっていると、ハーシーは感じた。

これは大変な課題だった。人間性を共有する感覚を取り戻させる記事を書くために、ハーシーは感覚を麻痺《まひ》させてしまう統計値の裏側に迫るだけでなく、地球のあちこちで大量虐殺や残虐行為を起こした、復活しつつある悪意に満ちた人種主義とも闘わなければならなかった。なかでもアメリカの読者にとって日本人を人間性のある存在だとすることは、特別に物議をかもし、困難だったことだろう。真珠湾攻撃のあと、この国には日本に対する憎悪と猜疑心《さいぎしん》が深く根づいていた。〝アメリカ人のプライドが一夜にして怒りとヒステリーに変化した〟[24]と、のちにハーシーは回想した。戦争中、約十一万七千人の日系人がアメリカで収容所に入れられた。[25]ハリウッドは長いあいだ、東洋の人間以下の黄色い危険物について警告する宣伝《プロパガンダ》や長編映画を大量に作ってきた。一九四二年のバターン死の行進においてアメリカの捕虜たちに対しておこなわれた残虐行為についてのニュース、中国の民間人に対して加えられた凶行、そして太平洋の環礁《かんしょう》での残忍な闘いがアメリカ人たちを怯《おび》えさせ、すべての日本人は野蛮で恐ろしいという印象を強めた。

広島への爆弾投下を伝える演説で、トルーマン大統領は、核攻撃によって日本人は四年前の真珠湾での自らの攻撃への〝返報をたっぷりと被った〟[26]と述べたが、それは多くのアメリカ人を代弁していた。広島と長崎の市民たちは当然の報いを受けた。単純なことだった。八月中旬におこなわれた世論調査では、回答者の八十五パーセントが核爆弾の使用を是認し、[27]同じ時期の別の調査では、二十三パーセントが、日本が降伏する前にもっと多くの核爆弾を使うチャンスがなかったのは残念だったと答えた。[28]ハーシーはアジアと太平洋で、戦闘における日本の野蛮さと執拗《しつよう》さを直接見ていた。それでも彼は、アメリカ人に自らを広島市民に投影させてみせると決意した。

〝もし……文明という概念に何か意味があるなら〟[29]と、彼は述べた。〝悪事をおこなう凶悪な敵にさえも、その人間性を認めなければならない〟

ハーシーが日本へ、そして広島へ行ったとき――ダグラス・マッカーサー元帥とその軍隊の厳しい監督下にある被占領国では、それは容易なことではなかった――彼は何十人もの生存者のインタビューを敢行した。その中には、三人の幼い子どもを抱えて苦労している日本人の寡婦、若い日本人の女性事務職員、日本人医師二人、若いドイツ人聖職者、そして日本人牧師がいた。〈ニューヨーカー〉のための記事で、ハーシーは――痛ましいほど詳しく――六人の生存者それぞれの視点から、爆撃の日を物語った。

〝彼らはまだ、あんなに多くが死んだのになぜ自分は生きているのかと不思議に思っていた[30]〟と、ハーシーは書いた。あの日、そしてそれ以来、各人が〝予想以上の死を目撃した〟と。

彼らの目を通して、ハーシーはまたアメリカ人にも、予想以上の死を目撃させた――しかもそれは新しい、独特の恐ろしい形の死だった。『ヒロシマ』を読んだとき、ひとは広島の代わりにニューヨークやデトロイトやシアトルを思い浮かべ、自分自身の家族や友人や子どもたちが地上の地獄を味わっているところを想像した。ハーシーは大変な苦難の末に広島に到達し、続いて人々に蔓延する疲弊や民族的な障壁を破り、それらを打ち壊した。ほぼ奇跡に近いことだが、彼は共感を呼び起こしさえした。

彼のシンプルな手法――同じ瞬間に人生を激しくひっくり返された、六人の人々について描く――は、小さいが強力だという、原子力の基本的な力をそのまま映していた。

広島に関する情報を抑制するというアメリカ政府の試みは滑稽《こっけい》だと、ハーシーは感じていた。同じようにばかばかしかったのが、核を独占しようとしたことだ。遅かれ早かれ（いや早くもだと、彼は考えた）他国も物理的過程を解き明かすはずで、広島と長崎に関する真実が広まるのは時間の問題だった。それでも、彼が個人的に日本に入るまでに――爆破の十ヵ月後のことだった――アメリカのメディアはすでに広島について有意義な報道をすることを諦めていて、この件の独占権を思いがけずハーシーに与えることになった。

ハーシーの記事は、人目を引くようなニュースがあふれかえり、国際情勢が激しく変化する、熱狂的な報道の世界に発表された。アメリカの記者たちは新たなスクープ記事を絶えず追い求め、大ニュースをつかもうと躍起《やっき》になっていた。一年前の日本の降伏以来、何十人もの外国の記者たちが報道機関から東京へ派遣された。占領軍は広島と長崎を取材しようとする初期の動きをおおむね抑えこみ、それ以後も、日本を拠点とする記者たちを厳しく監視し管理した。いずれにしても時が経《た》つにつれて、ハーシーの記者仲間の多くは広島の運命について報道することに興味を失った。それは過去のニュースのように見え始め、記者たちは他の記事ネタに目を向けた。アメリカでは、編集者たちは核問題についての報道記事を陸軍省に提出するように求められた。そうしないと国家の安全保障が危うくなるからだと言われた。大半がこれに従った。

〈ニューヨーカー〉の創設者であり編集長でもあったハロルド・ロスは戦時の記者たちに、ほかの記者たちに無視されているような、丸見えの状態で隠されている重大な記事ネタを探せと指示した。ハーシーはそれを探し出し、〈ニューヨーカー〉で『ヒロシマ』が発表されたとき、この記事は暴露記事であるだけでなく、世紀のスクープのようでもあった（この記事は実際、この雑誌内ではそのように扱われた。ロスと編集責任者のウィリアム・ショーンは『ヒロシマ』のプロジェクトを、記事が発表される直前まで——雑誌自体の編集人たちにさえも秘密にするという、ばかばかしいほどの徹底ぶりで——厳しく隠していた）。ハーシーの記事が発表されたとき、メディアの反応は熱狂的だった。『ヒロシマ』は世界中で第一面に取り上げられ、アメリカ国内だけでも五百以上のラジオ局[31]の取材を受けた——このハーシーのお手柄で、ほかの報道媒体は必死に探していた特ダネを見逃していたことが暴かれてしまった。

『ヒロシマ』によって生じた報道関係での余波は、なんとか損害の規模を隠そうとしていたアメリカ政府をも困惑させた。だがいったん『ヒロシマ』が〈ニューヨーカー〉に掲載されたら、もう取り返しがつかなかった。今や覆いが取り外されて、原子爆弾の余波という現実は恒久的な問題となり、国際的な記録として政治的影響力を持つようになった。ハーシーはアメリカ人が目をそむけて、物理学者アルベルト・アインシュタインの言うように、〝安易な慰めに逃避する[32]〟ことが二度とできないようにしたのだ。

とはいえマンハッタン計画のレズリー・グローヴス——広島と、彼自身がその開発に手を貸した兵器についての情報を歪《ゆが》め、隠すのに初期の中心的役割を演じた——は、『ヒロシマ』の公表にあたって驚くような役割を演じていた。そしてアメリカ政府と軍は、いったん記事が発表されると、そこに皮肉な有用性を見出《みいだ》すことになる。ハーシーの記事はアメリカを困惑させたいっぽうで、政府の役人たちの中には、それがあながち悪いことばかりでもないと考える者もいた。『ヒロシマ』はとても効果的に、アメリカの新しい兵器の破壊的威力を明らかにした。自ら核兵器を開発するのにまだ何年かを要する、アメリカのライバル国にとっては、これはありがたくない指摘だった（そのために、ソ連は『ヒロシマ』とその著者を深く憎んだ。時を経て、その憎悪は激しさを増した。ハーシーの暴露話は嘘だとし、ハーシー自身を中傷し、アメリカの新しい爆弾の威力を軽視するような措置が取られた)。振り返ってみると、『ヒロシマ』という記事は、原子爆弾についてどれほどのことを見せるか、そしてどれほどのことを隠すかをめぐる、アメリカ政府内部の葛藤についても多くを暴いている。

『ヒロシマ』がさまざまな領域でどんな意味を帯びようとも、ハーシーと〈ニューヨーカー〉の編集者たちはこの記事を、良心の記録として見ていた。雑誌掲載の直後に書籍化され、世界中で多くの言語で刊行されて、『ヒロシマ』は——絶えず読者を感情的に圧倒する力をもって——何百万部も売れ、長いこと核抑止の柱となってきた。何年もあとに、ハーシーはこの役割について、こうした目撃者の証言が後続の世代の指導者たちをこの惑星を灰化することから遠ざけたと語った。「特定の兵器に対する恐怖心が抑止力となったのではない」[33]と、彼は言った。「それはむしろ、記憶だ。広島で起きたことの記憶だ」

新聞や雑誌の仕事の大半は、寿命が短い。だが『ヒロシマ』について古びたのは、たった一つの点だけだった。記事の主人公である、地獄をもたらすリトルボーイが、爆発から何ヵ月かあとにハーシーが一九四六年の記事を書くころには、すでに旧式だと見なされていたのだ。アメリカはすでに、日本に投下された原子爆弾より何倍も強力だとされる水素爆弾の開発を始めていた。今日の核兵器庫には、リトルボーイやファットマンよりはるかに強力な爆弾が何百も蓄えられている(もっとも強力な核爆発装置——一九六一年にソ連によって起爆された、ツァーリ・ボンバと呼ばれるもの[34]——は、広島と長崎に落とされた爆弾の合計の核出力の一五七〇倍、そして第二次世界大戦のあいだに爆発した従来の兵器の総量より十倍も強力だといわれている)。世界の現行の核兵器の総目録には、一万三千五百以上の弾頭[35]があると見積もられている。今日、戦争が勃発したら、文明社会が生き残るという予測は厳しい。アインシュタインは日本への爆弾投下後に言った。「第三次世界大戦がどのような闘いになるのかは知らないが、第四次に何が使われるかはわかる――石だ[36]」

　最近、気候変動が人類の存続に関わる脅威として、もっぱら記事や会話で取り上げられている。だが核兵器はまた別の存続への脅威であり続けていて――その脅威は増大し続けている。気候変動は世界を大きく変えるが、その進行は緩やかだ。核戦争は事前の警告がほとんどなくて、瞬間的に地球規模の破壊をもたらす。一九八〇年代、ハーシーは〝ずれ《スリッページ》[37]〟を心配していた――取り返しのつかない核兵器による対決につながるような、二つの核保有勢力のあいだの些細《ささい》な間違い、あるいは誤解だ。もし今そのような〝スリッページ〟が起きたら、指導者たちはそれこそ何分かで、地球上からすべての生命を消滅させてしまうようなことを引き起こしかねない。

　長年あった、そのような核戦争を抑止しようとする障壁は、弱まってきている。核武装した国の指導者たちは、ふたたび生産を早め、核兵器庫を近代化している。拡大を制限する国際的協定は破棄されつつある。北朝鮮は挑戦的にミサイルの実験をおこない、アメリカはこれに応えて時おり威嚇行為をし――だが基本的に、そうではないように見せている。トルコは今や、〝核クラブ〟に参入しようとしている。核の監視団体である原子力科学者会報は終末時計――核戦争の可能性に世界がどれほど近づいているかを測定する――の時間を、〝深夜零時まで百秒[38]〟に改めた。深夜零時とは、核による破滅を意味している。この時計がこれほど深夜零時に近づいたことはなかった――元国防長官で、会報のスポンサー委員会の会長であるドクター・ウィリアム・J・ペリーが、〝冷戦のもっとも危険な年〟[39]と言った一九五三年にさえもだ。〝世界は今日、さらに危険な状態にある。核による破滅の可能性は増大している。そしてその危険を減らすために、なんの手も打たれていない〟[40]

気候変動がこの危険な核の状況を助長していて、環境の激変が原因の一つともいえる内戦が記録的な数の難民を動かし、国家間の緊張を高めたと、専門家たちは主張する。問題をさらに悪くすることに、第二次世界大戦のお膳立てをする一助となった――そしてハーシーが『ヒロシマ』で打ち破ろうとした――国家主義と悪意に満ちた人種主義が、世界中で激化している。この人種主義の多くがソーシャル・メディアで表明され、助長されてきた。アメリカもまた、この非人間化の傾向から外れるどころではないことがわかってきた。たとえば、核による先制攻撃によって敵国の民間人に大量の損害を与えてもかまわないと、多くが意思表示している。三千人のアメリカ人に対するアンケート調査で、調査対象の三分の一がそのような攻撃を支持した[41]。その攻撃によって百万人の北朝鮮の民間人が死ぬことを意味してもだ。〝北朝鮮人を抹殺する最高のチャンスだ〟[42]と、ある支持者は述べた。また別の人間によると、その攻撃の目的は〝北朝鮮をおしまいにすること〟[43]だという。

一九四六年、ハーシーは、彼の記事の主人公たちは周囲で何万人もの人々が死んだのになぜ自分は生き延びられたのか、まだ理解していないと書いた。その理由の一つとして、爆発後も長いあいだひとを殺し続ける原子爆弾の残酷な影響力について未来の世代に警告をするため、そして核兵器が確実に二度と使われないようにするためだと、ハーシーは感じた。彼は、自分の広島の運命の記録が、それを抑止する役目を果たし続けるように願った。そして、広島の教訓が無視されたり忘れられたりしたら、人類の存続はまずありえない[44]と警告した。

第一章　この写真はすべてを物語ってはいない

地獄の辺土《リンボ》

ニューヨーク市、一九四五年五月八日。ヨーロッパ戦勝記念日、VEデー。ヨーロッパのドイツ軍が、連合国に対して無条件降伏したばかりだった。ヒトラーは一週間前に自殺した。殺戮《さつりく》と破壊の何年かを経て、ヨーロッパでの戦争がようやく終わった。

二十五万人[1]がタイムズスクエアに流れこんだ。千トン以上の紙片[2]——引き裂いた新聞紙、破いた電話帳のページ、切り刻めるものならなんでもよかった——が建物の窓から眼下の街路へ撒《ま》き散らされた。ウォール街では、たくさんの紙テープが渦巻きながら宙に舞った。ハドソン川とイースト川に浮かぶ船の汽笛が、陸の歓声と混じり合って、歓びに満ちた大音響の騒音を作り出した。[3]

ジョン・ハーシーには、ほかにもその日を祝う理由があった。ヨーロッパにおける敵対行為——彼は従軍記者としてさまざまな戦地で取材をしてきた——の終わりをニューヨーカーたちと喜ぶだけではなく、個人的な朗報を受け取りもしたのだ。彼と〈タイム〉誌や〈ライフ〉誌の記者である友人のリチャード・ラウターバッハは、タイムズスクエアの喧騒《けんそう》から離れたイースト川近く、マンハッタンのミッドタウンにあるリップス・テニス・コートでテニスをしていた。クラブの建物から職員の一人がコートに出てきて、大声でハーシーに呼びかけた。

「たった今、きみがピューリッツァー賞を取ったってラジオで聞いたよ」[4]職員は言った。

ハーシーはこれを信じなかった。一瞬おいてから、コート上の友人のほうを向いた。

「ラウターバッハ、バカだな、騙《だま》そうとするなんて」[5]彼は言った。「わかってるぞ！」

ラウターバッハはどうやら、騙したりしていないとハーシーを説得しようとはしなかったらしい。男たちは残りのセットをプレイした。その日ののちほど、ハーシーは妻と三人の幼い子どもたちと一緒に住んでいるパーク・アヴェニューのアパートメントに帰り、そこで本当に、一九四四年に発表した小説『アダノの鐘』でピューリッツァー賞を取ったことを知った。


　この受賞より前に、ハーシー――賞を取ったときまだ三十歳だった――はすでに、すばらしい職歴を積んでいた。戦争を通してずっと〈タイム〉の国際的記者として評価され、戦争の英雄でもあった。ソロモン諸島での対日本軍の戦闘の取材に派遣されたさい、ハーシーは傷ついた海軍兵たちを避難させるのを手伝い、海軍長官から個人的に賞状を贈られた（「あれは返すべきだった」[6]と、のちにハーシーは言った。「負傷した者の救助に積極的に参加したのは、それができるだけ早く地獄のような場所から出る方法だったからだ」）。『アダノの鐘』が一九四四年に刊行される前、彼はすでに二冊の本を発表して好評を得ていた。苦労して一つ一つ島を攻略し、太平洋を日本に向かって進んでいたダグラス・マッカーサー元帥とその軍隊の歴史を描いた『Men on Bataan』（一九四二年）。そして彼がガダルカナル島で経験した血みどろの乱戦を描いた『Into the Valley』（一九四三年）だ。ハーシーがピューリッツァー賞を獲得する前でさえ、『アダノの鐘』――ファシスト党員によって溶かされて銃弾にされてしまった、七百年もの歴史のある町の鐘の代わりとなるものを探す地元民を助けようとする、シチリア島に拠点をおくアメリカ人少佐を描いた作品――はすでに、映画とブロードウェイの舞台に向けて脚色されていた。

ピューリッツァー賞が授与されると、ハーシーの文学的な運気はさらに上がった。批評家たちは彼をヘミングウェイにたとえた。彼と妻のフランシス・アン――ロンドンのセント・ジェイムズ宮殿で女王陛下に拝謁《はいえつ》したことのある、裕福で教養ある、南部出身の美人――は、華やかな生活をしていた。『アダノの鐘』の映画版が、ＶＥデーの数週間後の六月に封切られた。ハーシーはホワイトハウスに招待されて、著名なゴシップ・コラムニストのウォルター・ウィンチェルが、コラムで彼に触れた。[7]

だがこのような華やかさにもかかわらず、ハーシーは比較的目立たず、好感の持てる謙虚さを忘れなかった。何年も、友人や同僚たちは彼を語るさいにこの謙虚な態度を特徴の一つとして挙げ、その出所に頭をひねることになる。じつのところ彼は人生を通して、過度なほど褒めたたえられてきた。ホッチキス・スクール――コネティカット州の上流の寄宿学校――に奨学金を受けて入学し、最高学年で〝クラスでもっとも人気のある生徒〟[8]、そして〝もっとも影響力のある生徒〟[9]に選ばれた。イエール大学に進み、先輩に大統領や外交官、出版界の大物がいる、厳選されたメンバーで構成されるスカル・アンド・ボーンズ・ソサイエティの会員に選ばれた。

謙虚さは彼の幼いころの生活環境から生じたのかもしれない。ハーシーは中国で、アメリカ人宣教師の家に生まれた。彼自身は宗教家ではなかったが、彼の控え目できっぱりとした倫理的指針は、自己宣伝を徹底的に避ける態度とともに、その育ちに根ざしていたようだ。息子の一人によると、ハーシーは個人的な注目を〝無意味だ〟[10]と考え、〝自らの作品を熱心に売りこむ〟[11]ことへの反感を早いうちに抱いていた。職歴を積んでからも、ハーシーは常に〝作品自体にものを言わせる〟[12]ほうを好んだと、娘の一人がつけたした。彼は人々の注目を浴びて生きながら、なおも――いずれにしても世間には――どこか謎めいて見えた。[13]それが彼にはちょうど都合がよかった。

あの夏、名声を得たにもかかわらず、ハーシーは職業上の岐路に立っていた。彼はモスクワからアメリカに戻ったばかりだった。モスクワでは、一九三九年以来〈タイム〉のためにさまざまな戦域の取材をし、一九四四年にはこの雑誌の編集局を開設した。[14]これは苛立《いらだ》たしい、複雑な任務だった。ハーシーはソ連側の職員だけでなく、自分の上司、タイム社の共同創立者であり編集者でもあるヘンリー・ルースとも対立していた。ソ連の職員はハーシーや、モスクワに拠点をおく西側の通信員たちの動きを制限し、監視した。ハーシーは、彼や仲間の記者たちが〝数百キロも離れたところの戦争の様子を垣間見ようと〟[15]しながら、たいていはメトロポール・ホテルで酒を飲んでいたと振り返った。

ルースはソ連――当時、アメリカの戦時の同盟国だった――や共産主義を嫌っていた。彼の考えでは、二十世紀は当然のことながらアメリカ、民主主義、そして自由企業のもの[16]だった。ニューヨークにいる彼や主だった編集者たちは、モスクワからハーシーが書き送るものをめったに掲載せず、取り上げるさいはハーシーの記事を大幅に書き直して編集したので、ハーシーは怒り、辞めると脅した。ある時点でハーシーはルースに面と向かって、〈タイム〉よりも、当時のソ連政府の公報紙であった〈プラウダ〉のほうが真実を報道していると言ったといわれている。[17]この関係の悪化は、ルースにとっては残念な展開だった。じつはルースは――ロシアからの速達便を抑えこみながらも――ハーシーに、タイム社という拡大しつつある雑誌帝国において、いずれはリーダー的な立場についてほしいと望んでいたからだ。

このタイム社の上役は長いあいだ、ハーシーに対してどこか自己愛的な執着を感じていた。二人は、奇妙にも同じような環境で育っていた。ハーシー同様に、ルースも中国でアメリカ人宣教師の両親のもとに生まれた（ルースの言う、〝ミッシュキッズ〟だ）。ハーシー同様に、彼もホッチキスとイエールで、奨学生として教育を受けた。二人の学歴に一つだけ、些細な違いがある。ルースは大学卒業後にオックスフォード大学へ進み、ハーシーはケンブリッジ大学に進んだ。

ハーシーにとって、最初ルースは〝歩く可能性の権化《ごんげ》〟[18]のように見えたが、のちにその関係を〝一種の親のようだ[19]〟と格下げした。ハーシーが辞意を明らかにしたとき、ルースはあわてて、ハーシーを自国に帰らせて〈タイム〉の編集責任者[20]にする教育を始めようとした。ぎりぎりの説得は受け入れられなかった。ハーシーは一九四五年七月十一日に辞職し、[21]ニューヨークに帰った。

一九四五年の夏を目の前にして、ハーシーは自分の進むべき道を考えた。彼は今や、大手出版社の後継者ではなく自由契約者だった。報道関係の友人や同僚たちの多くは外国に残り、敗北したヒトラーの殺人装置の縮小や、ヨーロッパでの戦闘の余波について取材していた。太平洋戦争は引き続き激しさを増し、不穏な不安感があっというまにニューヨーク市を覆った。ＶＥデーのお祝いのさなかでさえ、まだ敗北していない日本の影が、お祭り気分をそいでいた。酔っ払いが強がって、次のようなプラカードを掲げて歩いた。

〝東京をやっつけろ！[22]〟

〝打倒、日本！〟

〝二ヵ国は落ちた、あと一ヵ国！〟

日本打倒についての予測は、士気を上げ、下げもした。日本の海軍は壊滅していた。同盟国は、日本本土への空爆をおこなう足がかりとなる地域を獲得していた。その春には、東京大空襲で、一夜にして首都の四十一平方キロメートルが焼けた。それでも日本は降伏する明らかな意思表示をしなかった。ほかのアメリカ人の多くと同様に、ハーシーは、両国にたいへんな負傷者を出すはずの日本本土侵攻が必要になるのだろうかと恐れていた。

「日本を相手にした小競り合いを間近に見て、日本人がどれほど執拗で熱心になりうるかを知っていた[23]」と、彼は言った。

アメリカ陸軍省は、ヨーロッパに出征した退役軍人を太平洋に向かわせ始める[24]と発表した。ハーシーの仲間の従軍記者の多くも、太平洋戦争の取材のために集められ、現地の連合国軍に派遣された。そのうちの一人に、ハーシーとともにモスクワに配属されていた、〈ニューヨーク・タイムズ〉のビル・ローレンスもいた。ローレンスはさまざまな任務について編集者やハーシーに書き送り、遠くから内情を知らせ続けた。彼とハーシーはロシアで飲み友だちだった。ローレンスは〝クマのような男で、強壮で、カティンカというカクテルがお気に入り〟[25]だった。一度など、レニングラードの宴会で気を失って、会場から引きずり出されたことがあった。

ローレンスの新しい任務——アメリカ軍の沖縄侵攻の取材——は、酔いを覚ますようなものだった。闘いはゆっくり進行して激烈だと、彼はニューヨークに報告した。彼は島で、アメリカの飛行機が洞穴だらけの丘陵地に向かってナパームを撒いて火をつけ、それを〝GIたちが『ジャップ・バーベキュー』と呼ぶ[26]〟のを目撃した。そうでなければ、闘いは洞穴から洞穴への接近戦となった。ローレンスの意見では、日本との戦争は何年も続くことになりそうで、日本兵の戦意[27]が弱まるような気配はまったくなかった。アメリカ軍は一九四五年秋に向けて、日本への上陸作戦を準備していた。

「太平洋にいるわれわれのほとんどが……戦争が終わりかけていることを知らなかった[28]」と、ローレンスはのちに言った。七月半ば、アメリカでは、歴史上初の原子爆弾がニューメキシコ州の砂漠で、上首尾に——秘密裏に——起爆された。最終的に広島と長崎に落とされるはずの爆弾が準備されていた。

新たに残虐なる爆弾

一九四五年八月六日、トルーマン大統領がラジオで、アメリカが広島に原子爆弾を投下したと発表するのを聞いたとき、ハーシーはニューヨークのコールドスプリング港[29]にいた。この新しい兵器は、その恐ろしい威力を宇宙の基本的な力から得たものだと、大統領は言明した。「太陽がその力を得ている源《みなもと》の力が、極東に戦争をもたらした者たちに向かって解き放たれた[30]」と、大統領は言った。前月にポツダム会議で連合国の指導者たちが出した降伏条件に無条件に従わなければ、日本は抹消されるかもしれない。さらなる原子爆弾が、もっと強力なものを含めて開発されていると、トルーマンは勧告した。日本が降伏するまで、アメリカは次々と爆弾を落とし続けるだろうと言った。

ビル・ローレンスとはちがって、ハーシーはまだ〈タイム〉にいたころに原子爆弾のことを聞いていたので、このニュースに、ほかの者たちほど当惑はしなかった[31]。これらの核兵器を作るための二十億ドル規模の核開発事業[32]について、国民や世界の大半は知らされていなかった。国中の秘密の場所で、何万人もが、自分たちが何を作っているのか正確に知らずにマンハッタン計画の仕事をしていた。アメリカのパイロットたちは、詳細や目標を知らされないまま、ユタ州と太平洋で訓練をしていた。彼らは〝どのような任務なのか、すこしも知らなかった[33]〟と、広島空爆チームが飛び立った太平洋の島テニアンの基地の観測員は回想した。「彼らは全員、〝何か特別なことをする〟組織のために志願するように言われていた。それだけだった」[34]トルーマン大統領でさえ、この計画のことを、一九四五年四月に前任者のフランクリン・D・ルーズベルト大統領が亡くなるまで知らなかった。ニューメキシコ州で最初の爆弾の実験が成功する、わずか三ヵ月前だ。

広島についての報道を聞いて、すぐにハーシーは絶望感[35]に圧倒された。それは罪悪感――あるいは広島の犠牲者への同情――ではなく、むしろ世界全体の未来に対する恐怖だった。彼は瞬時に、人類が恐ろしい新時代に足を踏み入れたことを理解した。だが彼は安堵《あんど》してもいた。広島の爆弾は非常に恐ろしく、気掛かりなものにちがいないが、ようやく戦争を終わらせてくれるかもしれない。

彼の安堵は、三日後にアメリカが第二の原子爆弾を日本に落としたときに霧散した。今度は長崎という港町だった。ハーシーは愕然《がくぜん》とした。この二度目の核兵器による攻撃は、彼の意見では弁明の余地のない過剰攻撃、何万もの不必要な死を招いた〝まさしく犯罪的な[36]〟行為だった。「われわれは日本に恐ろしい実演をしてみせた[37]」彼はのちに述べ、「一つの爆弾で日本を降伏させられたはずだと、わたしは感じた[38]」と言い足した。彼はすでに、日本とドイツの街に対する激しい攻撃は倫理にもとるものだと考えていて、原子爆弾は戦争行為において大量の負傷者を出す能力に、〝恐ろしいほどの効率のよさ[39]〟を加えたのだった。

世界中の出版物が、広島と長崎の上空に現れたおぞましいキノコ雲の写真を載せ始めた。長崎への爆撃行程に同行した〈ニューヨーク・タイムズ〉の記者は、その雲が、消された街から〝たくさんの醜悪《しゅうあく》な仮面が地上をにらみつけている、生きたトーテムポールのように[40]〟立ち上がってきたと描写した。大きなキノコ雲から小さな雲が現われて、〝首を切られた怪物に、新たに頭が生えてきたようだった〟[41]。爆撃隊は、三百二十キロ離れてもなお、雲を見ることができた。

　今や世界は、広島と長崎の地上はどんな様子なのか、見聞きするのを待っていた。〝先を見通せない塵と煙の雲が、偵察機から目的の地域を隠している〟[42]と、一九四五年八月七日の〈ニューヨーク・タイムズ〉に書かれている。そのため〝広島で何が起きたのか、まだわからない。陸軍省は「正確な報道はまだできない」と言っている〟[43]と。

　連合国側の記者や編集者たちは、広島と長崎の人々の運命についての最初の報道を待った。太平洋に拠点をおく者たちは日本の報道機関とラジオ局を聴取して、原子爆弾を投下された街の運命を伝える速報を待った。だが日本のメディアは情報部から、攻撃を控え目に伝える[44]ように指示されていた（日本最大の新聞の一つ、〈朝日新聞〉の記事に、〝広島は焼夷弾《しょういだん》による攻撃を受けた[45]。街とその近隣にいくらかの被害が出た模様〟とある）。メディアでの初期の反応はかなり抑えられたものだったので、アメリカの役人たちは日本が状況をよく理解していないのではないか[46]と懸念した。

　とはいえ、少なくとも東京のラジオ局の一つが、複数のパラシュートのついた爆弾[47]が広島に落とされたと報じるのを、グアムのアメリカ軍基地が聴取した。この報道はUP通信社に取り上げられて、ワシントンの発表と敵の報道のどちらが正しいのか、混乱を引き起こした。日本のラジオのアナウンサーは、「罪のない民間人を大量に殺すことを目的とした新しい兵器を使用することによって、アメリカはその嗜虐的《しぎゃくてき》な性質を世界に見せつけた」[48]とつけくわえた。

　それから八月十五日に、さらに驚くべき発表が放送された。日本の裕仁《ひろひと》天皇――人々から生きる神と考えられ、その声を聞いたことのある者はほとんどいなかった——が国民に向けて、国に対して使われた〝新たに残虐なる爆弾[49]〟のせいで、日本は連合国に降伏すると告知したのだ（降伏は無条件だと発表されたが、裕仁は天皇の地位に留《とど》まることを許された——以前、連合国軍に否定されたが譲歩されることになった）。もし日本が闘い続けたら、この国が消失しかねないばかりか、闘いは〝人類の文明をも破却《はきやく》[50]〟させる可能性もあると、天皇は続けた。

世界中が祝賀に沸いた。ニューヨーク市での対日戦勝記念日、VJデーのお祝いは、五月のVEデーの祝賀をしのぐものだった。今回は、二百万人もがタイムズスクエアやその周辺の街路に集まった。ニューヨーク・タイムズ社が、そこに建っているタイムズ・タワーの電光掲示板に〝公式発表——トルーマンが日本の降伏を発表〟という文字を映し出したとき、「勝利のどよめきが……鼓膜を打って、感覚が麻痺してしまうほどだった[51]」と、〈ニューヨーク・タイムズ〉のある記者は回想して言った。瞬時にお祭り騒ぎ[52]が始まり、〝大都市は原子力のような勢いで感情を爆発させた[53]〟。今回、歓びはより激しくなった。千人近くが、祝賀会で負った怪我《けが》の手当てを受けた。一万四千人もの警察官と空襲監視員、千人以上の海軍憲兵たち、そして四つの憲兵隊が、〝行き過ぎた行為[54]〟を抑えるために呼ばれた。通りで飲み騒ぐ者がいた。人目も気にせず泣く者がいた。何千人もが教会やシナゴーグの礼拝に殺到した。星条旗が街じゅうの店のウィンドーにかけられ、バルコニーや非常階段や車に翻《ひるがえ》った。ふたたび紙吹雪が煙のように空中に渦巻き、道路に膝の高さまで積もった。十以上の裕仁天皇の肖像が街じゅうの街灯に吊《つ》るされ、のちに切り落とされて燃やされた。少年たちが、〝天皇を絞首刑に[55]〟と書いたプラカードを持って歩いた。翌日も、また同じ騒ぎが繰り返された。

アメリカがようやく戦争を終わらせるのに使った手段について、ハーシーと同じ不安や苦悩を感じる者はほとんどいないようだった。ＶＪデーの翌日におこなわれた世論調査では、調査対象者の大半が、日本に対する核兵器による攻撃を是認した。[56]別の八月の調査では、対象者の四分の一近くが、天皇が降伏する前に、アメリカがもっとたくさんの原子爆弾を日本に落とせばよかったと述べた。[57]

先入れ先出し法

アメリカの指導者たちはすぐさま人々に、戦争を振り返るのではなく、前を見ようと促した。ＶＪデーの夜、ニューヨーク市長のフィオレロ・ラガーディアはラジオ放送で演説をした。まさに歓びと祝賀のときだが、これからやるべき仕事がたくさんあると、彼は言った。〝ナチス、ファシスト、そして日本《ジャップ》を打ち負かし、永遠に破滅[58]〟させたからには、〝その意味に見合う行動を取らなければならない〟。ヨーロッパに民主主義を復興し、定着させ、アメリカに戦後の秩序をもたらす仕事を、〝一、二時間以内に[59]〟始める必要がある。

多くのアメリカ人は歓喜しながらも疲弊していて、喜んで戦争の恐怖を過去のものとし、未来に意識を集中させようとした。それでも、誰もがそんなに早く、戦争末期の出来事を忘れて先へ進む気持ちになれるとはかぎらなかった。何日か、そして何週間かが経っても、アメリカの主流の報道機関はまだ広島と長崎の余波について、ほとんど情報を伝えなかった――西側のジャーナリストたちは、まだ日本に入ることができなかったからだ。それでも日本のメディアが自由に爆弾の影響について報道し始め、爆撃を生き延びた者が、消えずに残っている放射線のせいで死んでいるという気掛かりな報告が、アメリカに入ってきた。タイミングは最悪だった。アメリカ軍は日本列島に集まりつつあり、何万人もの占領軍がこの国へ移動する準備をしていたのだ――その滞在地に、原子爆弾の街も含まれていた。

広島の爆撃から三週間以上も経った一九四五年八月三十一日、〈ニューヨーク・タイムズ〉が、あの街に初めて入った西側ジャーナリストによる記事を掲載した。元UP通信社のジャーナリスト、レスリー・ナカシマ――戦前はアメリカと日本の市民権を持っていて、戦争中は日本滞在を余儀なくさせられていた――は八月二十二日に、荒廃した街で日本人の母親を探すため、広島に向かった（母親は爆弾が投下されたとき街の郊外にいて、生存していた）。八月二十七日、UP通信社（のちにUPI通信社という名前になった）が、彼がそこで見た目撃証言を配信した。人口三十万人の街は消えたと、ナカシマは報告していた。まともに建っている建物は一つもない。広島は瓦礫と灰ばかりの恐ろしい有様だった。

もともとのナカシマの原稿では、リトルボーイの仕事は八月六日に終わらなかったと報告していた。生存者たちは〝爆弾の紫外線による火傷《やけど》で連日死んでいった〟[60]とし、〝［残存した病院にいる］患者の大半は手の施《ほどこ》しようがないと思われる〟[61]と続けている。彼が見た生存者の多くは、顔の見分けがつかないほどの火傷を負っていた。アメリカの爆弾の真の性質について、さまざまな噂が飛び交った。爆弾から発散されたウランが広島の土壌に染みこんだとか、街は今後七十五年間居住不可能になるだろうとか。生存者たちが負っている放射線障害は〝爆弾のガスを吸入した[62]〟せいだとか。ナカシマは自分自身も〝ウランを吸いこみ[63]〟、それ以来疲労感に苛《さいな》まれ、まったく食欲がないと報告した。

四日後、〈ニューヨーク・タイムズ〉は四ページ目にひっそりと、ナカシマのＵＰの記事の縮約版を掲載した――放射線とウランによる後遺症についての言及は大半が削除されていて、〝アメリカの科学者たちは、原子爆弾に、荒廃した地域に消えずに残るような影響力はないとしている[64]〟という編集者の言葉を添えた。大幅に編集された記事には、犠牲者たちの死因は爆発によって被った火傷と怪我だけであって、放射線障害ではないと記されていた。また、この記事のすぐ下に、〈ニューヨーク・タイムズ〉は〝日本の報告書に疑惑〟という見出しの記事を載せた。その記事では、マンハッタン計画の責任者レズリー・グローヴス中将は、〝原子爆弾の放射能の影響による死という日本の報告は、純然たる宣伝活動《プロパガンダ》だ[65]〟と主張したとされている。

〝これに疑問を持つ者に対する答えとしては、われわれが戦争を始めたのではないというのが適切だと思う[66]〟と、グローヴス中将。〝われわれの戦争を終えた方法が気に入らないなら、誰が始めたのかを思い出せと言いたい〟

それでも数日後、九月の初旬に、また別の気掛かりな報道が出た。このころアメリカの占領軍が日本に入り始め、大勢の外国人記者たちも入国していた。貪欲な連合国公認の従軍記者たちが、広島と長崎の現地からの最初の大スクープを求めてしのぎを削った。西側の記者たちは日本国内の移動を占領当局に禁じられていたにもかかわらず、ロンドンの〈デイリー・エクスプレス〉のオーストラリア人従軍記者ウィルフレッド・バーチェットは、なんとか広島へ入った。バーチェットは沖縄から海兵隊員を乗せたアメリカの貨物船で日本に着き、すぐに原子爆弾の街へ向かう電車に乗った。そこは爆撃されただけでなく、ロードローラーでならされたかのようだった。〈デイリー・エクスプレス〉は〝原子力の疫病《えきびょう》〟という大きな見出しとともに、彼の見たことを掲載した。

これはその爆弾の本当の性質についての〝世界への警告[67]〟だと、バーチェットは書いた（のちに彼が述べたところによると、彼が見たものは第二次世界大戦の終わりであるだけでなく、〝第三次世界大戦が始まったときに世界中の街がたどる運命[68]〟だったという）。物理的な壊滅状態は、驚異的で計り知れないものだった。街全体が倒壊しているだけでなく、放射線障害についての日本の報告は、けっきょくのところ嘘でも宣伝活動でもなかった。彼は、その逆であることの証拠を直接目撃した。爆撃後三十日、広島の人々はまだ〝不可解で恐ろしい[69]〟様子で死んでいった――爆弾によって傷つかなかった者も含めてだ。髪が抜け落ちた。耳や鼻や口から出血した。医師たちはなす術《すべ》もなくビタミンAを注射するが、注射したあとの穴から患者の肉が腐って落ちた。いずれにしても犠牲者は死ぬと、バーチェットは伝えた。医師たちは何がこの〝疫病[70]〟を引き起こしているのかまったくわからなかったが、〝分裂したウラン原子による放射能の染みこんだ大地からまだ発生している有毒なガスのせい[71]〟ではないかと疑っていた。この新聞は、警告の見出しとともに壊滅した街の航空写真を載せた。〝この写真はすべてを物語ってはいない[72]〟

適切な形の広報

同じ日――九月五日――〈ニューヨーク・タイムズ〉は方向性を変えて、現地広島から独自の記事を掲載した――今回は第一面で、ハーシーの友人であるビル・ローレンスによる記事だった。広島はまさに世界で〝最悪の損傷を受けた街〟だと、見出しに書いてある。ローレンスは、〝このような破壊の現場を見たことがない〟[73]と報告している。空気中には恐ろしい、気分の悪い死のにおい[74]が漂っているという。爆撃の生存者たちがひどい苦痛を被っているというバーチェットの話を、彼も確認した。その爆弾には、不可解な恐ろしい、長く続く影響力[75]があった。急な高熱、大量に抜け落ちる毛髪、白血球がほぼ完全に失われること、食欲の減退、そして犠牲者の大半が喀血《かっけつ》し、最後には死ぬ[76]。

だが〈ニューヨーク・タイムズ〉とローレンスは、すぐに前言撤回をしたようだ。〝最悪の損傷を受けた街〟の記事が掲載されてから一週間も経たないうちに、ローレンスは新しい記事を発表し、その欄の見出しは〝敵は同情を買おうとしている〟[77]だった。

ローレンスはこの記事で、〝その爆弾は疑いなく恐ろしいものだが、日本はその影響を誇張している……アメリカ人たちに長年にわたる非道な野蛮行為を忘れさせ、同情を買おうとしているのだ〟[78]と書いた。驚くべき方針の変更だ。舞台裏で、何かがあったにちがいない。

爆弾投下の時期にハーシーが苦悩していたとしたら、広島からの初期の報道記事は、彼をさらに不安にさせ、動揺させるばかりだった。[79] ビル・ローレンスの最初の広島報道が〈ニューヨーク・タイムズ〉に掲載されてからまもなく、ハーシーは彼から手紙を受け取った。恐ろしい光景を目撃して記事を書いた直後なのに、ローレンスは最初の余波についてのスクープに有頂天になっていた。

〝その大半が〈ニューヨーク・タイムズ〉［の第一面］に載った。きみもときどき目にしているはずの新聞だ〟[80]と、彼はハーシーに得意げに述べた。〝原子爆弾は、みんなが言っていたとおりのものだった〟と、彼は続けた。〝ただし、放射能が残されているとは思わない。少なくとも、ないことを願う。少なくとも、誰もそのせいで不妊にならないことを願う。少なくとも、自分がそうはなりませんように〟

ローレンスはハーシーに、自分はウィルフレッド・バーチェットのように独立した記者としてではなく、空軍の報道関係官によって催された政府視察旅行の一員として広島に入ったと話した。その年の七月、日本爆撃の少し前、新聞とラジオの記者たちと、スチール写真やニュース映像のカメラマンたちが、至急ペンタゴンに招集された。AP通信社、UP通信社、〈ニューヨーク・タイムズ〉、NBC、CBS、ABCその他の媒体の、選ばれた記者たちの中に、ローレンスもいた。

ペンタゴンで、彼らは記者から転じてアメリカ陸空軍の広報担当官となったジョン・リーガン・〝テックス〟・マクラリー中佐に迎えられた。記者たちはのちに、マクラリー中佐――テキサス州のワイルドキャット・ファーム[81]と呼ばれる農場で生まれた――は活動的で颯爽《さっそう》としていたと振り返る。マクラリーは演出上手で、のちにラジオやテレビのパーソナリティーになり、朝のトーク番組の原形を作った。[82]

マクラリー中佐は集まった記者たちに、彼らは戦争における最大の任務のために選ばれたと告げた（「え、またか?」[83]一人の記者がまぜかえした）。マクラリーは戦争中、軍の発明品を記者たちに見せるように上から指示されてきたが、じつはまた一つ、彼らが取材するように選ばれた話があるのだと言った。それは〝歴史を変えるような、世界を揺るがす出来事、ごくごく秘密のこと〟[84]で、太平洋でおこなわれるという。どうやら、アメリカの新しい爆弾についていくらかの宣伝――適切な形の、厳密に管理された広報――が必要だということになったらしい。爆弾の究極の破壊力の話――その爆弾の創造者であり唯一の所有者であるアメリカの強力な立場――を、同盟国や敵対者に見せつける必要があったのだ。

マクラリーのマンハッタン計画との関わりは、広島爆撃の任務に同行できるかどうか、グローヴス中将に伺いを立てる程度だった（彼の要請は認められなかった）[85]。彼自身の任務は、記者たちのための戦争後の街の贅沢《ぜいたく》な見学ツアー引率ということになった。マクラリーの視察旅行にはボーイングB-17、光り輝く二機の空の要塞[86]――マクラリーはこれに見出し号《ヘッドライナー》と日付変更線号《デートライナー》というあだ名をつけた（飛行機の先頭部分に名前が黒い大文字で書かれていた）――が使われ、機内には豪華な座席、机、ランプ、当時は最先端だった長距離の無線送信機が装備されていた。マクラリー中佐の机の上には〝検閲済〟の印章があった。

旅行はヨーロッパから始まり、記者たちはヨーロッパの街で爆撃による被害を見ることができた。いずれ日本を負かしたあとで、日本の被害と比較できる[87]、そうすれば相対的に規模を強調できるからだろうと、ある記者は振り返った。一行がアジアへ向かい始めた矢先の八月六日、世界中の人々とともに、彼らは広島爆撃のニュースを聞いた。[88] その月の末、ヘッドライナーとデートライナーは最初に押し寄せた記者団の一つとして、日本に到着した。マクラリー中佐は二機の飛行機で長崎の上を飛び、記者たちに空から荒れた街の様子を見せた。記者たちはその第一印象を、すぐに自分たちの報道媒体に送れと言われた。

「飛行機が長崎で旋回しているとき、わたしは〈ニューヨーク・タイムズ〉への報告をアドリブでマイクに吹きこんだ。軍の検閲官のヒューバート・シュナイダー、グアムに拠点をおく情報将校がすぐ横に座って聞いていた[89]」ビル・ローレンスはのちに言った。「シュナイダー中佐は記事の助けになればと、軍情報部による爆撃前の長崎の記録を見せてくれた」

マクラリーの長崎での目的は、報道機関に、あまり露骨に余波を暴かずに原子爆弾についての記事を書かせることだった。数日後に一行が荒廃した広島と長崎に入ったとき、記者たちはそれぞれの場所で数時間だけ過ごすことを許された。彼らはそこで目にしたものに震え上がった。広島は破壊された〝死の実験室[90]〟で、〝人間の実験台[91]〟となった死体であふれていたと、マクラリーの旅行に参加した者は回想した。街の瓦礫や灰のあいだを歩きながら、マクラリー一行の記者たちは、〈デイリー・エクスプレス〉のオーストラリア人記者、ウィルフレッド・バーチェットと出くわした。くすぶる廃墟の真ん中で、ポータブルのエルメスのタイプライターを使ってものすごい勢いで〝原子力の疫病〟の記事をタイプしていた。バーチェットは、ワシントン本部の公式発表を真っ正直に書き直すだけの記事[92]と引き換えに歴史上最高のスクープを手に入れようとする、この〝飼いならされた記者たち〟[93]の一団を軽蔑していた。アメリカに戦勝をもたらした兵器の成果、その最初の目撃者たち。バーチェットはのちに、彼らは大々的な隠蔽行為に加担するために選ばれたのだと書いた。

ハーシーへの手紙の中でこの旅行での経験を書いたとき、ビル・ローレンスは多くの事柄を省いていた。広島の報告を送るためにヘッドライナーにふたたび乗ったとき、マクラリー中佐に、アメリカ人は〝まだそれを知る心構えができていない〟[94]から、街で見た異様な様子を控え目に描写するように指示されたことにも言及しなかった。一行が東京に戻ったとき、マッカーサー元帥――今では連合国軍の最高司令官であり、事実上の日本の新しい天皇――とその役人たちは、日本と外国のメディアの両方の取り締まりを強めているところだった。マクラリーの任務に憤慨《ふんがい》して、マッカーサー元帥は参加者全員を軍法会議にかけると脅したと言われている[95]。機上での検閲にもかかわらず、マクラリーの旅行の参加者によってヘッドライナーの送信機で送られて発表された記事のいくつか――ビル・ローレンスによる〈ニューヨーク・タイムズ〉の最初の記事もあった――は、それが良い爆弾だという宣伝から悪い宣伝へと転じて、はなはだしく一線を越えていた。さらに悪いことに、ウィルフレッド・バーチェットによる〈デイリー・エクスプレス〉の〝原子力の疫病〟の記事も発表されたばかりで、世界的な抗議を誘発していた（そもそもバーチェットが記事を送れたことが奇跡だった。彼はその記事を広島から東京にいる仲間に、モールス符号の送信機[96]によって送らなければならなかった）。

東京とワシントンＤＣのアメリカ政府の役人たちは、報道機関と記事を管理する必要があると気づいた——それも早急にだ。アメリカ軍はすぐさま記者たちに原子爆弾の街は立ち入り禁止だと言明し、彼らをアメリカ軍の上陸地点である横浜の、バーチェットが〝報道関係者のゲットー〟[97]と呼んだ場所に閉じこめた。占領当局は横浜と東京のあいだを流れる川の橋に歩哨《ほしょう》をおいた。[98]バーチェットが広島から東京に戻ったとき、彼には別の罰が用意されていた。放射線障害と思われる症状で入院したさい、バーチェットは広島の壊滅状態の様子を写したフィルムの入ったカメラを持っていた。それが入院中に、不可解にも消えたのだ。退院したとき、彼は〝マッカーサー元帥がわたしの報道関係者認定を取り消していた〟[99]ことを知ったと、のちに話した。「わたしは〝彼の〟占領地帯の境界線の外に許可なく出たことで、日本から追放されることになった」

東京に着任し、組織を整えつつあったマッカーサー元帥は敏感に事態を察し、数日後、第三の外国人記者からの有害な報告書をなんとか抑えこんだ。ジョージ・ウェラーという名前の喧嘩好きなアメリカ人従軍記者——〈タイム〉誌に、機関銃のようだと書かれたことがある[100]——は単独で長崎に行き、所属する〈シカゴ・デイリー・ニューズ〉にそこの壊滅状態について報告書を送ろうとしていた。

ウェラーはマッカーサー元帥による規制と監視を少しも気にしなかった。「非公開であろうとなかろうと、わたしには長崎にいる権利があった」[101]ウェラーはのちに語った。「二発の爆弾投下から四週間後、日本では暴動や抵抗活動もなくて、マッカーサーが二つの街から偵察隊を引き上げるのが当然だと思った……わたしは阻止されるつもりはなかった」マクラリー中佐が、アメリカ人には広島と長崎について真実を知る心構えができていないと警告したとすれば、ウェラーはまったく反対の意見だった。アメリカが切実に必要としているのは、〝現実という冷水の風呂に長時間浸《つ》かる〟[102]ことだと考えた――政府だけでなく、アメリカ国民もだ。

ウィルフレッド・バーチェットのように、ウェラーもまたマッカーサー元帥の占領軍から逃げ、アメリカ人大佐になりすまして地元の日本警察に保護され、報告書を送るのを手伝わせさえした。長崎の現場に行くと、彼はそこに何日も滞在し、その間一万語の言葉で、爆撃の生存者たちを襲っている悲惨な〝疾病X〟のことを詳しく描写した（皮肉にも、バーチェットと同じく、彼もまた長崎を訪れたマクラリーの報道機関の一行に出会った。ウェラーには、記者たちは〝籠細工《かございく》を買いに島に立ち寄ったクルーザーの乗船者たちのように〟[103]見えた）。彼はあいかわらず大佐のふりをして、アメリカに送るため、日本の憲兵隊に自分の原稿を東京に運ばせた。東京の検閲官は配達人ほどお人よしではなかったらしい。ウェラーの特報はどこかで留められ、拒否され、失われた。

こうした情報が明らかになるのは、もっとあとのことだ。当面のあいだ、九月十日にビル・ローレンスが手紙でハーシーに伝えたのは、マクラリーの旅行はちょっとしたパーティーのようなもの[104]で、〝素晴らしい旅だった〟[105]ということだけだった。彼はまもなくアメリカに帰る。だがこの時点では、彼はまだヘッドライナーB-17に乗り、富士山を眺めながらハーシーに手紙を書いていた。

〝最高に楽しかった〟[106]彼はハーシーに述べた。〝羨ましいだろう？〟

このときローレンスが広島へ行って取材したことを、ハーシーが羨ましいと思っていたかどうかはわからない。だが爆撃直後の何週間かでさえ、彼は、公表された広島の記事には何か歪んだものがあると感づいていた。〝ジャーナリストとして、〟いずれは〝［最初の爆弾が広島に投下されたときに」生まれた世界について書かざるをえなくなる〟[107] はずだったと、彼はのちに語った。それは時間の問題だった。

第二章　特ダネで世界を出し抜く

田舎者と猫背の男

誰もが予想するとおり、西四十三番ストリート二二九の〈ニューヨーク・タイムズ〉本社は素晴らしい建物だ。タイムズスクエアはその名前を、かつては街で二番目に高かった、近隣にあるこの新聞社の旧社屋から取った[1]。新しい社屋は、権力と威厳を見せつけていた。それは石灰岩とテラコッタの〝お城のような[2]〟建造物で、十一階建てを誇る。〈ニューヨーク・タイムズ〉が発展し続けるにつれて、新聞のオーナーたちは階や翼棟を建て増し、とうとう〈ニューヨーク・タイムズ〉は〝世界一の完璧な新聞社[3]〟だと宣言した。

〈ニューヨーク・タイムズ〉の本社と通りを隔てた場所に、まったくちがう仕事をする出版社があった。〈ニューヨーカー〉誌の本社だ。近隣の大手出版社とはちがい、〈ニューヨーカー〉のオフィス——西四十三番ストリート二五の建物のうちの数階——は、誰が見てもお粗末なものだった。

「社員たちは、不潔なことに一種のプライドを感じていた」[4]と、古くからの〈ニューヨーカー〉の寄稿者は言った。「あの雑誌は、オフィスを美しくする余裕がないとわかったら、逆にできる限り汚くすると決めたらしい」ときどき天井から漆喰《しっくい》が落ちた。壁のペンキが渦状に剝がれていた。作家や編集者は、中央廊下に沿って並んでいる〝荒涼としたペンキの剝がれた小さな独房〟[5]のような部屋で働いていた。

エレベーター・ロビーには、煙草《たばこ》の吸いさしと丸めた断わり状が詰めこまれた真鍮《しんちゅう》製の灰皿があった。多くの作家や芸術家が〈ニューヨーカー〉の寄稿者になりたいと望んだが、なかなか採用されなかった。才能と、ある種の賢明さが、ここでは必要不可欠だった。この雑誌は、万人に読まれるものを目指してはいなかった。〈ニューヨーカー〉の創設者であり編集者のハロルド・ロスは、読者数が三十万人を超えたときにはパニックを起こしただろう（「読者が多すぎる」[6]と、ロスは言ったことがあった。「何か間違いを犯しているにちがいない」）。最初から彼は、この雑誌――もともとはユーモア雑誌として創刊された――は都会の教養人だけに向けたものだと公言していた。一九二五年にロスが言ったように、〝ドゥビュークの老婦人[7]〟の田舎の感覚は、入念に避けられた。

〈タイム〉誌とヘンリー・ルースから自由になって、ハーシーはどの出版物にも書くことができた。彼は〈ニューヨーカー〉を望み、幸運なことに〈ニューヨーカー〉も彼を望んだ。ハーシーはルースが、宣教師の子どもである後継者が〈ニューヨーカー〉に鞍替《くらが》えしたと知ったら怒るだろうと承知していた。〈タイム〉社の社長とハロルド・ロスは、お互いに嫌い合っていた。ルースの愛国的な方針はロスの反感を買い、ルースのところの編集者が記者に求める〝タイム風の文体〟もまた同様だった。その文体は大げさでわざとらしく、頻繁《ひんぱん》に前に戻って読ませる風変わりな文章を用いると、ハーシーも認めた。機知に富む〈ニューヨーカー〉にとって、ルースも〈タイム〉風の文体も、ロスや仲間の作家たちが得意とする風刺の格好のターゲットだった（〝頭が混乱するまで文章を遡って読み直させる〟[8]と、〈ニューヨーカー〉のある寄稿者は〈タイム〉のパロディー記事の中で書いた。〝最終的にどうなるのかは、神のみぞ知る！〟）。

じつはハーシーは、まだルースから報酬《ほうしゅう》を受けていた一年前に、〈ニューヨーカー〉に初めての記事を載せていた。ジョン・フィッツジェラルド・ケネディという名前の若い海軍中尉の紹介記事と、彼の快速哨戒魚雷艇《かいそくしょうかいぎょらいてい》が日本の駆逐艦に襲撃されて真っ二つにされ、部下が二人殺されたという、ソロモン諸島での体験についての記事だ。艇長であったケネディは乗組員救出の陣頭指揮を執り、自ら負傷者たちを近くの人気《ひとけ》のない島へ運んだ。

ケネディはたまたま、ハーシーの妻であるフランシス・アンの元恋人で、二人は恋愛関係を解消したあとも友人どうしだった。一九四四年二月のある夜、ハーシー夫妻とケネディはマンハッタンのおしゃれなナイトクラブ[9]で会い、そこでケネディは自分の体験談を話した。ハーシーはすぐさまケネディに、彼の体験を記事にしたいと伝えた（〝彼は［前］駐英大使の［ジョセフ・］ケネディの息子で、そういう意味で報道価値のある人物だった〟[10]ハーシーはのちに回想し、そのうえでつけたした。〝ケネディという名前があろうとなかろうと、それが良い記事になるとわかっていた〟[11]）。五年間の従軍記者としての経験を経て、ハーシーは極限状態での生存と人間の強さに魅了され、記事を書いてきた。彼はまずケネディの紹介記事を、やはりルースの刊行物である〈ライフ〉誌の編集者に持ちこんだ。驚くことに、そこでは断わられた。

これはルース側のチームにとって、とても残念な判断だったことになる。これをきっかけにハーシーは、新たな版元とつながるからだ。彼はこの記事をほかに売りこむ許可を受け、〈ニューヨーカー〉でハロルド・ロスの下で副編集長をしていたウィリアム・ショーンに見せた。[12] ショーンはすぐさまこの好機に飛びついた。じつのところ、彼は二年間も、ハーシーから記事をもらおうとしていたのだ。[13] ロスはケネディの父親、ジョセフ・ケネディにすぐに報告し、ようやく一つ記事を入手した満足感を噛《か》みしめた。[14]

〈ニューヨーカー〉はこのとき、最小限の戦時の社員がいるだけだった。多くの作家や芸術家や雑誌の編集者たちは、戦地に派遣されたり入隊したりしていた。ロスとショーンは週に六日も七日も働いて、雑誌に掲載するあらゆるノンフィクションの記事に目を配った（ロスはある作家に、首まで熱湯に浸かっているようだとこぼした）。[15] これはハーシーにとって、業界内でもっとも興味深い〝おかしな二人〟とともに働く初めての機会だった。特にロスのほうが彼の興味を引き、面白がらせた。「彼は田舎者のような大きな口をして、顔の肌理《きめ》は月面のようにがさがさで、大きな頭に生えている髪を五センチぐらいに刈りこんでいるので、髪はあっちこっちに立っている」[16] と、ハーシーはのちに言った。〝洗練された都会的な雑誌の編集者――夜遅く、たいていストーク・クラブの上席に案内され、それから街で一番おしゃれなナイトクラブへと流れる――が垢抜《あかぬ》けない田舎者のような外見をしている〟[17] のが、ハーシーにはすてきな皮肉に見えた。

ロスは悪態をつく才能のある、無茶な性格の持ち主だった。打ち合わせ中に編み棒をポインター代わりに振り回し[18]、そのあげくに〝けっこうだ……神のご加護を[19]〟というぶっきらぼうな一言とともに、手を振って作家を打ち合わせ室から追い出した。しばしば、作家の原稿の余白に何十もの質問や編集事項を書き入れた（ロスによる校閲は、〝敵に刺し殺される[20]〟ような経験だったと、ある〈ニューヨーカー〉の記者は回想した）。ハーシーがケネディの記事をこの〈ニューヨーカー〉の編集者に提出したさい、彼の草稿は、余白にロスによる五十もの直しの指摘が書きこまれたうえで返された。

「質問を喚《わめ》き立てられているようだった[21]」と、ハーシーは回想して言った。「ケネディの体験記の最後のほうで、彼が地元民に遭遇してココナッツをもらい、そこに〝メッセージを書いた〟としていた。〝いったい何で書いたんだ？〟と、ロスのメモがあった。〝血か？〟」

　いっぽうウィリアム・ショーンは、まったく地味で内向的な人物だった。「わたしはそこにいるが、そこにいない[22]」彼は〈ニューヨーカー〉の作家であり自分の愛人でもあった、リリアン・ロスに言った。彼はとても小さくて、小妖精《エルフ》のようだ[23]といわれることもあった。アメリカ政府がショーンを戦地に派遣しようとしたとき、ロスはホワイトハウスの役人にこの副編集長を〝三十七歳で、扁平足《へんぺいそく》で、猫背で、薬をたくさんのみ、タイプライターの前に座っている以外の仕事はまったくできない[24]〟と形容して、この動きをかわした。

　ショーンの態度は神聖でさえあったようだ。「彼は逆説的な意味で非常にカリスマ性があった[25]」と、ある〈ニューヨーカー〉の編集者は回想した。「彼はきわめて恥ずかしがり屋で、きわめて恭《うやうや》しく、それでいてものすごい力を持っていた。彼と座って話をしていると、泣き出す者もいた。彼には……奇妙な存在感があった」作家たちは彼が不思議なほど、誰にでも同情的だったと書いた。彼にとっては、〝あらゆる人間は、ほかの人間と同様に価値がある……すべての命は神聖なもの[26]〟だったと、リリアン・ロスは言った。彼女は、ショーンが本当にあらゆる人間の命の価値を信じているのかどうか、疑ったことがある。

「ヒトラーさえも？[27]」彼女は彼に訊《き》いた。

「ヒトラーさえもだ」ショーンは答えた。

気質はちがっても、ロスとショーンは辛辣《しんらつ》で鋭敏で、完璧な編集チームだった。二人とも臆面もなく、容赦なく完璧を求めた。熱狂的なまでに正確さを追求した。それぞれ若いころに学校の教室を捨て、ニュース編集室へと進んだ。

第二次世界大戦では、二人は先を争ってニュースを追いかけた。ロスは長いことショーンに、〝われわれはニュースを取材するのではない、ニュースと肩を並べるのだ[28]〟と指示してきた。だが十二月七日に日本が真珠湾を爆撃したとき、この方針は捨てられた。その後の何ヵ月か、そして何年か、〈ニューヨーカー〉は世界中の前線に記者を派遣した。この雑誌は〝もぐり酒場やナイトクラブ、コーラスガールの世界[29]〟を掲載するために生まれ、成長してきた――だがロスは雑誌の初期から、厳粛さを求めてもいた。戦争が始まったとき、彼には二つの選択肢があった。突然時代と合わなくなってしまった、雑誌のもともとのふざけた調子を保持するか（彼は元妻で〈ニューヨーカー〉の共同創設者でもあるジェーン・グラントに、〝今は誰も愉快な気分じゃない[30]〟と不満をもらした）、それともショーンがのちに述べたように、〝報道機関にとって歴史上最大のチャンス[31]〟に乗じるか。彼らは歴史的チャンスに賭けるほうを選んだ。

戦時の雰囲気の中、ウィリアム・ショーンは背中を丸めて、[32] 遠い場所に記者を送った。どんな記事が入手できるかわからないが――何かあるはずだということだった。そしてロスは、壊滅的被害を受けた戦地に他の記者たちが押しかけても、うまい具合に独占記事を手に入れた。一九四五年、〈ニューヨーカー〉の通信員ジャネット・フラナーはドイツのケルン――やはり〝爆弾によって崩壊した[33]〟街――の廃墟から、ドイツ人によって捕虜に加えられた残虐行為について報告をした。別の通信員もフラナーとともにケルンにいたが、フラナーだけが丸見えの状態で隠されている記事ネタを手に入れた。これに続く彼女の一連の記事は洞察力のある印象的なもので、ロスはこれが誇らしくて有頂天になった。

「ほかのジャーナリストたちにも同じ事実が見えていて、同じチャンスがあるというのに、特ダネで世界を出し抜くのはなんて簡単なんだろう[34]」彼はフラナーに言った。

だが大喜びしていられたのも、そこまでだった。多くの戦争における大事件が語られずに済まされていることに、ロスは苛立った。新聞雑誌記者ならではのうっかりからか、残虐行為の記事が過剰にあるせいか、そのような記事を理解するための読者の処理能力が限られているせいか、あるいはその全部だろうか。戦争は終わり、〝いくつもの本当に残虐な記事[35]〟が見過ごされ、忘れ去られていくだろうと、彼はフラナーに言った。

「〈ニューヨーカー〉が何か手を打たないかぎりはな[36]」と、彼は言い足した。

たいていの場合〈ニューヨーカー〉のチームはもともとの、反抗的な態度を持ち続けていた。他人が喜ぶかどうかは気にせずに、〝自分たちが喜ぶものを発表する〟[37]と、ショーンは主張した。とはいえ、ロスとショーンはアメリカ政府によって定められた戦時の報道機関の規則に従うふりをし、必要以上に軍隊に協力したこともあった。陸軍省に従順に記事を提出し、強制的な検閲を受けた――ハーシーによるケネディの紹介記事も例外ではなかった（小さな訂正だけで[38]、すぐに認められた）。おだてるように、連合国軍の兵士や軍人たちの記事を載せた。〈ニューヨーカー〉は世界中のアメリカ軍に〝ポニー版〟――実際の雑誌を小型に凝縮した形で配られた。良好な関係を保つためだろう、ロスとショーンは陸軍省の広報官による記事さえ掲載した。ロスにとっては、あらゆるレベルで接触手段を作り、保持しておくことが重要だった。

ハーシーにとって、ロスとショーンと一緒に働くことは目を覚まさせられるような体験だった。ロスに絞られながらも、これはとても貴重な経験[39]になった――まず彼は、〈タイム〉とルースから離れるべきときだと気づいた。ショーンは編集者であり、〝もっとも自然な言葉を探すのを助ける才能のある〟[40]作家の助言者でもあることがわかったと、ハーシーは回想して述べた。

ハーシーによるケネディの記事『生存《サバイバル》』は、一九四四年六月十七日号に掲載された。ジョセフ・ケネディは記事が〈ニューヨーカー〉に載ったことについて、落胆を隠そうとしなかった。彼に言わせるとこの雑誌は小さすぎ、狙う読者層が狭すぎた――これは戦時の自分の雑誌を、大手のニュース媒体に対抗する戦闘的な弱者だと考えていたロスにとっては、腹立たしい評価だった。

「わたしたちは長いことさんざん大物に虐待され、大物の代理になってきたように思う[41]」彼は年上のケネディに言い――ケネディが記事をもっと大きな出版社の雑誌に出すように求めたとき――

「今、甘んじて屈服しようとは思わない」[42]と、言い足した。

　最終的にジョセフ・ケネディは記事を、やはりロスが悪口を言っていた、発行部数の多い雑誌〈リーダーズ・ダイジェスト〉に再掲載することを認めるよう、ロスを説得した。一九四六年に息子が下院議員に立候補したさいには、『サバイバル』を十万部[43]用意させ、マサチューセッツ州第十一下院議員選挙区中に配らせた。そのあとのジョン・F・ケネディの選挙戦のあいだもこの記事は大量に配布され、戦争の英雄としての信頼性を高めた。ハーシーの報道はアメリカの第三十五代大統領の政治的キャリアの始まりに、おおいに貢献したとされる。だがその前にハーシーを〈ニューヨーカー〉に導いており、『サバイバル』は二つの激動の職歴を同時に始めさせる、重要な役割を果たした。

人間に何が起きたのか

　一九四五年の晩秋、ハーシーとショーンは昼食をともにした。これは華やかな席ではなかったようだ。〝ショーンによれば仕事を兼ねた昼食《パワー・ランチ》とは、〈ニューヨーカー〉のもっとも辛辣で切れ者の寄稿者たちが定期的に集まっていたアルゴンキン・ホテルのローズ・ルームで、オレンジジュースとシリアルを食すこと〟[44]だった。

　ケネディの紹介記事以来、ハーシーはロスとショーンのために、軍に好意的な記事を二つ[45]書いていた。一つは陸軍の識字率向上プログラムについて、もう一つはヨーロッパから戻って、占領下日本に配置転換されたアメリカ軍の師団についての記事だった。彼はそろそろ海外からの報道を再開しようと考えて、アジアへの何ヵ月かにわたる大きな旅行を計画していた。まず、生まれた地である中国に行ってそこでの戦争の余波を取材し、それから占領下の日本に入るつもりだった。

昼食の席で、ハーシーとショーンは記事のアイディアを出し合い、広島のことを話し合った。長崎の爆撃行程に記者を同行させた唯一のニュース媒体であった〈ニューヨーク・タイムズ〉はさぞかし、原子爆弾と原子力時代の夜明けについてスクープしたと広告主たちに自慢[46]していることだろう。〈ニューヨーカー〉の作家が言ったとおり、それはまだ〝史上最大のニュース記事[47]〟だった。だがハーシーとショーンに言わせると、その報道には基本的な何かが欠けていた。彼らは、それまでの報道について気になり、不完全だと思われるものを突き止めた。

「あのときまでの報道の大半は、爆弾の威力と、それが街にどれほど大きな損害を与えたかについてだった[48]」ハーシーはのちに言った。総合的な報道のようだが、情報の大半は景観や建物の荒廃に関するものだった。広島に核爆弾が投下されてから何ヵ月も経っていたが、原子爆弾が犠牲となった人間にどのような影響を及ぼしたかは、ほとんど報道されていなかった。経験豊かで野心的な外国の通信員たちが、今や何人も東京に常駐していた――だがまだ誰も、広島から最初に届いた不穏な報告の続きを追いかけて、あの地での余波を総合的に伝える記事を出してはいなかった。

有名な〈ライフ〉の写真家、アルフレッド・アイゼンシュテットとJ・R・アイアマンはそのころ二人とも広島に行き、写真を撮ったが、彼らの雑誌に発表された画像からは、好ましくない部分が削除されていた（アイゼンシュテットは、黒焦げの廃墟にいる日本人の母親と幼児の姿を写した、今では発表されている痛ましい写真を撮ったが、これが〈ライフ〉のアメリカ国内版に掲載されることはなかった）。雑誌に載ったアイアマンの写真[49]には日本の原子爆弾の犠牲者の珍しい写真が二枚あったが、その傷は取るに足らないものに見えた。一枚の写真のキャプションには、犠牲者の火傷は真珠湾でアメリカ人兵士たちが負った傷を思い出させると書かれている。ほかに発表されたアイアマンの写真には、日よけ帽をかぶって傘をさした日本の少女たちが写っている。比較的被害の少ない鉄道の駅と思われる建物のまわりで寝そべっている日本人兵士たちの写真もある。つまり、爆撃後の広島の生活は、たいして混乱していないというメッセージだった。

さらに、制限された取材さえ次第に少なくなっていった。第一面にあった広島と長崎の記事は、ほかの記事に取って代わられた。アメリカ人が毎朝新聞を開いて目にするのは、アメリカ人兵士たちの帰還、ヨーロッパの再建、ドイツでの戦争犯罪者のニュルンベルク裁判、そしてもちろん新しい国際情勢の中での、アメリカとソビエト連邦のあいだの敵対関係の激化といったニュースだった。

東京に常駐する記者たちがどの程度の規制を受けているか、ハーシーとショーンが知っていたかどうかはわからないが、二人には考えがあったようだ。アメリカのジャーナリズムの世界は関係が緊密で、ハーシーの記者仲間の多くが占領地を取材するために日本に派遣されていた。たとえば、〈ライフ〉社のアイゼンシュテットは、『アダノの鐘』が評判になった時期にハーシーの写真を撮っていた。

いずれにしても、混乱していた占領初期の何日かのあいだに広島に関する報道が出たあと、アメリカ政府が防御態勢に入ったのは明らかだった。ワシントンＤＣと、東京のマッカーサー元帥の双方が、過剰なほどに原子爆弾の余波に関する記事を封じこめ、偏向させようとした。

テックス・マクラリー一行の報道と、ウィルフレッド・バーチェットの〝原子力の疫病〟の記事が発表された直後の九月十四日、ロスとショーンをも含めたアメリカの報道機関の編集者たちに陸軍省から内密の手紙が届いた。トルーマン大統領の代理として、それぞれの出版物での原子爆弾に関する情報掲載を制限するように要請するものだった。陸軍省は、これはその年の秋に正式に終わるはずの、戦時の検閲を拡大するものではないと述べた。指令書[50]には、これは新聞と雑誌の編集者に、核に関する記事はなんでも陸軍省に提出して審査を受けるように促す要請だとあった。爆弾についての独占的な情報が外国の手に落ちかねない、これは重大な国家安全保障の問題[51]だというのだ。

この時期に始まった防御策として、報道機関の誤りを正し、国民の良心を鎮めることを目的とした、政府による記者会見があわただしく開催された。正式に占領が始まる前に、トルーマン大統領の広報官であるチャールズ・ロスは陸軍省に対して、ある提案をした。ニューメキシコ州の七月十六日の実験場で、放射線の長期的な影響はなく、爆発後の余波について心配は不要だと示すための、報道機関向けの催しを開こうというのだ。〝引き続く日本による宣伝活動《プロパガンダ》を考えると、それがいいだろう[52]〟と、彼はメモに書いた。

九月九日、マンハッタン計画の指導者であったレズリー・グローヴス中将とＪ・ロバート・オッペンハイマーは直々に、約三十人のジャーナリストたちをニューメキシコ州の爆弾実験場に案内した。記者たちは、地表に放射線の残余物はほとんどないと請け合われていたが、ある者の記録によると、〝地面にまだ残っている放射性物質が靴底についたりしないように〟[53]、念のために全員が特別な白い保護用靴カバーをつけたという。

「日本人は放射線で死者が出たと主張している」[54] グローヴス中将は記者たちに言った。「もしそれが真実だとしても、人数はとても少ないだろう」

　参加した記者たちは、規制に従った。〈ニューヨーク・タイムズ〉の通信員、ウィリアム・ローレンス――〈ニューヨーク・タイムズ〉の人事部記録にあるように、その前の四月以降〈ニューヨーク・タイムズ〉から原爆計画に出向し[55]、このときたまたま陸軍省に雇われていた――は、〝日本はまだ、われわれが戦争に不正に勝ったような印象を作り、同情を引いて降伏条件をゆるくさせるための宣伝活動を続けている〟[56]と報告した。いずれ、彼が自ら訪れたニューメキシコ州の実験場が、放射線による死という〝東京の話〟[57]が作り話である〝物言わぬ証拠〟[58]となるはずだ。放射線測定器を見れば、〝地表の放射線がごく微量にまで減った〟[59]ことは明らかだった。

　アメリカ政府とマンハッタン計画の幹部たちは、彼らの創った実験的兵器の影響がどんなものなのか前もって知ってはおらず、広島と長崎という〝死の実験室〟で密《ひそ》かに調査をしようと張り切っていた。彼らは性急に、原子爆弾の街に放射能が留まっているのかどうか、それが人類にどのような影響を及ぼすかを調べる必要があった――爆弾による日本人被害者の治療を助けるためではなく、これらの街に占領軍が入る予定だったからだ。

　九月にニューメキシコ州で、ここには何も問題はないと示すための報道機関向けの催しが開催される直前、グローヴス中将は広島でのその後を調べるために、マンハッタン計画における副官であったトマス・Ｆ・ファレル准将を日本に派遣した。九月八日、ファレル准将とマンハッタン計画の科学者たち一行は、ある記者がのちに〝抜き打ち視察[60]〟と言ったものをするため、街に入った（広島の損害を見て、参加していたアメリカの物理学者は、一見したところ千機ものＢ－29の仕業のように見えるだろうが、じつは〝たった一つの労力の省ける爆弾を使った[61]〟だけなのだと考えた）。ワシントンからのファレルへの重圧の掛け方は激しかったと、チームの一員は回想して言った。ググローヴス中将は絶えずファレルに、遠方から憤然とした電報[62]を送り、最新情報を要求した。

広島で、一行は原子爆弾が爆発した高さを計算することができた。〝爆弾は広島の上空、われわれが望んだとおりの地点で正確に爆発した[63]〟と、マンハッタン計画に関わっていたある物理学者は述べた。そして、大半は大気中に散ってしまって〝街には最小限の放射能しかなかった[64]〟と結んだ。ファレル一行の簡単な調査に基づいて、グローヴス中将は報道機関に、実際に被爆《ひばく》によって死んだ日本人はほとんどおらず、広島は基本的に放射線に侵されていないと発表した。

「あそこに永遠に住んでいられる[65]」と、彼は言った。

東京に戻り、ファレル准将は自分でも帝国ホテルで記者会見を開き、原子爆弾の街で発見したことを発表した。八月六日の爆発でガンマ線に曝《さら》されたせいで死にかけている日本人が数名いるが、広島についての報道は誇張されていたと述べた[66]。記者会見は順調に進行したが、そこへ〈デイリー・エクスプレス〉のウィルフレッド・バーチェットが現われた。ちょうど〝原子力の疫病〟のための広島への取材旅行から戻ったところだった。彼は汚れ、疲弊し、具合が悪かった。部屋いっぱいの記者たちの前で説明担当の役人に広島で見てきた事実を突きつけたとき、バーチェットは、彼が病院で目にしたのは「単なる爆弾と火災の犠牲者で、大きな爆撃のあとでは普通のことだ[67]」と言われた。バーチェットが生存者たちに起きている奇妙な病気についてさらに質《ただ》すと、「日本の宣伝活動に騙されている[68]」と言われた（ハーシーの友人ビル・ローレンスもこの記者会見に参加していた。その後〈ニューヨーク・タイムズ〉に載った記事では、彼は芝居がかったバーチェットの主張については触れず、記事の見出しは〝広島の廃墟に放射能はない[69]〟だった。記事の大筋は、犠牲者の状況から物理的な破壊へと注意を逸らそうとするもので、六万八千もの建物が倒壊した[70]と報告した）。

この初秋の記者会見に続く何ヵ月か、グローヴス中将は広報活動を続け、自分が開発した核兵器のイメージを情け深い兵器に変えようとして懸命に努力した。十一月に日本への爆弾投下とその影響について証言するために議会に召喚されたさい、中将はついに原子爆弾の街の死者の何人かは放射線が原因だと認めたが、原子力に関する上院特別委員会では、医師たちによって放射線障害は〝とても快適な死に方[71]〟だと確証されたと述べた。秋にはマンハッタン計画の研究所と産業建設業者を訪れて演説をおこない、原子爆弾について罪悪感を抱く必要はないと聴衆に語った。彼自身、何も気の咎《とが》めは感じないと言った。

「非人間的な兵器ではない[72]」と、彼は聴衆に語った。「わたしはそれを使用したことについて、謝罪するつもりはない」

ハーシーとショーンにとって、舞台裏に迫るべきときだった。政府主催の取材旅行、記者会見、講演、抑圧された報道は、その狙い通りの効果を上げていた。国中の抗議や警告の声は、手に負える範囲の囁《ささや》き声程度にまで小さくなっていた。原子爆弾は国際的な兵器庫――そして核の未来――にあって当然のものだとする考えが広まり、世間はますます無関心になっていった。広島と長崎で起きたことがすべて語られる以前に、アメリカ人の大半とはいわないまでも多くが、この二つの都市を過去のものとした。〈ニューヨーカー〉のチームには、広島で起きたことの本当の意味――世界にとってのこれら原子爆弾の恐ろしい含意《がんい》――が理解されていないのは明らかだった。[73]

ハーシーとショーンは、ハーシーが日本に行って、〝建物ではなく人間に何が起きたのか〟[74]を書くべきだと考えた。正確な切り口はまだわからなかったが、とにかくやらなければならない。東京にいる記者たちが記事を書かないのなら、〈ニューヨーカー〉が試みよう。ここに戦時の残虐行為のまたとない記事ネタがあるというのに、ロスが恐れるように無視されたまま放置しておくことはできない。ロスとショーンはすでにその年の早い時期に、そのような記事を載せようとしていた。〈ニューヨーカー〉の記者ジョエル・セイヤーは連合国軍とともにドイツへ入り、爆撃作戦のあいだそこに住んでいた民間人の視点から、ケルンの惨状を描く予定だった。[75]この記事は実現しなかった――だがこの手法は、広島の調査に使えるかもしれなかった。

今や、国家と民主主義とその品位の名において使用された爆弾の真実を知り、暴くべきときだ。とうとう、広島と長崎の負傷者たちに個人的な名前をつけ、その運命を明らかにするべきときが来た。機密保全のために加減された統計値や入れ替えられた瓦礫の写真は、真実の敵だ。日本人犠牲者たちを非人間的に扱うことによって、アメリカ人たちはこの兵器に自己満足を得ていた。

第二次世界大戦中、ハーシーは、非人間的な見方が戦争の最悪の行為を可能にする様子を見てきた。ローマの民間人に対する空爆の〝異常なまでの凶暴性[76]〟や、強制収容所でのナチスの残虐行為の証拠を個人的に目撃していた。戦争中、彼もまた日本人を動物のような敵[77]と見ていたが、それでもガダルカナルで日本の砲火を浴びたさいにも、自分に向かって発砲しているのは人間だということを忘れないようにした――それは誰かの息子であり、夫であり、もしかしたら父親でさえありうるのだ。

〝わたしはずっと、「日本人という」観念を嫌ってきた[78]〟彼はこの経験の直後に書いた。敵という観念はいくらでも嫌うことができると、彼は述べた。〝でもその個人を嫌ってはいなかった。彼は箱根出身だろうか、それとも北海道？　彼の背嚢《はいのう》にはどんな食べ物が入っているのだろう？　徴兵によって、どんな個人的な希望を失ったのか[79]？〟

戦争――広島と長崎の爆撃で頂点に達した――によってハーシーは、〝人間の腐敗[80]〟と、仲間である人類を貶《おとし》めることが自分にもできるという事実を思い知らされた。彼は〝「もし」文明に何か意味があるとしたら、悪の道に引きこまれた凶悪な敵にさえも、その人間性を認めなければならない[81]〟と気づいた。

彼は取材旅行の計画を立て始めた。

ハーシーと〈ニューヨーカー〉のチームにとって、ハーシーが広島の調査をおこなうために日本に入ることに、疑問はないようだった。ウィルフレッド・バーチェットとジョージ・ウェラーでさえ、公認の従軍記者としてあの国に入るのに、連合国軍と同行しなければならなかった。もちろん、これらの記者たちは占領初期の混沌《こんとん》につけこんで、それぞれの軍の部隊から離れることができたのだが、それでもマッカーサー元帥（連合国軍の最高司令官、ＳＣＡＰという頭文字は、占領政府をも意味した）の外国の従軍記者に対する管理は厳重で、広報官（ＰＲＯ）という番人から逃げるのに念入りな計画を練らなければならなかった。バーチェットは公認の外国の記者団の大半とともに、九月二日の米艦ミズーリ号での日本の降伏の調印式を取材する予定だった。ＰＲＯが調印式に連れていくために迎えに来たとき、彼は下痢で歩けないふりをして、[82] 回復のために居残った。彼は日本の同盟通信社と、広島を拠点とする同社の世話人の協力だけで、列車で広島に行った――一年後には、同盟通信社もその世話人も、最高司令官の管理下に置かれて活動を規制された。バーチェットは〝原子力の疫病〟という記事を発表できたが、カメラのフィルムは没収され、認可は取り消された。

　ジョージ・ウェラーは暗闇に紛れて基地を抜け出して、ＰＲＯをまいて逃げた。小さなモーターボートで基地から逃げ、四本もの列車を乗り継いで長崎に行った――そのあいだに出会った日本人にはアメリカ人大佐だというふりをした。ウェラーも記事を書いたが、彼が原稿をアメリカに送ろうとするころには、東京での最高司令官の検閲は水も漏らさない厳しさになっていた。

　グローヴス中将がアメリカ国内で広島に関する記事を抑えこもうと苦労しているいっぽうで、これらのジャーナリストたちは最初から、マッカーサー元帥が爆撃された街の報道を厳しく抑制し、問題の爆弾を軽く扱おうとするのには、個人的な理由もあるらしいと感じていた。〝四年にわたって自分が指揮してきた戦争なのに、知らないところで開発され、無断で落とされた二つの爆弾によって勝ったという事実[83]への［嫉妬］〟だと、ジョージ・ウェラーは述べた。彼の意見では、マッカーサー元帥は〝民間人に対する放射線の影響という貴重な教訓を歴史から消す――少なくとも、可能なかぎり曖昧になるように検閲する――のに最善を尽くすと決意していた[84]〟。

何ヵ月も経った今、ＳＣＡＰは誰を日本に入れるか、ほぼ全面的な管理をおこなっていた。入国したい者は誰でも、マッカーサー元帥の軍隊に入国許可を求めなければならなかった。ＳＣＡＰは入国を認められたジャーナリスト全員を厳しく監視した[85]。東京の報道室は記者たちの動向、政治的傾向、占領軍に対する態度や健康状態まで記録した。ほぼ毎日、マッカーサー元帥は最新の記者団についての報告書を、太平洋戦域に関する記事――好意的なものも批判的なものも――の要約とともに受け取った。ハーシーの前雇用主である〈タイム〉社も含めた、出版物全般についての月ごとの要約もあった。いったん日本に入国を許されても、国内を移動するのに許可を得なければならず、それを許可されても時間の制限があった。

占領軍[86]は全国に配置されていた。この秋、二万七千人前後の占領軍が長崎に入り、約四万人が広島に入った。広島の軍隊の大半が市の郊外のキャンプに滞在したが、長崎では大人数が街の中にキャンプを設営し[87]、爆心地の近くの建物に滞在した者さえいた。

こうした事情のどれも、ハーシーの現地での取材を容易にはしなかった。だが彼や〈ニューヨーカー〉の編集者にとって、期待のできる知らせが一つあった。〈ライフ〉の特別記事に見られるように、SCAPは何人かの記者たちを広島と長崎へ行かせているようだ。少なくともハーシーは、広島へ行く努力だけはしてみることにした――そもそも、SCAPが日本に行くことを許可してくれればの話だったが。マッカーサー元帥は何人かの通信員を嫌い、いくつかの出版物を憎んでいた（元帥の意見では、〈ニューヨーク・ヘラルド・トリビューン〉〈シカゴ・サン〉〈サンフランシスコ・クロニクル〉は、〝まったくの詐称と不正[88]〟そのものだという）。

ハーシーの戦時の記録から考えれば、ハーシーは認可される見込みが大きかった――〈ニューヨーカー〉の視点からは、彼は完璧なトロイアの木馬のような記者だった。彼は戦争中ずっと規則に従って行動していた。彼の仕事は全体的に、従順な愛国的記者という印象だった（これに比較するとジョージ・ウェラーはマッカーサー元帥のPROに反抗的で、何年も元帥の〝鉄のカーテンのような検閲[89]〟に憤慨していた）。ハーシーはまた、戦争の英雄として称賛されてもいた。軍隊の階級や資料について熱烈な紹介記事を書いた。彼の一作目、『Men on Bataan』はマッカーサー元帥本人の気をよくさせるような紹介記事で、陸軍省と協議しながら書かれ、認可されていた[90]（ハーシーはのちに『Men on Bataan』はマッカーサー元帥に〝へつらい過ぎている[91]〟といい、これを絶版にしようとするが[92]、この本は元帥が君臨する太平洋領域に接近するのには有益だった）。

モスクワでの〈タイム〉の記者としての在任期間は、SCAPの役人に要注意の印と解釈され、政治的忠誠について疑問を招くかもしれなかった。もう一つ、問題点があった。ハーシーの三作目、『アダノの鐘』――アメリカ軍司令官ジョージ・S・パットンの錯乱した破壊的な誇大妄想家という隠された横顔を描いている――は、ハーシーが、理想像とちがうと思えば国家を非難することもある人物で、アメリカも絶対確実な存在ではないと示す用意もあることを表わしていた（パットン司令官はシチリアで正気を失って残酷で横暴になったと、ハーシーはのちに述べた。〝まさにそれが、わたしたちが闘っているものだったと思う〟[93]）。

しかしながら、全体として、ハーシーは運が良かったようだ。一九四五年のクリスマスの前、ハーシーは輸送船に乗って太平洋を渡り、上海《シャンハイ》に到着した。十二月三十日、彼はショーンに電報を送った。彼はうまく、中国のアメリカ海軍艦隊に認可された。これは期待できる印だった。トロイアの木馬は門の前に着いた。

第三章　マッカーサーの閉鎖的な王国

ビキニ

ハーシーは『ヒロシマ』という立派な記事を書いたが、戦争中は日本に対して独自の偏見を抱いていた。〈ライフ〉誌のための戦時の記事では、彼らは〝動物のような敵〟[1]だと述べている。別の記事には彼らが〝肉体的に発育不全〟[2]だと書いている。別のハーシーの記事と一緒に、死んだ日本人兵士から取ったヘルメット用の網[3]をかぶっている彼の写真がある。ガダルカナルでの血みどろの恐ろしい戦闘を取材したさいの体験を詳細に述べた著作『Into the Valley』で、彼は島中にいる日本人のことを、〝知性のある小動物の群れ〟[4]と書いた。

このように日本人を見ていたアメリカの記者は、彼だけではなかった。ある通信員、ラッセル・ブラインズ――八月にマッカーサー元帥の軍隊とともに日本に行き、ＡＰ通信の東京編集局の長として滞在していた記者――は、初めて日本に入ったとき、〝たぶん日本人は人類ではない〟[5]とし、占領下において予測不能で危険な存在になるかもしれないと心配した（広島での放射能に対する人間の反応を考えるさい、グローヴス中将は密かに、日本の原子爆弾の街の住人たちは爆弾の長期にわたる影響を受けやすいというような、〝日本人と他との血の違い〟[6]はあるのだろうかと考えた）。

　ハーシーはのちに、戦時に書いたいくつかの記事における日本人の描き方を恥じていると認めた。「ほかのアメリカ人と同様に、わたしも真珠湾とバターンでの恥辱《ちじょく》に対して、悪い反応をしていた」[7]と、彼は言った。一九三七年、彼は〝南京での日本人による暴行についての記事や写真に震え上がった〟[8]。一九三九年、ハーシーは〈タイム〉誌のために戦争を報道する目的で中国へ行った。「わたしは自分が生まれた街での、日本の占領軍の傲慢さと残酷さを、この目で見た」[9]と、彼は回想した。当時、中国は日本による容赦ない攻撃[10]を受けていて、ハーシーには日本軍は、なるべく多くの中国人を無差別に殺す以外、なんの戦略もないように見えた。彼が中国の主要都市、重慶を訪れていたとき、この街が日本軍の空爆を受け、〝大規模な火災が起こり、爆撃があるたびに何千人もが焼け死んだ〟[11]。けっきょく何百万人もの中国人が戦争中に死んだ。

　一九四六年、ハーシーは中国に戻った。その後の数ヵ月、彼は上海を仕事の拠点としながら、北《ペー》平《ピン》（北京）から満州まで、いくつかの街や地域を訪れた。戦争直後の中国、そして米国政府と中国共産党のあいだに起きつつあった闘いについて、〈ニューヨーカー〉の編集者たちに一連の記事を送った。彼はまた、南京から報道してはどうかとショーンに提案した。この陰鬱《いんうつ》な記事を中継点にして、広島でおこなう取材につなげる予定だった。この記事は実現しなかったが、ショーンはハーシーの中国での仕事を高く評価した。〝素晴らしい働きだ〟[12]と、彼はハーシーに電報を打った。

三月の下旬、ある時点で、ハーシーは広島での取材ができないかもしれないと心配になった。統合陸海軍第一任務部隊はあらたに原子爆弾の実験を計画中で、今回の場所はマーシャル諸島のビキニ環礁だった。記者団が、原子爆弾の爆発を目撃するために招待された。その目的は、公には海軍の戦艦に及ぼす核兵器の威力を取材することとされていた。この実験では、目標となる大小さまざまな船の上空での原子爆弾の爆発、そして水面下二十七メートルでの爆発が予定されていた。だが参加したジャーナリストの中には、これらの実験の裏には別の目的があると密かに考える者もいた。「我が国は爆弾を独占していて、その威力を見せるのにやぶさかでなかった[13]」と、ある記者は言い、世界中から国家の代表者[14]――アメリカの新興の敵、ソ連のメディアも――がその場に招待されていたことを指摘した。

ハーシーはショーンに向けて上海から電報を送り、この実験のせいで自分たちが構想している記事の価値が下がるのではないかという懸念を伝えた。〈ニューヨーカー〉の編集者たちは、ビキニ環礁へ政府の輸送船で通信員を送るように連絡を受けた中に入っていたが、ショーンは冷静にこの申し出を断わり、ハーシーに計画通り広島へ行けと指示した。

「時間が経てば経つほど、[15]［あの］記事はすごい可能性を持っているという確信が強まる。誰も手をつけていないものだ」と、彼はハーシーに伝えた。

どちらかというと、ビキニ環礁での実験はハーシーの広島での仕事の必要性を増した。最初の爆弾は九十隻の船隊のうち、狙いをつけた船の上空で爆発し[16]、五隻を沈めた。何十人ものジャーナリストとカメラマンがこの実験を陸軍省の船から見た。その船上では、〝ビキニの爆弾が見学者の生殖器に及ぼす可能性のある影響について陰気な冗談[17]〟が交わされた。二十二キロ離れたところから、目を保護するため溶接工用の眼鏡をかけて見ていて、爆発が尻すぼみであると感じたジャーナリストもいた。〈サタデー・レビュー・オブ・リテラチャー〉誌のノーマン・カズンズは、船上にいた。仲間の通信員の一人が、あまり感服しない様子で彼のほうを見た。

「考えていたんだ[18]」彼は言った。「次の戦争は、さほど悪いものじゃないかもしれないなってね」

　別のジャーナリストは、「爆発の音は……バーの向こう端でこっそりしたゲップみたいなものだった[19]」とまぜかえした。背筋に寒気が走ったり、ぞっとしたりすることはなかった[20]と、もう一人は報告した。

　船に乗っていた取材記者たちは騙されたと憤慨していたと、国際通信社のクラーク・リーは言った。「彼らは実験を見届けた……その結果、世間の多くが、広島と長崎の原子爆弾による破壊の報道は誇張されていたのだと判断した[21]」

　ビキニ環礁の実験の本当の意味を見抜いた数少ないジャーナリストの一人に、〈ニューヨーク・タイムズ〉の老練の通信員、ウィリアム・〝核《アトミック》のビル〟・ローレンスがいた。一九四五年の春にグローヴス中将に徴集され、いわゆる秘密のマンハッタン計画の公式歴史家になった人物だ（マクラリーの旅行に参加した、ハーシーの友人でもあったビル・ローレンスは、二人の〈ニューヨーク・タイムズ〉の記者を区別するために、〝非核《ノンアトミック》のビル〟というあだ名をつけられた）。核のビル――〝小柄で色黒で[22]……潰れたような鼻で、くしゃくしゃな髪〟と、ある記者は描写した――は〈ニューヨーク・タイムズ〉から政府に出向していたさい、日本への爆撃に関する陸軍省の公式の声明を作る手助けをし、事実上、グローヴス中将の広報官として働いた。前年の秋、核のビルは〈ニューヨーク・タイムズ〉の読者に、日本は爆弾に関する放射線の報道を誇張していたと伝えた。彼は、日本の報道は〝敵の宣伝活動《プロパガンダ》〟[23]に過ぎないと書いた。

ビキニ環礁の見学者の多くとちがって、核のビルは、ビキニ環礁の実験はアメリカの核の力量が増大していて、この兵器がさらに危険になっていることを示していると気づいた。許される範囲内——とくに、グローヴスの追従者である核のビルにとって——の記事で彼は〈ニューヨーク・タイムズ〉に、ビキニ環礁で二番目に爆発した爆弾は、実際、〝地上で感じられた最大の爆発[24]〟だったと報告した。今回は少なくとも五万トンのトリニトロトルエン相当の爆薬を搭載していた。広島を破壊した爆弾の威力の二・五倍だ。今回は、残留している放射線があったと、彼は述べた。実験後に、環礁に囲まれた礁湖の中に〝放射性の水が大量に渦巻いていた[25]〟。爆風で飛ばされた放射能の飛沫《ひまつ》が、周囲にいた船にかかった。

それでも多くのアメリカ人は、ビキニ環礁にいた記者たちの何人かのように、この実験に困惑し、落胆さえした。予想したほどの悪影響が出なかった[26]と、その後の世論調査でアメリカ人の五十三パーセントが言った。彼らはこれもまた、日本の原子爆弾についての初期の騒ぎが不当なものだったという証拠だと考えた。

病床のひらめき

ハーシーは五月の第二週には日本に入ると決意した。彼は東京のＳＣＡＰに、入国の許可を申請した。日本は厳しい封鎖状態にあったが、ハーシーが中国にいるあいだに、少なくとも一つ、彼にとって前向きな展開があった。一九四六年四月までに、アメリカは軍隊の大半を広島から退去させたのだ。[27]これでうまくいけば、彼が現地で仕事するのが少しは容易になるはずだった。しかしながらまだアメリカの憲兵隊がその地にいたので、街で報道任務を遂行するつもりなら、用心して賢明に動かなければならなかった。

四月の末、追加的な仕事で満州に行ったさい、ハーシーはインフルエンザにかかった。彼は〝上海から中国北部へ共産党員たちと闘いに行く国民党軍第六軍新二十二師団を運ぶ〟[28]六隻の合衆国揚陸艦の一つ、タンク（あるいは戦車揚陸艦）に乗っていた――これはアメリカ軍の監督下の作戦行動だった。ハーシーは病気になったとき、上海に戻る駆逐艦に移された。[29]

これは幸運な病気ということになった。ハーシーが船上で回復したとき、乗組員が彼に、船の図書室から本を何冊か持ってきた。その中にソーントン・ワイルダーの『サン・ルイス・レイ橋』があった。一九二七年に発表されたこの本は、峡谷にかかったロープの吊橋が五人の人間が渡っているときに壊れ、それで死んだペルー人五人の人生を詳しく描いたものだ。ワイルダーは事故の前段階と、主人公の五人が悲劇的瞬間に至るまでの経緯を描いていた。

ハーシーは寝棚で熱心にこれを読み、これこそ広島を主題とするのに有効な方法だと気づいた。ニューヨーク市で、彼とウィリアム・ショーンは、犠牲者の視点から見た記事を書くのが目標だとして合意していたが、ワイルダーの作品はハーシーに、非常に複雑な物語[30]を語りながらも心を奪う、痛烈で鋭い方法を示した。広島の地に入ったら、彼はそれぞれの行動が交差して〝災厄の瞬間を共有する〟[31]に至る、少人数の犠牲者の足跡をたどってみようと考えた。

これは独創的で、反体制的な手法だった。記者たちはしばしば、大げさな疑似聖書的な言葉を使って爆弾の威力を描写した。〈ニューヨーク・タイムズ〉の核のビル・ローレンスは、特にこの傾向が強かった。彼はビキニ環礁の実験のキノコ雲の一つを、〝地球が若かったときにできた大陸[32]〟に例えた。その後それは〝大きな木、たくさんの実――アルファ粒子、ベータ線、中性子――人間にとっては致死性があり、目に見えず、人類が危険を承知の上で食べなければならない知識の実[33]〟のなる木へと変化したと書いた。このような描写では、原子爆弾とその余波は読者にとって抽象的だった。核のビルでさえ、自分も含めて誰も、爆弾の規模と意味を効果的に描写できなかったと認めた。

「人間の頭は、あのような規模で考えるようにはできていない[34]」と、彼は判断した。

そろそろ誰かが、人間の頭でも把握できるような言葉で爆弾を描写するべきときだった。ハーシーは『サン・ルイス・レイ橋』を読み終えて、規模の大きさではなく細かい点を強調することによって、要点を伝えられるのだと考えた。誰もが原子爆弾の働きを理解したり、世界的な核戦争を視覚化したりできるとはかぎらない。だが一握りの普通の人間――母親、父親、小学生、医師、事務職員――が日常的な行為をしているときに突然の大災害に見舞われるという物語は、誰でも理解できるだろう。ハーシーは読者を、一九四五年八月六日の明るい夏の朝、犠牲者のキッチンや通学に使う路面電車、オフィスへと連れていき、彼らの身に降りかかったことを見せようとした。「読者に登場人物そのものになってもらって、いくらかでも痛みを感じさせるのが、わたしの希望だった[35]」と、彼はのちに言った。

単純に、尺度の問題だった。ハーシーは視線の高さを、神から人間へと下ろすことになる。

占領者たち

五月十三日、ハーシーは東京のＳＣＡＰ報道室から国際電報を受け取った。

〝ジョン・ハーシーの通信員としての入国に異議なし[36]〟

彼は認められた。ハーシーは上海の報道室からションーンに電報を打ち、日本へ入るための軍の輸送機関を待っているところだと伝えた。一週間後、ハーシーはもう一本、軍からの電報を受け取って、上海から東京へ〝直近で利用可能な交通機関で移動するように認可された[37]〟と知らされた。

五月二十二日、ハーシーはアメリカ軍の飛行機に乗って上海を発《た》った。太平洋上空を飛んでグアムに着き、そこから彼は東京行きの海軍の飛行機に乗った。一年ほど前、友人である非核のビル・ローレンスはアメリカ軍の爆撃機による大規模焼夷弾攻撃を取材するさい、B-29でこの街の上を旋回した。日本の探照灯が空を照らし、首都の上空にかかった重い煙を明るい光線が切り裂いた。ローレンスの乗っていた飛行機の乗組員は、眼下の街に焼夷弾を落とした。「わたしたちの前を飛ぶ飛行機が落とした焼夷弾は、地面に近づくにつれて何百万もの蛍のようになった[38]」と、彼はのちに述べた。何秒かのうちに、東京の広い範囲が炎と化した。火は裕仁天皇の皇居内の建物に広がった。

一年後、炎はとうに消されたが、黒焦げになった街の惨状が何キロにもわたって残っていた。前回ハーシーが東京に行ったのは一九四〇年、〈ライフ〉の仕事で、戦前のアメリカの密使、ジョゼフ・グルー大使を取材するためだった。この街は伝統的な日本の木造建築がたちならぶ、活気のある首都だった――それは連合国軍の焼夷弾にとっては、完璧な焚《た》きつけだった。

〝東京の街路で、行商人が売り物［の歌をうたう］[39]〟と、ハーシーは報告していた。〝日本風のジャズ、西洋の管弦楽法と東洋の和声楽が混じった興味深い音楽が、あちこちの店から鳴り響いて聞こえる〟

これらの店の大半は焼けてしまい、東京の街路はまだ混乱していた。記者のジョージ・ウェラーの描写を借りると、街はまだ〝煙草の吸いさしのようになった建物の残骸がたくさん並び、まるで灰皿[40]〟だった。建物のねじ曲がった金属の枠組が、地面から突き出していた。ほかの場所では、大きく割れた土台が、かつてそこに建造物があったことを示していた。日本人の生存者たちは、瓦礫の上にたてられた大量のテントや粗雑な金属の壁の小屋に住んでいた。あらゆるところに、焦げた炭や魚のフライ、そして人糞《じんぷん》のにおいが満ちていた。

占領は本格的になっていた。最寄りの海軍の港であり、占領軍の入国地点である横浜は、プレハブの兵舎や軍の施設でいっぱいの駐屯地になっていた。この街と東京のあいだの道路は、日本人の手押し車や自転車や牛車の横を米軍のトラックやジープが走り、息が詰まりそうだった。東京で、アメリカ軍――彼らは〝占領者〟[41]と自称した――は元大日本帝国陸軍の兵舎か、残っていた中心街のオフィスビルに入った。首都の街路は〝カーキ色やくすんだオリーブ色［の制服］であふれていた〟[42]と、AP通信の記者ラッセル・ブラインズは回想した。〝あたりは、不穏で一時的な緊迫感に満ちていた〟

東京で、マッカーサー元帥は、日本の天皇がまだ住んでいる皇居から通りを隔ててすぐの、要塞のような第一生命保険会社ビルに総司令部を設置した。それはわかりやすい意思表示だった。最高司令官は近くのアメリカ大使館に住み、アメリカ人兵士たちに警護されていて、「たくさんいる日本人警察官はまるで寝ているようだった」[43]と、ブラインズは言った。占領者の一人、アメリカ人医師は、マッカーサーの車列が街の中を進む様子は、現代のシーザー[44]を見るようだったと言った。日本人たちは充分に服従していたとも、彼は述べた。

「通りを歩いていると、身長が百七十七センチあるわたしは、多かれ少なかれ身を屈《かが》めて歩いている日本人《ジャップ》よりも頭一つ大きい」[45]と、この医師は言った。「日本人《ジャップ》は誇り高い人々だと言われるが、今はつまらない生き物のような態度だ」[46]

身長が百八十二センチあったハーシーは、戦後の日本において特別に目立った（ある日本人医師は、彼は〝わたしがこれまでに見た中で一番背が高い男だ〟[47]と記した）。現地に着いてから目立たずにいるつもりだったとしたら、その思惑ははずれた。彼の存在は人目を引き、地元のメディアに取り上げられさえした。〈ニッポンタイムズ〉（その後ジャパンタイムズに改称）は、〝アメリカの有名な文人の一人が東京に着いた〟[48]と報道した。記事には続けて、彼が控え目で教養があるだけでなく、〝長身でハンサムで、若々しい〟[49]と記されていた。

彼の来日の目的については、〝仕事で中国に数週間いたあとで〟、このピューリッツァー賞受賞作家でありジャーナリストである人物は、〝東京経由でアメリカへ向かうため〟[50]のようだと、〈ニッポンタイムズ〉は報道した。

侵入の道が開ける

五ヵ月前の一九四六年一月、ハーバート・スサン中尉という軍の映画制作者[51]は、厄介な仕事を与えられた。戦争中、彼はカリフォルニア州カルヴァー・シティに拠点をおき、アメリカ軍陸軍航空隊の第一映画部隊のための宣伝映画とラジオ放送の仕事をしていた。戦争が終わったあと、彼は東京に再配置され、広島と長崎を含めた二十以上の日本の街でアメリカによる爆撃の効果を記録するという任務を負ったダニエル・A・マクガヴァン中佐の率いる、アメリカ軍映画制作者の小さなユニットに入っていた。このチームが長崎に行ったとき、スサン中尉はショックを受けた。

「長崎がひどい被害を受けたのは知っていたが、わたしたちが行く前、誰も心の準備をさせてくれなかった」[52]彼はのちに話した。「一つの爆弾、たった一つの小さな爆弾でこんなことができるとは、信じられなかった。いくつもの大きな工場が――まるで空から巨大な手が伸びてきて、全部を押しつぶしたみたいだった」

広島は彼にとって、さらに見るのがつらいものだった。そこの川や橋は、彼の郷里[53]であるニューヨーク市を思わせた。彼のユニットは二十七キロメートルものカラー・フィルム[54]を費やして原子爆弾の街の生々しい映像を撮影し、そこには火傷を負った瀕死《ひんし》の生存者の痛ましい姿もあった。

五月末、スサン中尉は現地にいて、マクガヴァン中佐からメッセージを受け取り、打ち合わせのために東京に戻る交通機関に乗れと指示された。スサン中尉は従順に、前年の秋に外国人ジャーナリストたちによって創立された東京特派員クラブでの打ち合わせに姿を見せた。マッカーサー元帥の軍隊による横浜の〝報道関係者のゲットー〟から解放されたのち、ジャーナリストたちは、占領についての報道を始めるために首都に戻った。残っていたホテルや建物の部屋はすべてSCAPの役人たちに使われていたので、記者団は、傷んではいるが居住可能な五階建ての赤レンガの建物を見つけて借り、自分たちの総司令部とした。不潔で窓は壊れ、屋根のない遺棄されたオフィスビルに囲まれた狭い道沿いに建っていたが、そこは東京に派遣された西洋のジャーナリストたちほぼ全員にとっての、憩いの場となった。[55]部屋が満員になったら、通信員たちは紙製の衝立《ついたて》の裏にある、粗雑な造りの〝舞踏室〟で寝ることができた。ある時点で、進取的な記者がロビーに小さな銃を売る店を設置した。この記者はたいていの時間を、この店と、その場のダイス・テーブルの監督に費やした。もしこのクラブが、ある通信員が言ったように〝急拵《きゆうごしら》えの売春宿であり、効率の悪い賭博場であり、闇市場〟[56]であったとしたら、それはＳＣＡＰの役人との情報交換のための重要な中心地でもあり、機密や内報が密かに得られる集会所でもあった。

　五月末のその日、スサン中尉がクラブに着いたとき、マクガヴァン中佐はそこで彼と会い、ジョン・ハーシーを紹介した。

「彼はニューヨークから来た記者で、広島で何かをしたいと思っている」[57]と、マクガヴァン中佐はスサン中尉に言った。

　三人はともに昼食の席についた。食事をしながら、マクガヴァン中佐は原子爆弾の街で過ごした時間についてハーシーに話したと、スサン中尉は回想して言った。映画制作者たちの広島での撮影フィルムはワシントンＤＣに送られたが、その後何十年も機密扱いになる。スサン中尉はアメリカ戦略爆撃調査団の長に、そのフィルムは〝政府による使用に厳しく限定〟[58]されると言われた（マクガヴァン中佐の意見では、アメリカ政府は〝自分の罪を残念に思っているため、その素材を外に出したくなかった〟[59]）。だがスサン中尉は、その目で見て撮影した事柄をぜひとも広めたかった。

「この壊滅状態、この大虐殺を人々に見せることができさえしたら、重大な平和の主張になるはずだった」[60]スサン中尉はのちに述べた。「物語をすべて語らなければならない……『このような兵器が地上にあって、人間もまた地上に生きていることはありえない』と考えたのを覚えている」

彼は爆弾の人類への影響を記録するため、個人的に、ただ壊滅した風景だけではなく、原子爆弾の犠牲者も撮影しようと努力した。[61]

映画制作者たちはハーシーに、広島での連絡先[62]を教えた。彼らはまた、広島を拠点にしている司祭たちのグループについても話した。爆発を目撃し、生き残り、まだ破壊された街に暮らしている者たちだ。

ハーシーはすでに、ヨハネス・シーメス神父という名前の、日本に拠点をおくドイツ人のイエズス会士による報告書を読んでいた。この神父は爆弾投下の日に広島の郊外にいて、〈ジェスイット・ミッションズ〉という雑誌に目撃談を書いた。一九四六年二月、〈タイム〉は、その地域全体のアメリカ軍兵士たちに配られる太平洋沿岸地方のポニー版[63]に、翻訳された記事の縮約版を掲載した。ハーシーはこの証言の全文も手に入れていた。

この報告書で、シーメス神父は午前八時十五分に広島上空でリトルボーイが爆発したときの様子――〝谷じゅうがギラギラした光で照らされた……わたしはガラスの破片を浴びた[64]〟――と、その後の恐ろしい光景の、生々しい詳細を語っていた。仲間の司祭たちを助けようとして燃えている街じゅうを歩き回り、シーメス神父は同輩を二人発見したが、二人ともひどい怪我を負っていた（彼らの布教団の秘書役だった日本人も生き残ったが、爆弾の爆発後に正気を失い、そのころ街の中心に広がっていた大火災の炎に飛びこんで自殺をしたようだと、シーメス神父は書いた）。二人の負傷した神父たちは浅野泉邸《あさのせんてい》に避難し、そこでシーメス神父に発見された。そこに現われて二人を船に避難させるのに手を貸した日本人のプロテスタントの牧師――〝わたしたちの救いの天使[65]〟――の尽力がなければ、二人は死んでいたかもしれない。

マクガヴァン中佐とスサン中尉がシーメス神父の報告書にあった特定の生存者たちに会ったかどうかは定かでない。だが少なくとも今、ハーシーはこの目撃者たちの何人かがまだ生きていて、広島にいることを知った。これらの神父たちが、記事に取り組む手がかりになるかもしれないと、ハーシーは感じた。

ここでは軍隊が食料を管理する

東京特派員クラブは、ＳＣＡＰの報道室から歩ける距離にあった。この報道室は、第一生命保険会社ビルにあるマッカーサー元帥の本部に近い、元ラジオ東京ビルに設置されていた。戦時のカモフラージュ[66]の外装、真っ黒なペンキが、まだ六階建ての建物を覆っていた。内部は、部屋や廊下が魚臭かったと[67]、アメリカ人通信員の一人がさも嫌そうに回想した。二階に、オフィスと机のある大きなニュース編集室[68]が、ＳＣＡＰに認可された報道機関の記者たちのために作られていた。ハーシーはこのラジオ東京ビルから本社へ、通信や原稿を送っていいと言われた。だがその作業は常に、マッカーサーと占領軍を批判から守ることを第一の職務とするマッカーサー元帥の広報官の厳しい監視のもとでおこなわれた。そのためウィリアム・ショーンはハーシーに、アメリカに戻ってから記事を書くように指示した。[69]

ハーシーは今度はSCAPの総司令部に、この国の南方へ移動する許可を求めなければならなかった。SCAPはハーシーが日本に入ることには〝異議なし〟だったが、占領軍組織をうまくかわして広島へ近づくには、かなり外交的な手腕を発揮しなければならないだろう。軍は〝支配下の生きている者すべてを厳しく監督[70]〟していたと、AP通信の東京編集局長、ラッセル・ブラインズは報告した。その支配下にある者は誰でも、アメリカ人も日本人も同様に、生活の些細なことまで規制された。〝どれくらい食べるか、どれくらいガソリンを使うか、煙草を何本吸うかまで指示された[71]〟

SCAP広報官の気に入らない記事は、認可の取り消しや国外退去を招きかねなかった。だが広報官には報道機関を管理するための、また別のあからさまな方法もあった。この年の秋、マッカーサー元帥の広報官の長、ルグランド・A・ディラー准将——通信員たちには〝殺し屋《キラー》〟・ディラー[72]という名で知られていた——は、裕仁天皇とマッカーサー元帥の面談を取材しようとする記者たちを必ず銃剣武装兵が取り締まるように手配し、この出来事についての記事が発表されるのを禁じた。その理由を訊かれて、ディラー准将は、「気まぐれだと思ってくれていい[73]」と答えた。その後彼は、もっと厳しくする[74]つもりだ、記者たちに規則を守らせるにはたくさん方法があると言った。

「ここでは軍が食料を管理していることを忘れるな[75]」と、彼は言った。

広報官やマッカーサー元帥に反抗した通信員が、車を走らせるためのガソリンを急に与えられなくなることもあった。さらには、SCAP広報官たちはアメリカにいる編集者に電話で記者について苦情を伝え、人員交代を命じることもあった。やがて殺し屋ディラーはフレイン・ベイカー准将に代わったが、厳しさはたいして変わらなかった。ベイカー准将は東京に拠点をおく通信員たちに、アメリカと日本は厳密にいうとまだ戦争中であり、機密情報を発表したら軍法会議にかけられることもあると言った[76]（その時点で、彼は記者たちに、ＳＣＡＰの役人たちは好きな情報を機密扱いにすることができると言った[77]）。

戦争の英雄という地位があっても、ハーシーも厳しい監視を免れることはできなかった――そしてＳＣＡＰだけが、彼を監視しているアメリカ政府の組織ではなかった。東京に拠点をおく連邦捜査局の職員たちはハーシーの入国を警告されていて[78]、この情報をワシントンＤＣのＦＢＩ長官に伝え、東京支局に彼についてもっと情報を提供するよう要請した。これが標準的な手続きなのか、それともハーシーがモスクワにいたという背景がこの要請の引き金となったのかは、よくわからない。

ハーシーの任務をさらに複雑にしたのは、広島と長崎に行くのを許される外国人ジャーナリストや写真家がいるにはいたが、原子爆弾の街はまだ制限された話題[79]であるという事実だった。ＳＣＡＰが発表したプレス・コードのもとでは、日本人は詩歌の中でさえ爆撃に触れることをめったに許されず、ましてや主流の刊行物、ラジオ放送や科学的刊行物では難しかった。さまざまな立場から原子爆弾の街に派遣された日本人記者や写真家、映画制作者たちは、たいてい自分たちの素材を押収され、あるいはそれらを取り上げられるか破壊されるかするのを恐れて隠した。

ハーシーはよほど敏捷《びんしょう》に動かなければ、ウィルフレッド・バーチェットやジョージ・ウェラーといった前走の記者たちのように抑えこまれる危険を冒すことになる――あるいは、それよりも悪いことになるかもしれなかった。

昨日のニュース

ＳＣＡＰとワシントンＤＣのアメリカ政府の役人たちにとって幸運なことに、何かしら意味のある方法で広島を取材しようとする記者は、ほとんどいなかった。大半は威圧され、ＳＣＡＰの制約や障害や脅迫に刃向かわなかった。報道関係者たちが戦争中に日本人に対する人種主義の宣伝活動を飲みこんだように、多くの通信員や編集者は爆撃からの何ヵ月かで、核の余波は大げさに煽《あお》られているという政府の主張を受け入れたらしい。

ＳＣＡＰがふたたび広島と長崎を訪れるジャーナリストを厳選するようになり、彼らがその春に報告した記事には、普通に近い生活を取り戻したかのような日本の人々が描かれた。二月にまた別の公式の報道関係者のツアー[80]がおこなわれ、今回の目的はどれほど速やかに街が爆撃から立ち直っているかをジャーナリストたちに見せることだった。〈ニューヨーク・タイムズ〉東京支社長、リンドセー・パロットはこの新聞に、廃墟には家が建てられ、野菜が植えられていると書いた。今そこを訪れる者は〝廃墟を見渡しながら、広島は最初に核兵器による爆撃を受けた場所なのだということを、わざわざ思い出さなければならなかった[81]〟。そこの住人たちは驚くほど陰気だったと、彼はつけたした――ただし、爆弾による傷を通信員たちにこれ見よがしに見せつける者もいた。

「彼らはそんな注意を引くものを自慢にしているように見えた[82]」とパロットは述べて、爆弾による怪我はすべて治癒していたとつけくわえた。

言おうとしていることは明らかだ。緊急事態は過ぎ去った。もう、ここに見るべきものは何もない。広島と長崎はもはや昨日のニュースだ。この街に行ったラジオ局の記者、ジョゼフ・ジュリアンは上司に広島についての一連の放送番組を作りたいと希望したが、やめるように言われた。「もう誰も広島について聞きたがっていない」[83]と、ジュリアンは言われた。「もう古いんだ」

ビキニ環礁の実験の一行《いっこう》のように、占領政府の記者団は無関心になり、とうに新しい記事に注意を向けていた。日本には次の特ダネがきりもなくあり、終わった戦争の余波を取材しようというジャーナリストはほとんどいなかった。ハーシーが東京に着いたとき、同僚の多くは戦争時の日本の総理大臣、東条英機大将とその仲間の被告たちの戦争犯罪裁判の取材で忙しかった。もう一つ、重視されていた大きな問題がある。日本で増大する共産主義の脅威と、日本を教化してソ連に対抗するための同盟国とすることだ。冷戦をめぐる弁論が白熱しつつあった。前イギリス首相ウィンストン・チャーチルは、ソビエトがヨーロッパを横切って〝鉄のカーテン〟[84]を下ろしたと、有名な演説をしたばかりだった（「ソビエト・ロシアとその共産主義者国際組織が近い将来に何をするつもりか、あるいは彼らがどこまで勢力を拡大し、転向を強要していくか、誰にもわからない」[85]と彼は言い、その時点でモスクワが権利を主張しているたくさんの国名を挙げた）。

日本は急速に、アメリカの敵国から、ＵＳＳＲに対する東洋戦域の足場へと変化しつつあった（「日本《ジャップ》は、次の戦争ではわれわれの同盟国になる」[86]ハーシーはアメリカ人情報将校から聞いた。「金を賭けてもいい」）。

ハーシーがＳＣＡＰの総司令部に広島行きの許可を求めたとき、彼ほど有名な記者が、どうして一年近くも前の古い記事の現場を訪れたいのか、当惑されたかもしれない。それでも、この時点で記者団は鎮圧され気を逸《そ》らされているという思いこみ――そして記事は首尾よく抑えこまれたという事実――が、おそらくハーシーに有利に働いた。東京に着いてわずか二日後、五月二十四日に、彼は総司令部から、広島県に〝鉄道で行くことを認可され、招待された〟[87]。

ハーシーはすぐさまショーンに国際電報を打ち、広島へ行くと知らせた。許された現地滞在期間はわずか十四日間[88]だった。いったん現地に着いたら、素早く仕事をしなければならなかった。

第四章　六人の生存者

大量殺人現場、運動場

一九四六年、東京から広島県への六百七十五キロの旅はまだ、満員の鉄道車両に二十四時間近くも乗っているという苦行だった[1]。ある占領者は、東京の中央の鉄道の駅はいつでも〝興奮した群衆〟[2]で溢《あふ》れていて、〝濃厚な肉のようなにおい〟[3]に満ちていたと語った。「日本人《ジャップ》の乗る車両には乗客が詰めこまれていて、駅中でいろいろなにおいがした」[4]と、彼は蔑《さげす》むようにつけたした。

広島の鉄道駅は、たいしたものは残っていなかった。それでも駅は街のはずれにあったので、到着した乗客たちは広島の破壊された中心地をすぐに目にするわけではなかった。その地に降りずに広島を通過する電車に乗っていた占領者の一行は、ときおり「原爆による被害が見えない」[5]と不満をもらすことがあったと、当時を知る者が言った。

それでも、広島の駅の光景を不満だというのは、よほど冷笑的な見物人だけだっただろう。爆撃から一年近くが経っていたが、プラットフォームはまだ、家や建物の残骸に取り囲まれていた。砕けた板材、瓦、切断された金属の塊などの瓦礫が、駅のプラットフォームのまわり何キロにも散らばっていた。黒くなって枝の落ちた木々や、黒焦げの電話線電柱が地面から突き出していた。

ハーシーが広島に着いたとき、気温が上がりつつあった。夏のあいだ、廃墟は非常に暑かったと[6]ある生存者は回想し、広島には影を作るための屋根はおろか、壁でさえろくになかったと言った。〝奇妙な、得体の知れないにおい〟[7]があたりに充満していたと、同じ時期にこの街を訪れた別の記者は言った。

ハーシーは街を一目見て、唖然《あぜん》とした。〝一瞬にして、一つの兵器によって〟[8]これほどの損害が与えられたことを把握《はあく》できなかった。東京で見た焼夷弾による被害には、彼はさほど動揺しなかった。「あのような損害はヨーロッパや他の場所でも見たことがあった」[9]と、彼はのちに言った。いずれにしても、東京の荒廃状態は、何百機もの爆撃機によって、何度も繰り返された攻撃によるものだった。だが到着した瞬間から、ハーシーは広島の状態に震えあがった。[10]一つの爆弾によってこれほど破壊されたという事実が、この任務のあいだじゅう彼を苦しめた。

ハーシーはずっと、彼の言葉を借りて言うと、〝ユーモアと軽い記事と漫画の雑誌が突然、これほど恐ろしいものを掲載すること〟[11]の皮肉さを意識していた。だが現地に立った今、圧倒的な荒廃状態を目の当たりにして、爆撃後の広島は恐ろしい抽象的概念ではなく、〈ニューヨーカー〉の誌面で暴かれるべき隠蔽された物語だとわかった。ハーシーの眼前には、何キロも続く惨めな壊滅状態と、人類が――何世紀も他者をより効率的に大量に殺すための手段を考案し続けたのちに――ついに自らの文明すべてを破壊する手段を発明したという、現実の証拠があった。ハーシーはこの任務をやりきれないのではないかと不安になり、できるだけ早く済ませようと決意した。[12]

それまでの十ヵ月間、広島は再建しようとしてきたが、そのための資材が不足していた。多くの生存者は、以前の敷地に小屋を建てようとした。〝灰や瓦礫の中に……雑然とした住居がたくさんあり、信じられないほど汚かった〟[13]と、ある記者は振り返った。急拵えの家の大半は、廃墟で拾った廃材を寄せ集めて造った、ブリキ製の掘っ立て小屋だった。崩れたり焼けたりした元住居の残骸には急作りの看板が釘付けされていて、生存者の避難場所や、死んだ以前の住人の身の上が詳細に書かれていた。

住民が新しい家を建てるために土地を掃除しようとしても、きりもなく死体や切断された手足が出てきた。ハーシーが現地にいたころ、六月、一つの地区での共同清掃活動で、千体の死体が掘り起こされた。[14]

街で生き残った人々は飢えていた。アメリカの占領軍は日本にトウモロコシや小麦粉、粉ミルク、チョコレートを持ちこんだが[15]、広島への〝外からの供給は不定期だった〟[16]と、別の記者は当時の日誌に記した。〝ここの人々は忘れられたように感じている〟と、彼は書き足した。リトルボーイが街を破壊したあと、台風と洪水[17]がこの地域を襲い、爆撃に耐えた作物を台無しにした。廃墟で、自分たちの小屋の隣に小さな畑を作ろうとした住民もいた。原子爆弾の街で、食物がふたたび育っていた。雑草や草や花は、力強く瓦礫の下から顔を出した。爆弾は植物の根を地中に生かしておいただけでなく、〝刺激もしたようだ[18]〟と、ハーシーは明らかな嫌悪感とともに観察した。パニックグラス（黍《きび》）やフィーヴァーフュー（夏白菊《なつしらぎく》）といった、その場に似合う名前の植物が、よく生育するものの中にあった。

街を歩き回るのは、いまだに大変な行為だった。一九四五年八月六日、午前八時十四分、街の中心の路面電車は朝の通勤者たちでいっぱいだった。午前八時十六分、その路面電車はゆがんだ残骸となり、黒焦げになった死体でいっぱいだった。[19]今では路面電車はいくらか復旧し、一部きれいになった通りを走っていた。回収した様々な廃材で間に合わせたタイヤのついた自転車を漕《こ》ぐ地元民もいた。葬儀馬車が、いまだに広島赤十字病院から遺体を運び出していた——赤十字病院は、建物内はまだまだ補修途上だったが、新しく煉瓦《れんが》の正面玄関ができていた（あるアメリカ人医師はここを訪問して、この病院の状態を〝とんでもなくひどい〟[20]とし、「病室にいたらやせ衰えるどころか、死んでしまうだろう」[21]と言った）。グローヴス中将とそのチームが安全だと宣言したにもかかわらず、まだ数平方キロメートルは、放射線の影響を受ける可能性があるため立ち入り禁止になっていた[22]とされる。

鋼鉄の塔の残存物が、まだ広島のゼロ地点に立っていた。そこに立てられた看板にはこう書いてあった。

〝爆心地〟

ここは日本人にとって一種の聖地だったが、数えきれないほどの占領者が写真撮影のためにここを訪れた。〝国際的親睦〟の記念碑を造ろうという検討会[23]が開かれ、ゼロ地点は多かれ少なかれこの地を訪問する一団にとってテーマパークのように扱われた。廃墟で安売りされる〝爆弾の記念品[24]〟に浮かれ騒ぐ者もいた。放射能が残っている恐れがあっても、収集家を寄せつけずにはおかなかった。「何百エーカーもの宝の地域[25]には、がらくたに混じってたくさんの骨董品や家宝があった」と、ある訪問者は言った。彼自身はいくつかの欠けた磁器のカップを手に入れて、灰皿に使うつもりだった（もっと大きなものを持ち出す者もいたが、彼は〝素人のたかり屋[26]〟に過ぎなかった）。すでにずいぶん持ち去られていたはずだが、それでもたくさんのものから選び出すことができたと、彼は言った。アメリカでそれらを売れば、〝きっと一財産になるはずだ[27]〟ということだった。

占領軍は大量殺人現場を運動場に変える方法を見つけた——文字通りにだ。これより六ヵ月前、長崎に駐在する海兵隊は原子爆弾によって荒れた土地を片づけて、フットボール場を造った。海兵隊のバンド演奏と回収した木材で作ったゴール・ポストを用意して、そこで新年の〝原子《アトム》ボウル[28]〟を開催した。日本の女性を徴集してチアリーダーにした。〝適切なことだと思った[29]〟と、何年もあとにある選手は回想した。〝すばらしい宣伝になる[30]〟と、思ったという。

天国というのがどのようなものか

広島では住居の選択肢はほとんどなかったが、ハーシーは広島港の近くの宇品《うじな》で、アメリカ軍警察の寮に宿をとることができた[31]。爆心地から四・八キロ離れた場所にあり、宇品という地区はゼロ地点にもっと近い地域よりも被害が少なかったので、占領軍は無傷の建物を使うことができた[32]。第二次世界大戦中やそれ以前の戦闘のさいは、日本艦艇がこの港から、アジア中の戦地へと送り出された[33]。

ハーシーが、有害だと見なされるかもしれない記事の取材をするためにアメリカ軍と一緒に滞在するのは、初めてのことではなかった。彼は認可された従軍記者として、さまざまな軍隊に随行して戦時の大半を過ごした。そうした状況でも、彼は取材の手を抜くことはしなかった――『アダノの鐘』での圧倒的なパットン司令官の人物描写に見られるように、批判的な評価をする態度も揺らがなかった。いずれにしても、ジープやガソリンといった必需品を手に入れるのに重要な、広島に拠点をおくアメリカの役人たちと対等の関係を保つのが、ハーシーにとっては好都合だった。ハーシーは、認可された移動の指示書で、〝最低限の生活の糧[34]〟は自分で持っていくほうがいい、もし広島で食事をするつもりなら、日本人ではなくアメリカ人のところで食料を得るようにしろと指示されていた。

ハーシーはすぐさま記事の主人公たちを探し始めた。まずはシーメス神父の証言でその存在を知り、マクガヴァン中佐とスサン中尉から聞いた、イエズス会士たちから始めた。広島に居住しているカトリック教徒を見つけるのは難しくなかった。司祭たちは建設資材を手に入れることのできた数少ない広島住人の一部で、すでに小さな建物を造り始めていた。まず、彼らは廃墟と化したかつての布教所の建物をきれいにし、そこに仮小屋を建てた。教会の予定地に積まれた丸太は、広島のこれほど幸運でない住民の羨望を招いた[35]。

ハーシーはすでに、この布教団体の長——ドイツ人のフーゴ・ラッサール神父長——を知っていた。彼の苦しい体験は〈タイム〉誌の太平洋ポニー版に再掲載されたシーメス神父の目撃談の中で語られていた。ラッサール神父は、[36]街が爆撃されたとき、広島の幟町《のぼりちょう》の、イエズス会中央布教所と教会区会館のある敷地内にいた。今は、教会を再建するために戻ってきた他の司祭たちとともに、トタン波板と木板からできた、小さな一室だけの仮小屋に住んでいた。[37]そこは一時的な教会であり、応接室、司祭たちの住居でもあった。夜になると、彼らは床に麦わらのござを敷いて寝た。家の前の合板が、にわか造りの祭壇の役目を果たしていた。ラッサール神父とその同輩たちは、米と白い大根で生活していた。

ふわりとした薄い色の髪と、大きすぎる耳とで、ラッサール神父は人好きのする外見をしていた。廃墟にいても、彼には強い意志と前向きな姿勢が感じられた。一九二九年に日本に来る前、イギリスで哲学と神学を学んでいて、[38]英語を話した。ハーシーが彼を見つけ出し、記事のために話してほしいと持ちかけたとき、ラッサール神父は承諾した。

八月六日、二階の部屋の窓辺に立っていたときに[39]爆弾の閃光《せんこう》が街じゅうを焦がしたと、ラッサール神父は語った。その窓が突然室内に吹きこんできたが、彼はなんとか窓から離れた。粉々になったガラスの欠片《かけら》が彼の背中一面に刺さり、左脚に裂傷を作った。血が傷から噴き出した。「これがわたしの最期だ」[40]ラッサール神父はそう考えたという。「これで、天国というのがどのようなものかわかる」[41]

だがそれは、ラッサール神父の最期ではなかった。そこはゼロ地点から一・二キロしか離れていなかったのに、奇跡的に、教会区会館の基礎構造は持ちこたえた。イエズス会にいたグロッパーという名の司祭が、地震を恐れて建物を強化していたからだ。割れたガラスを浴び、壊れて飛んでくる家具に当たったりしたが、敷地にいた者は誰も死ななかった。天国がどんな様子かを知るよりも、ラッサール神父はすぐに、自分と仲間たちが地上の地獄に押しこまれたことを知った。

敷地にあった他の建物はすべて壊れた。正面近くにあったカトリック教会の幼稚園も例外ではなかった。子どもたちが、崩壊した建物の下で泣き叫んでいた。ラッサール神父と他の司祭たち――頭にひどい怪我を負って出血している者もいた――は、子どもたちを掘り出そうと駆けつけた。子どもたちは〝たいへんな努力で助け出された〟[42]。

近隣で、ショック状態の血まみれの生存者たちが通りに出てき始めた。通りには倒壊した家や落ちた電線、焼けた電柱、そして死体が散らばっていた。司祭たちはなるべくたくさんの人々を助けようとしたが、やがて大きな火の壁が布教所へ迫ってきた。司祭たちは地獄のような灼熱《しゃくねつ》から逃げながら、隣人や教会区民――倒壊した家に閉じこめられた者たち――が苦悩の悲鳴を上げ、助けを求めるのを聞いた。彼らを救う手段はなかった。彼らは〝運命に取り残される〟[43]しかなかった。炎がその地区をのみこむのとともに、焼け死ぬはずだった。

ラッサール神父はハーシーを、あの日一緒にいたもう一人のドイツ人司祭に紹介した。[44]ウィルヘルム・クラインゾルゲ神父は三十九歳で、やはり英語を話し、インタビューを受けることを承諾した。クラインゾルゲ神父は、爆弾投下後、ひどく体の具合が悪かった。リトルボーイが爆発したときは小さな傷を負っただけだったが、なぜかその小さな傷は時を経ても治らず、彼は熱や眩暈《めまい》、下痢、そして白血球数の激減に悩まされていた。爆弾投下の二週間後くらいに、「わたしはひどい疲労感に襲われ、やがて立ち上がれなくなった」[45]と、彼はのちに語った。彼は東京の病院に行き、そこで重症だと言われ、[46]〝爆弾の発した放射線によって骨髄が損傷している〟[47]と言われた。彼は広島に戻り、それ以来、定期的に病院に出入りしていた。

クラインゾルゲ神父はリトルボーイが爆発したとき意識を失ったが、その前後に起きたことは非常に詳しく覚えていた。爆弾が爆発したとき、彼は教会区会館の三階にいて、下着姿で〈スティメン・デル・ツァイト〉[48]（時間の声）という雑誌を読んでいたと、彼はハーシーに語った。突然閃光が見えた。その瞬間、彼は意識を失った。[49]気づいたときには外にいて、教会区会館の庭をふらふらと歩いていた。空は黒い煙に覆われていた。まわりの建物はすべて倒壊していた。ほかの司祭たちが家から出てきた。頭に傷を負ったフーベルト・シッファー神父はひどい出血をしていて、他の者たちは彼が死ぬのではないかと心配した。[50]

すぐに火災が近づいてきた。これ以上家に留《とど》まっていたら、迫りくる炎のせいで逃げ道がなくなりそうだった。[51]司祭たちが逃げようとしたとき、教会秘書の深井という男性が、家の二階の窓辺に立って泣いているのが見えた。

ハーシーはシーメス神父の証言から、深井のつらい運命をおおよそ知っていた。クラインゾルゲ神父はその詳細を語った。彼はハーシーに、自ら家の中に駆け戻って深井を連れ出そうとした様子を話した。深井は取り乱していて、クラインゾルゲ神父に自分の祖国がこれほど破壊されては生きていけない[52]と言って、建物から出ることを拒んだ。クラインゾルゲ神父は無理やり深井を家から引きずり出して[53]、力ずくでその場を離れさせた。それでも司祭たちが炎や崩れた建物のあいだを縫って通りを進んでいくうちに、深井は司祭たちから離れ、炎に向かって駆け戻った。以来、その姿を見た者はいないし、噂も聞かない[54]。

クラインゾルゲ神父はじめ、疲れ切った司祭たちは、川沿いの浅野泉邸に避難した。何時間か前は、そこは手の込んだ日本庭園だった。それが今では、言葉にできないような恐怖の場となっていた。何百人もの生存者が、そこへ押しかけた。地面は死者や死にかけた者たちで覆われていた。ひどい火傷を負って、顔が、絵具がこすれた絵のように不明瞭になっている者がいた。爆弾が引き起こした風が街じゅうに吹き荒れ、公園の近くに荒々しい旋風《せんぷう》[55]が起きた。旋風は進んでいく先に残っていた木々を引き抜き、空中へ吹き上げた。それは川の中へ入っていき、百メートルもの高さのある水柱を作った。爆風は遠ざかっていきながら、恐怖におののく避難者たちを水中に沈めた。

街から二キロ足らず離れた場所にあったシーメス神父の修練所の司祭たちは、街の中心にいた司祭たちが浅野泉邸に避難していると聞いて、にわか造りの担架を持って、彼らを探しにいった。シーメス神父の一行は、街の中に待ち受けていた光景に愕然とした。

「見渡すかぎり、灰をかぶった荒地と廃墟だった」[56]シーメス神父は言った。「川の土手は死人と怪我人でいっぱいで、［街の川が］増水して、あちこちで死体のいくつかが沈んでいった」[57]。生存者は焼けた車や路面電車の下から這《は》い出して、火災から逃げようとした。「傷ついた恐ろしい人影がわたしたちに手を振り、それからくずおれた。広島の大通りは、裸の黒焦げの死体でいっぱいだった」[58]

他の司祭たちが安全な場所に運ばれていったあと、浅野泉邸に残っていたクラインゾルゲ神父には、もっと恐ろしい体験が待っていた。彼はきれいな水を求めて泉邸の外へ出たが、そのさい何十もの、腐敗し、火ぶくれができ、皮膚のはがれた人体を踏み越えなければならなかった。近くに、水の出る蛇口を見つけた。水を持って帰るあいだに、彼は日本兵の大きな集団に遭遇した。みんな、飲み水を切望していた。彼らの目は、眼窩《がんか》で溶けてしまっていた[59]。液体が頰に流れ落ち、その顔は見分けがつかないくらい焼けていた。

やがてクラインゾルゲ神父は他の司祭たちと一緒に、シーメス神父の修練所に行き着いた。布教団は五十人ほどの避難者を受け入れたが、傷の治療や食事のための蓄《たくわ》えはほとんどなかった。何日か経ち、クラインゾルゲ神父は急な高熱に襲われて、東京の聖母病院に送られた。医師はこの司祭に、二週間ほどで帰れるだろうと言った。だがその医師が廊下に出たさい、たぶん司祭は死ぬだろうと別の誰かに言うのが聞こえた。

「爆弾にやられた患者はみんな死ぬ[60]」医師は病院の女子修道院長に言った。「二週間はもつが、それから死ぬ」

救いの天使

二人で話しているうちに、クラインゾルゲ神父はハーシーを信用し、信頼するようになったらしい。司祭はハーシーに他の生存者――ヒバクシャ（原子爆弾の影響を受けた人々）[61]――を紹介すると申し出ただけでなく、彼のために通訳も買って出た[63]。[62]

ハーシーが読んだシーメス神父の目撃談には、名前のわからない日本人のプロテスタントの牧師について言及があった。傷ついたカトリックの司祭たちを浅野泉邸から避難させるのを手伝った、〝救いの天使〟だ。この男性は谷本清《たにもときよし》という、広島出身のメソジスト派の牧師だと、クラインゾルゲ神父はハーシーに語った。

運はハーシーに味方し続けた。谷本牧師は三十六歳で、アメリカで学んだことがあり、やはり英語を話した。彼は日本が真珠湾を攻撃する一年前に、ジョージア州アトランタのエモリー大学のキャンドラー神父学校を卒業した。クラインゾルゲ神父はハーシーを彼に紹介しようと申し出た。

イエズス会の司祭たちのように、谷本牧師も廃墟に戻って住み、自分の教会を再建すると決意した――教会は彼の家とともに、爆撃の日に倒壊して焼けてしまっていた。今は広島の牛田《うした》地区[64]――街の北部の郊外で、損害が少なかった地域――に雨漏りのする家を借り、彼と妻のチサ、幼い娘の紘子《こうこ》と一緒に住んでいた。家の正面の壁には、手作りの看板が打ちつけられていた。

仮設ホール兼牧師館、広島、流川《ながれかわ》
日本キリスト教会[65]

谷本チサが、ハーシーとクラインゾルゲ神父を出迎えた。[66]谷本牧師は留守だと、彼女は言った。谷本牧師は教会を再建するための資材を集めに出かけ、街のあちこちで生き延びた住民たちのために礼拝をおこなっていた。ハーシーは名刺をおいて帰った。

その夜帰宅したとき、谷本牧師は疲れていた。クラインゾルゲ神父と同じように、彼は八月以来慢性的に体調が悪かった。爆弾の爆発から数週間後に、高熱、ベッドが濡れるほどの寝汗、下痢、全身衰弱が始まった。

〝わたしは原子力の病気にかかった[67]〟彼は前年の秋、日記に記録していた。

彼の借家の近くに診療所があり、そこの医師が牧師にビタミン剤の注射を打っていたが、症状はほとんど緩和されなかった。谷本牧師の家族は、牧師が死ぬのではないかと心配していた。彼らのまわりの、爆撃を生き延びた者たちの多くが、髪が抜け、吐血し、皮膚に気味の悪い赤黒い斑点ができて、苦しみながら死んだ。運のいいことに、谷本牧師は持ちこたえた。不運なことに、つらい症状が残ってしまった。

その晩、チサは牧師にハーシーの名刺を渡した。「カトリック教会のクラインゾルゲ神父が、この名刺の男性を連れてきたの[68]」彼女は夫に言った。谷本牧師はそれを眺めた。ハーシーは名前の横に、〝ライフ〟と〝ニューヨーカー〟と書いておいた。谷本牧師はどちらの刊行物も知っていた。チサは、ハーシーが爆撃の日の体験について牧師にインタビューしたがっていて、翌日また来るはずだと説明した。

「彼が有名な気鋭のアメリカ人記者だということはまったく知らず、彼の訪問に特別な興味を覚えなかった[69]」谷本牧師はのちに言った。「あのときまでに、わたしは実際に何人かのアメリカ人記者と会い、原子爆弾の爆発における経験談を話した。その後彼らから連絡が来たことはなかったので、わたしはむしろ、ニュース記者と会うのに興味を失いつつあった[70]」

それでも、ハーシーの名刺の何かが、谷本牧師の気落ちを変えた。彼は〈ライフ〉と〈ニューヨーカー〉の両方に、敬意を持っていた。この記者はちがうかもしれない。それに、ハーシーはあらゆる困難を乗り越えて、彼を探し当ててきた。その熱意に応えるのが礼儀というものだ[71]と、谷本牧師は考えた。

牧師は翌日も出かけなければならなかったので、ハーシーに手紙を書いて、前年の八月の体験のあらましを伝えることにした。疲労感を押して、谷本牧師は午前三時までベッドで起き上がった状態で、ハーシーに向けて十枚の書状[72]を英語で書き、爆弾が落とされた日に目撃した恐ろしい光景を詳しく述べた。谷本牧師は思い切って、もしハーシーに興味があるのなら、そこに書いた場所に案内してもいいと書いた。翌朝早くにクラインゾルゲ神父のところへ手紙を持っていき、こうした場所を示す手書きの地図を添えた。

クラインゾルゲ神父は二人の男性を、イエズス会の司祭たちの仮設本部で引きあわせることにした。その土曜日の朝、六月一日午前九時、ハーシーは谷本牧師のインタビューをしにいった。ハーシーは軍支給の従軍記者の制服を着ていたが、〝軍人には見えない〟[73]と、谷本牧師は思った。〝［ハーシーは］著述家らしい洗練された雰囲気だった〟

「手紙を読みました」[74]谷本牧師はハーシーがこう言ったのを覚えていた。「とても感動しました」ハーシーは、広島の爆撃を科学的視点からではなく、〝人間的な観点から〟[75]記事にしたいと説明した。

谷本牧師は話し始めた。「［ハーシーは］熱心に話を聞いていた」[76]と、彼は述べた。「深く共感している様子だったので、わたしは正直に話した」

広島の渡し守

一九四五年八月六日、牧師は午前五時[77]に起きた。昨夜も空襲警報があったので疲れていたが、自分で大豆粉とぬかを水で混ぜた朝食を作った。街では、まともな食料が不足して久しかった。広島では何週間も、毎晩のように空襲警報が鳴った。街の住民は、なぜ日本の他の主要都市で多くの被害者を出したような激しい爆撃がまだないのだろうと不思議がっていたが、最近、シーメス神父の言葉によると〝敵はこの街に対して特別な何かを考えているらしいという根拠のない噂〟[78]を聞くようになった。アメリカのB－29が東京を粉微塵《こなみじん》にしたときのような焼夷弾による襲撃に備えて、この街には防火線が張られていた。[79]

襲撃の場合に備えて、チサと赤ん坊の紘子は、街の中心から近隣地区へ移った友人の家で夜を過ごしていた。谷本牧師は秘蔵品を保管するため、教会から三キロほど離れたところにある裕福な製造業者の夏の別荘に移し始めた。すでに時計や聖書、教会の記録、祭壇のものなど[80]、そして教会のピアノやオルガンまで、そちらへ荷車で運んだ。八月六日の朝、手押し車には重い戸棚が載っていた。友人と二人で、彼はその家具を街の中心から三キロほど運び、隠れ家に向かって丘をのぼった。午前八時十五分、谷本牧師は夏の別荘のポーチの前に立っていて、〝ほの暗い茶色い雲から閃光[81]が走るのを見た……強烈な爆風があたりに満ちた〟。彼は恐怖に震えながら、地面の二つの岩の間に倒れこんだ[82]。砕けた木やガラスが降ってきた。彼と爆発地点のあいだには土蔵が建っていた。顔を上げたとき、夏の別荘が倒壊し、周囲の家が燃えているのが見えた。

彼も友人も怪我をしなかった。谷本牧師は近くの丘にのぼり、眼下の街が炎にのみこまれるのを見た。黒い雲が街の中心の上空に激しく渦巻いていた。呆然《ぼうぜん》とした血まみれの生存者たちが、列をなして街からよろめき出て山腹の道をのぼりはじめた。

「大半は裸だった[83]」谷本牧師は回想した。「顔や手、腕や胸の皮膚が剝《む》けて垂れ下がって……幽霊の行列のようだった[84]」

自分の家族や教会区の人たちがどうしたか心配して、谷本牧師は街のほうへ走った。途中の家はどれもひどく損傷していたが、それでもまだ建っていた。だが街の中心一キロ以内に入ると、建物は〝ハンマーで潰された玩具《おもちゃ》の建物のように、地面にぺしゃんこになっていた[85]〟。〝潰れた家の下から『助けて！』という痛切な叫び[86]〟が聞こえた。彼は破壊された地元の地区、幟町へ向かって走っていったが、どの道も激しい炎でふさがれていた。通りには何百もの死体や瀕死の者が横たわり、そのすべてが炎にのみこまれようとしていた。谷本牧師はたまたま何枚かの布団を見つけ、その一枚を水槽に浸してから体に巻きつけ、火の中に突っこんだ。灼熱の中で、まったく方向感覚を失った。ようやく自宅の近くに行き着いたが、そこで突然の旋風に見舞われた。「真っ赤な熱い鉄板や火のついた板が、空中を旋回していた[87]」と、彼はのちに述べた。牧師自身もその風で地面から二メートルか二・五メートルも持ち上げられ、空中を泳いでいるようになった。それからいきなり地面に落ち、息を詰まらせた。突然大きな爆音が近くで聞こえた。ガソリン・タンクが爆発したのだ。

　驚いたことに、谷本牧師はチサを、街の中心から逃げてくる避難者の列に見つけた。その腕には、やはり生きていた紘子を抱いていた。「［チサは］血のついたシュミーズ姿だった……髪は肩まで垂れ下がり、幽霊のような有様だった[88]」あの朝、チサは赤ん坊とともに牧師館に戻った。爆弾が爆発したとき、彼女は紘子を抱いて玄関の前に立ち、教会の仲間と話していた。すぐに建物が崩れてきて、チサたちは重い木材と瓦礫の下敷きになった。

　重い木材に押しつぶされて、チサは紘子を胸に押しつけた格好で、意識を失って倒れていた。ようやく赤ん坊の泣き声で意識を取り戻し、「彼女は赤ん坊を救うために全力でもがいた[89]」と、谷本牧師は言った。両腕が体の脇から動かせなかったが、どうにか片方の腕を動かせるようにして、残骸の中に穴を掘った[90]。まもなく紘子を押し出せるくらいの大きさの穴ができ、やがて奇跡的に、チサ自身も外に這い出せた。ギリギリで間に合った[91]。火が近づいていた。カトリックの司祭たちも避難した、浅野泉邸のほうへ逃げ、その途中で谷本牧師と会った。

牧師は泉邸の光景に衝撃を受けた。避難者の中に隣人、鎌井という若い女性を発見した。谷本牧師の娘は生き延びた。だが鎌井は死んだ幼い娘を抱いていた。[92]倒壊した家の残骸の下敷きになったとき、泥で窒息死したのだ。夏の暑さで腐敗が始まっても、[93]鎌井は何日も娘の遺体を手放そうとしなかった。

牧師はさらに多くの避難者を、川を渡らせて浅野泉邸に運ぶことにした。岩の上に引き上げられた小さな船を見つけた[94]が、中には五つの死体があった。彼はそれぞれに謝り、祈りながら、死体を引きずり出した。竿で船を押しながら、彼は死者の魂を三途《さんず》の川の向こうに運ぶ渡し守のように、怪我のひどい生存者を対岸に移送し始めた。ある男性を船に乗せようとして引っ張ったとき、〝その手の皮膚が、手袋のように抜けた[95]〟のを見て震え上がった。

「人間らしい感覚はなくなっていた[96]」と、彼は述べた。「川の中の死体を押し退《の》けながら、船を進めた」

泉邸で、谷本牧師は幟町の隣人であるクラインゾルゲ神父やその他のカトリックの司祭たちに会った。彼らは木陰に避難していたが、クラインゾルゲ神父だけは、生存者に水を配っていた。シーメス神父や司祭たちがやってきたとき、彼らが傷ついた司祭たちを船に乗せて上流のある地点まで移動させるのを、谷本牧師も手伝った。そこからは、仲間たちが担架で彼らを安全な場所へ運ぶはずだった。日が落ちたあと、暗闇の中で、地面を覆う死体を踏んだり、それで足を滑らせたりせずにいるのは難しくなった。川の水が増え、さらに死体を流し去った——まだ生きていても、川から出られないほど衰弱した者は溺れた。

　真夜中ごろ、谷本牧師は泉邸で、わずかな時間横になった。近くに、ひどい火傷を負った若い女性が横たわっていた。彼女はその日、防火線を作るために家を取り壊す作業に級友たちとともに徴用された学生だった。彼女は惨めな様子で震えていた。

「お母さん、寒い[97]」彼女は悲しそうに言った。「お母さん、寒い」

　あの日、誰も、何に襲われたのか少しもわかっていなかったし、原子爆弾が何かさえ知らなかったと、牧師は書いた——数人の例外を除いては。広島の赤十字病院の副院長、重藤《しげとう》文夫《ふみお》は壊滅状態の街の写真を撮って、フィルムを現像するために病院の暗室へ急いだ。驚いたことに、それは感光してしまっていた[98]——この兵器が普通ではない性質のものだという、最初の手がかりだった。

　ハーシーと谷本牧師は三時間ほど話したあと、家を出て近隣を歩いた[99]。二人は以前に谷本牧師の教会の建っていた、いまだに荒れたままの土地に行った。牧師はカトリックの司祭たちほど、再建の資源に恵まれていなかった。ハーシーはカメラを持っていて、谷本牧師に写真を撮ってもいいかとたずねた。ウィルフレッド・バーチェットは〈デイリー・エクスプレス〉に『原子力の疫病』の記事を発表したあと、疑わしい状況下で広島のフィルムを失った。ハーシーはそれよりも運よく、日本からフィルムを持ち出せるといいのだが。

　クラインゾルゲ神父のように、谷本牧師も広島の爆撃の生存者を紹介すると約束した。ほんの何時間か前にはハーシーは谷本牧師にとって見知らぬ人間——牧師の街を破壊し、彼の国を負かして占領した国から来た記者——だったが、谷本牧師は〝何年も会えなかった知人[100]〟と話しているような特別な感覚を覚えていた。

一万人の患者

続く何日かで、クラインゾルゲ神父と谷本牧師は知り合いの生存者に連絡を取り、ハーシーと話す気はあるかとたずねた。毎日、ハーシーは彼らの話を聞き、彼らが体験し目撃したものすべてを吸収し、メモを取り続けた。[101] 短いあいだ作家のシンクレア・ルイスのアシスタントをしていたときに習った、速記法を使ったのかもしれない。[102] ハーシーはとにかく彼らの証言を聞いて、情報を理解しようとしていたと、回想する者もいた。

ハーシーは、けっきょく何人と話をしたのかわからなくなったようだ。のちに、二十五人から五十人の生存者をインタビューしたと概算した。どの話にも、それぞれ独特の恐怖があった。ハーシーは対象を選ぶのに、あくまでも『サン・ルイス・レイ橋』の例に倣《なら》った。全員の動線が、リトルボーイが彼らの街と生活を引き裂いた日に重なり合わなければならない。やがて、短い一覧表ができあがった。クラインゾルゲ神父と谷本牧師に加えて、ハーシーは最終的に二人の日本人医師、若い日本人の女性事務職員、そして三人の幼い子どもを抱える日本人の寡婦を選んだ。

中村初代《なかむらはつよ》は幟町の、イエズス会の司祭たちや谷本牧師の隣人だった。夫は仕立て屋で、徴兵され、一九四二年にシンガポールで死んだ。それ以来、初代は、亡き夫のミシンを使って裁縫仕事で三人の幼い子どもたちを育ててきた。子どもたち――息子一人と娘二人――は、爆弾が落ちた日には十歳、八歳、五歳だった。最年少――三重子という名前の少女――は、イエズス会の教会にあるカトリックの幼稚園に通っていた。

　ハーシーが紹介されたとき、初代もまた、ふたたび幟町に住んでいた。彼女は以前から貧乏だったが、爆撃以来、本当の貧困の意味を知った。彼女は、一間だけの土間の小屋に住んでいた[103]。壁の穴には、紙とボール紙が詰めてあった。占領者たちが大喜びで土産を略奪していったのと同じ廃墟から回収してきた皿と台所用品を使って、粗末な食事[104]をしていた。瓦礫をどかしたあと、小屋の近くに菜園を作った。クラインゾルゲ神父と谷本牧師のように、初代も、谷本牧師が〝原子力の病〟と呼んだものにひどく苦しんでいた。爆撃のあと髪の毛はすべて抜け、下痢と嘔吐でやせ衰えた。

　初代の小屋はとても小さくて、インタビューに訪れたハーシーが入り切れないほどだった。「彼は床に座って……脚を体の前で組んだ。彼の脚で部屋がいっぱいになってしまったみたいだった[105]」と、彼女はのちに語った。

　ハーシーは穏やかで友好的だったので、初代は寛《くつろ》いで爆撃の日について話すことができた。爆弾が爆発した瞬間[106]、彼女は台所で米を炊きながら、窓の外を見ていたと話した。三人の子どもたちは真夜中の、結果的には無駄だった空襲警報による避難のせいで疲れ果て、まだ隣室の布団で眠っていた。爆弾が爆発したとき、彼女は隣室へ弾《はじ》き飛ばされ、頭上からは瓦《かわら》や材木が落ちてきた。

　三人の子どもたちは残骸の下に埋まっていた。初代は必死になって子どもたちを掘り出した。子どもたちは呆然としていたが、怪我はしていなかった。一家は苦労して通りに出て、突然真っ黒になった空、倒壊した家、周囲で燃え盛る炎に驚き、震えあがった。混沌のなか、浅野泉邸まで走っていった。その途中で、潰れた三重子の幼稚園や、カトリック布教所の前で血まみれのクラインゾルゲ神父が呆然としているのを見た。

泉邸に着くと、家族全員が嘔吐した。川の水を飲み、ふたたび嘔吐し、どうしようもなく吐き続けた。中村一家は最初に泉邸に到着した人々の一部だった。彼らの目の前で死の光景が繰り広げられ、傷ついた爆撃の生存者たちが泉邸に流れこみ、大量に死んでいった。それから恐ろしい旋風がこの地区を襲った。

ある時点で、日本海軍の船が通り、まもなく海軍の病院船[107]が来ると放送をした。初代は、つかのま安心した。もうすぐ医師に子どもたちを診てもらえる。だが病院船が来ることはなく、広島の医師や看護師の大半は死ぬか、ひどい怪我をしていた。街に三百人いた医師の二百七十人[108]、そして千七百八十人の看護師のうちの千六百五十四人が、死亡するか負傷した。生き残った医師の大半がひどい怪我をしていた。部分的に焼けた広島逓信《ていしん》病院にいたある医師は、爆発の瞬間に百五十もの破片[109]で切り傷を負いながらも、数えきれない人数の患者を治療した。

生き残った医師たちは、まだ建っている数少ない医療施設に集まった何千人もの人々のあいだに蔓延する下痢と嘔吐に戸惑っていた。爆弾は毒ガスか、それとも有害な微生物[110]を放出したのだろうか？ ある医師は最初、自分が診ているのは細菌性の下痢の症例だと、誤った結論を出した。いずれにしても、医療関係者たちは患者の人数に圧倒されたうえ、まもなくどんな症例も治療できなくなる。絆創膏《ばんそうこう》や薬や清潔な水などの供給が、すぐに絶えたのだ。

クラインゾルゲ神父と谷本牧師を通してハーシーは、広島の赤十字病院で唯一、爆発を無傷で生き延びた医師に紹介された。佐々木輝文《ささきてるふみ》医師は外科チームの若い一員で、爆弾が爆発したとき現場にいて、爆発直後の爆弾による身体的損傷を目撃した。爆弾の影響についての彼の医療的観察はハーシーにとって重要なものになるはずで、記事にすべての医療専門用語を盛りこむのが肝要だった。そのために、彼は複数の言語を話す佐々木医師に、三人の日本人通訳者[111]の助けを得て質問をした。またクラインゾルゲ神父の助けを借りてドイツ語でも話した。佐々木医師は中国で学んだことがあったので標準中国語、そして英語も使った。

二十代半ばの佐々木医師はハーシーに、病院の中央廊下を歩いていたときに閃光を見たと話した。突然天井が落ちてきた。ベッドが飛んできた。血が壁じゅうに飛散した。割れたガラスや、患者や医師たちの死体が床を覆った。佐々木医師の眼鏡は、顔から飛ばされてしまった。怪我をした看護師の顔から、眼鏡を取った。彼はすぐに、目についた壊れても埋まってもいない供給品をかきあつめ、傷ついた病院職員や患者たちを手当てしはじめた。

爆撃を生き延びた者たちが、外から流れこんできた。まもなく、部屋や廊下、階段、玄関前の階段、トイレがいっぱいになり、建物のまわりにも何百人もが立ったり横たわったりしていた。一万人もの負傷者が赤十字病院に集まり、そこの六百のベッドはすでに満杯で、無傷の医師は一人だけだった。広島逓信病院の医師も同じように、人々が〝押しかけて、病院に溢れた[112]〟と回想した。彼らは〝ぎゅうぎゅうの寿司詰めにされた……部屋や廊下の尿や便、吐瀉物《としゃぶつ》［の掃除］は不可能［になった[113]〟。外では、病院へ入るための正面階段が排泄物《はいせつぶつ》で汚れた。まもなく腐敗した死体のにおいも漂い始めた。死体を片づける者はいなかった。あっというまに、病院は何百という死体に取り巻かれた。

佐々木医師は七十二時間近く、ぶっ続けで働いた。やがて別の街から医師と十二人の看護師がやってきたが、それでも医療チームが圧倒されるほどの犠牲者がいた。三日目が終わるころ、佐々木医師が治療した患者の多くが死んだ。

来なかった医師

ハーシーが取り上げる生存者のすべてが、爆撃の日に献身的に振舞ったわけではなかった。彼はまた、爆撃で自分があまりにも傷つき、瀕死の人々を助けられないと判断した広島の医師にも紹介された。藤井正和《ふじいまさかず》医師は、広島の小さな、医師が一人しかいない個人病院の院長で、クラインゾルゲ神父はじめカトリック司祭たちの隣人だった。爆撃のわずか数日前、彼は司祭たちに救急箱を提供していた。

爆撃後、藤井医師は広島郊外に新しい個人診療所を開いた。ハーシーが会ったとき、彼はその新しい診療室の外にこのような看板を掲げていた。

藤井正和医師

内科と性病[114]

藤井医師はアメリカ人占領者たちを意識したのだろう、ハーシーは看板が英語で書かれていることに気づいた。彼の小さな個人病院は爆撃で壊れたが、爆弾投下のあと、藤井医師は絶望的に具合の悪い患者たちを人一倍治療し、早く再興することができた。

ハーシーが藤井医師に会いにいったとき、この医師は最初、ハーシーが記者だとは理解していなかった。そのころ何ヵ月か、多くのアメリカ人が爆撃の生存者の話を聞きに来た。〝医師もいた。アメリカか日本の政府の調査員もいた〟[115]と、彼はのちに記した。〝ミスター・ハーシーも、その一人だと思った〟ハーシーは彼に名刺を手渡したが、医師はそこに書いてあったのがアメリカの雑誌名だとは気づかなかった。

藤井医師はクラインゾルゲ神父の助けを借りて、ハーシーと三時間話した。藤井医師はすぐに、この記者に感心した。

〝彼がここでわたしと話していたあいだ、わたしは彼を見て、『偉大なるリンカーン大統領がこんなだったのではないかと思われるような若者だ』と考えた〟[116]と、医師は回想した。〝彼［の顔］は歴史の本で見たリンカーンの写真に似ていて……とても頭がよくて同情的だった〟

一九四五年八月六日の朝、クラインゾルゲ神父と同じように、藤井医師は下着姿で新聞を読んでいた——藤井医師の場合は、広島に七つある川の一つに面して建っていた病院のポーチにいた。爆弾が爆発したとき、彼は川に落ちて、そこへ病院の残骸が降ってきた。だが藤井医師は溺れず、二本の木材のあいだに引っかかって――ハーシーの表現では、〝二本の大きな箸につままれているようだった〟[117]――頭を水面に出していられた。潮が差して水没することを考えたら、突然力が湧いたらしい。鎖骨が折れ、あばら骨が砕けているようだったが、彼はそこから抜け出した。彼の病院にいた看護師二人がやはり、蜘蛛の巣にかかった虫のように、木材に引っかかっていた。土手にいた生存者たちの手を借りて、藤井医師は看護師たちを助けた。ほかの職員や患者、彼と一緒にいた姪は、病院で死んだ。

近くでは、負傷したカトリックの司祭たちが布教所から血まみれで呆然として現われ、浅野泉邸に逃げる前に藤井医師の病院に行こうとした。藤井医師の病院はわずか六区画先だったが、そのあいだの通りに炎が広がっていた。破壊された病院に炎が迫り、藤井医師と看護師たちは川の中に戻った。彼らはそこで火災が鎮まるのを待ったが、やがて潮が差して波が立ってきた。怪我をしながらも、この小さなグループはなんとか上流へ行き、浅野泉邸近くの土手に避難した。

その日の午後と夜、浅野泉邸の死の光景のただなかにいて、谷本牧師は負傷者や瀕死の者のための救急措置が何もなされないことに腹を立てていた[118]。ある時点で彼は泉邸を離れ、別の避難場所で働いていた日本軍の医療チームに近づいて、軍の医師を泉邸に連れて帰ろうとした[119]が叶わなかった。いっぽう藤井医師は休んでいた土手をそっと去り、郊外の村にある友人の夏の別荘へ行き、そこで回復した。

浅野泉邸にいたカトリックの司祭たちは、少なくとも、何日か前に藤井医師からもらった絆創膏を貼ることはできた。

原子力時代に本に押しつぶされて

佐々木医師、クラインゾルゲ神父、そして谷本牧師は、全員がハーシーに、爆撃の日のある時点が過ぎ、あまりにもひどい恐怖を目撃したあと、感情が停止して何も感じなくなったと告白した。ハーシーもまた、苦しい話を次々に聞いて、圧倒されて限界を超えたかもしれなかった。しかしながら、ある特別な証言が、皮肉な例としてハーシーの心に残った。

　爆弾投下の前、二十歳の佐々木とし子は広島の郊外に家族と一緒に住んでいて、街の中の東洋製《せい》罐《かん》工場の事務の仕事に通っていた。ハーシーがとし子と会ったとき、彼女はまだ赤十字病院で爆弾による傷の治療中だった。つらい体験をしたあと——彼女は何ヵ月も入院していただけでなく、両親と幼い弟を爆撃で亡くしていた——彼女はクラインゾルゲ神父に相談をして慰めを得ていて[120]、それで神父は、彼女を話をする候補者に挙げた。とし子は絶望していた。苦しい出来事に加えて、とし子は婚約者に拒絶された。婚約者は戦争中は徴兵されて中国に行っていたが、生きて帰ってきた。だが今、彼は婚約を破棄したがっているという。多くの原子爆弾を生き延びた者が、災厄のあとで欠陥があると見なされ、除《の》け者《もの》扱いされた。

　体の痛みと絶望にもかかわらず、とし子はハーシーに話をした。八月六日の朝、職場に到着して机についたとき、目の眩《くら》むような閃光が走ったという。

天井が崩れ落ちてきた。いくつかの背の高い書棚が前に傾き、重い本がとし子の上に落ちた。本の山の上に棚が倒れて、さらに彼女を押しつぶした。それらの下敷きになって、左脚がねじれて折れた。中村初代や藤井医師とはちがい、彼女は本や漆喰や砕けた木材の下から抜け出せず、耐えがたい痛みに苛まれながら、そのまま何時間も意識を失ったり取り戻したりしていた。

やがて男性が現われて、がらくたの下から彼女の同僚を何人か引っ張り出したが、とし子のことは助けられず、彼女をその場に置き去りにした。彼女はのちに他の数人の男たちによって助け出され、男たちは彼女を、雨の降る製缶工場の中庭に座らせたまま残していった。彼女はその後、また別の〝救助者〟によって、中庭の壁に鉄の波板を立てかけたにわか造りの避難所に運びこまれた。彼女の左脚の下のほうは砕け、膝からぶらさがっていた。ひどい痛みだった。まもなく二人の悲惨な生存者が避難所に押し込まれた。そのうちの一人の男性は、顔にひどい火傷を負っていた。ハーシーがのちに使った表現によると、〝二人の異様な姿の者たち〟[121]は、そこに四十八時間、衰弱し飢えるまま放置された。

やがて三人は発見された。とし子はトラックで日本陸軍の救護所に運ばれた。そのころには彼女の脚は大きく腫れて、膿《うみ》がたまり、その後彼女は他の陸軍病院や臨時救護所に連れていかれたが、彼女を救える医師はいなかった――とはいえやがてあるチームが、その足に添え木をした。

その後、とし子は佐々木輝文医師の診察を受けるに至った。ハーシーが彼女と会ったころ、彼女はかなり回復していて、松葉杖で歩けたが、何週間かまともに処置されなかった左脚は、右脚よりも八センチほど短くなっていた。彼女は神の奇妙な采配をめぐって、クラインゾルゲ神父と議論を闘わせていた。神は慈悲深いはずだと、彼女は言った。ならばなぜ、これほどの苦しみを許したのだろう？　クラインゾルゲ神父の答えは納得のいくものだったにちがいない。一九四六年の夏、とし子はカトリック教徒に改宗する決心をした。

静かに去る

ハーシーはこうして、六人の主人公たちを特定した。彼らを通して、ようやく彼は原子爆弾に対する人類の代償の真実を語ることができた。その短い人物の一覧表は〝広島の全住民の縮図ではない〟[122]が、〝彼らが経験した爆撃による影響は、おそらく誰にでも影を落としているのではないだろうか〟と述べた。

現地で二週間過ごしたあと、ハーシーは東京を経由して、記事を書くためにアメリカに戻る準備をした。ハーシーと一緒に滞在していた軍の警察官の何人かは、彼が爆撃の生存者に会って話を聞いているのを知っていたが[123]、邪魔立てしようとはしなかった。おそらくそのころには、ＳＣＡＰ認可の記者たちがやってきて破壊状態を見て、生存者と喋《しゃべ》り、静かに去っていくのを見慣れていたのかもしれない。ハーシーが広島を去ったわずか数週間後、爆撃から一周年の日が近づいて、別の記者の小グループがジープで損害を視察しにやってきた。記者たちは以前の記者たちがしたように、破壊の様子をぽかんと見詰め、佐々木医師の赤十字病院で、爆撃の日に現地にいた名前のわからない医師をインタビューしさえした。だがこの旅行からは、革新的なものはおろか、少しでも新事実を暴くような記事も生まれなかった。東京では、占領軍の記者団はまだ日本の戦争犯罪裁判を熱心に追っていた。裁判は進行中で、日本の天皇も裁判にかけられて絞首刑にされるべきかどうか、[124]議論がさかんになされていた。

　ハーシーはまだ、ハロルド・ロスの言う[125]〝特ダネで世界を出し抜く〟途上にあった。広島駅のプラットフォームに立っていたとき、ハーシーは気の毒にも製缶工場で怪我をした佐々木とし子のことを思った。原子力の時代が始まった最初の何秒かに、本に押しつぶされたとは、なんて皮肉なことだろう。記事の中にこうした趣意の文章を書こうと、[126]彼は心に決めた。

　ハーシーが街を去ったあと、とし子とその他五人の生存者たちは、荒々しく変化させられた新しい世界での日常生活に戻った。谷本牧師は忌まわしい爆撃の記念日におこなわれる記念礼拝[127]の準備を始めた。藤井医師は個人で患者を診て、占領者にはウィスキーを勧めてもてなした。[128]クラインゾルゲ神父はふたたび体調を崩し、東京の病院に、今回は一ヵ月入院した。[129]中村初代の髪はまた伸びた。[130]カトリック教徒たちはなんとか幼稚園を再開したので、初代の五歳の娘はまた通い始めた。ほかの子どもたちは小学校に戻ったが、[131]近隣に無傷の建物がなかったため、授業は屋外でおこなわれた。佐々木医師は病院での仕事を続けた。

　広島の廃墟は夏の暑さにさらされた。インタビューを受けた六人の誰も、わずか何週間かのうちに、自分の名前と体験が世界中に知られるようになるとは、思いもしていなかった。

第五章　広島でのいくつかの出来事

意図的な恐怖の抑圧

爆弾の落とされた街でハーシーが最後のインタビューをしていたころ、ハロルド・ロスとウィリアム・ショーンは、地理的にも比喩的にも、地球の反対側にいた。彼らの雑誌の最新号[1]には、ホットドッグが大好きなニューヨークを拠点にする食肉業界の大物の紹介記事と、アストリア・ステークスという競馬レースの記事が掲載され、漫画や、エリザベス・アーデンの化粧クリーム、コカ・コーラ、アンダーウッドのデビルドハムの缶詰、そしてリンカーン・コンチネンタル・カブリオレの広告などが差し挟まれていた。雑誌――すっかり平和時の雰囲気に戻っていた――には、まもなく掲載されるはずの記事を予告するものは何もなかった。

六月十二日、ショーンは東京から送られてきたハーシーの国際電報[2]を受け取った。広島の情報をうまく収集できたと、ハーシーは報告していた。その日のうちに出発して、五日ほどでニューヨークに戻れるだろうとのことだった。

ハーシーは東京から、グアムに止まり、そしてハワイの主要なアメリカ軍飛行場であるヒッカム空軍基地に寄りながら長時間かけてアメリカへ向かう、空軍訓練部隊の飛行機[3]に座席を与えられた。ヒッカム空軍基地はオアフ島の、真珠湾のアメリカ海軍基地の近くにあり、一九四一年の日本による真珠湾襲撃のさいに攻撃を受けた。数ある施設の中で、格納庫や兵舎、礼拝堂などが爆撃された。広島爆撃の任務のように、日本の真珠湾攻撃も朝の奇襲攻撃だった。日本の爆弾が朝食中にヒッカム空軍基地の食堂に落ちて、三十五人が即死した。[4]この基地に立ち寄ることは、ハーシーの旅にとって陰鬱《いんうつ》だが相応《ふさわ》しいものだった。

空軍訓練部隊の飛行機は、ようやくサンフランシスコに着いた。そこからハーシーは東海岸へ移動した。締め切りの重圧があった。彼の記事は広島爆撃の日である八月六日を記念して、〈ニューヨーカー〉に掲載されるはずだった。彼は、〝極度の緊張〟[5]状態で記事や本を書くのに慣れていたが、論争を引き起こしそうな題材であること、そしてロスとショーンの厳しい編集作業を考えると、これは複雑で神経をすり減らす執筆になりそうだった。そのうえ、記念日の前後に他の出版物が競合的な記事を掲載する可能性もあった。

ハーシーは書き始めた。紙の上部に鉛筆で、思いついた記事のタイトル[6]を書きつけた。〝広島でのいくつかの経験〟彼はそれに線を引いて消した。別のものを書いてみた。〝広島での冒険〟これもだめだ。〝原初の子どもの爆弾〟[7]――日本に向けて落とされた新しい兵器のための、最初の日本語（ゲンシ・バクダン）の大雑把な訳語だと聞いていた――も、うまくない。とりあえず、〝広島でのいくつかの出来事〟という仮題に落ち着いた。

　持ち帰った証言を手に、彼は記事をできるだけ興味深いものにするための方法を取ることにした。彼は、その記事が小説のように読めなければならないと考えた。「ジャーナリズムは読者に歴史を目撃させる」[8]と、彼はのちに言った。「フィクション作品は読者に、それを生きる機会を提供する」

　広島の記事における彼の目的は、〝読者を登場人物の心の中に入らせ、その人物になりきらせ、ともに苦しませる〟[9]ことだった。読者には、雑誌を手放すための口実がたくさんあるはずだ。この素材はあまりにも生々しくて、不安を煽りすぎるかもしれない。爆撃そのものについて、良心の呵責を覚えさせるかもしれなかった。説教じみた印象になるかもしれない。故意に回避されないようにすることが、ハーシーが挑まなければならないいくつかの難題の一つだった。読者が安易に手放せないような何かを作る必要があった。記事を、恐ろしくも興味を惹かれるスリラーのように読ませることができれば、世間の注意を集められるかもしれない。

　ハーシーは『サン・ルイス・レイ橋』のように、クラインゾルゲ神父、中村初代、谷本清牧師、佐々木輝文医師、藤井正和医師と佐々木とし子の爆撃の日の物語を絡み合わせて、記事を通して読者の興味を引きつけようと計画していた。また、生存者たちの物語を、静かだが断固たる口調で紹介することに決めた。過去、〈タイム〉にハーシーが寄稿した記事は様式化されていて、物事を断定し、博識を誇示する傾向があったかもしれない。そういったものは、この記事にはないはずだった。

「わたしはこの記事で、わざと静かな口調にすることを選んだ」[10]ハーシーはのちに述べた。この意図的な〝恐怖の抑圧[11]〟は、〝怒りを声高に叫ぶよりも、はるかに心をかき乱す効果があるにちがいない[12]〟と、彼はつけたした。

文章は余計なものを剝ぎ落とし、なるべく事実を客観的に述べるだけにする――このとき核爆弾の開発とグローヴス中将に任命された組織内の歴史家としての経験を描いた（軍に認可された[13]）著作、『0の暁：原子爆弾の発明、製造、決戦の記録』の刊行を準備していた〈ニューヨーク・タイムズ〉の〝核のビル〟・ローレンスとは、正反対の文体だった。ニューメキシコ州で最初の爆弾が爆発した瞬間、〝丘陵地がイエスと言い、山々が賛同した。大地が声を上げ、突然虹色の雲と空が肯定的に答えたかのようだった。原子力――イエス。それはまるで元素の強大なシンフォニーのグランドフィナーレのようで、魅惑的で恐ろしく、気持ちが盛り上がり押しつぶされ、不吉で壊滅的で、大いなる約束と凶兆に満ちていた[14]〟と、ローレンスは書いた。

そんな調子はもうたくさんだ。ハーシーは鉛筆を手にし、座って書いた――整然とした、落ち着いた筆跡で――ジャーナリズムの歴史でもっとも有名になる、簡潔な冒頭部分の草稿だ。

> 一九四五年八月六日の朝、日本時間でちょうど八時十五分、原子爆弾が広島上空で発光した瞬間、東洋製罐工場の人事課職員の佐々木とし子は事務所で持ち場について、隣の机の女性に話しかけようとして顔をそちらに向けたところだった[15]。

彼はインタビューをした六人が爆発した瞬間にどこにいたかを詳しく説明し、彼らは何千人もの死者が出たのになぜ自分たちが助かったのかわからないと書いた。〝だが今、それぞれが生き残ったことによって十以上もの人生を生き、思っていた以上に多くの死を目撃したことは、わかっている〟[16]

ハーシーは生存者それぞれについて、爆弾投下に至るまでの朝の日常的な行動、そして爆弾が爆発した直後の出来事を、詳しく描写した（ハーシーは最初、第一部のタイトルを〝閃光〟としていて、のちに実は主人公たちの誰も爆音を聞いたのを覚えていなかったことを思い出して、〝無音の閃光〟に変えた。目も眩むような閃光というのが、各人の記憶にあった）。

彼は谷本牧師から聞いた、街から流れ出てくる血まみれでショック状態の生存者たちの恐ろしい行列を見たという話を語った。リトルボーイが街に死を降り注いだとき、クラインゾルゲ神父と藤井医師はそれぞれの家で下着姿で雑誌や新聞を読んでいたと語った。佐々木医師がその日の朝病院に到着した様子（彼はいつもより早く来た。いつもの電車と路面電車に乗っていたら、爆弾が爆発したときゼロ地点の近くに立っていたかもしれなかった）、そして赤十字病院での凄惨《せいさん》な死の光景について語った。

ハーシーは中村初代と佐々木とし子が朝の早い時間に家族の世話をしたこと、初代が崩れた家の廃墟で子どもたちを必死に探したことを書いた。勤め先で天井や本棚の下敷きになったとし子のつらい体験を書いた。ハーシーはこの最初の部を、広島の鉄道の駅のプラットフォームに立っていたときに考えた一文で終えた。〝製缶工場のあの場所で、原子力の時代の最初の瞬間を示す出来事が起きた。人間が本に押しつぶされたのだ〟[17]

彼は第二部に取りかかった。タイトルは〝炎〟とし、ここで読者は本当に、爆弾によって作り出された恐怖に巻きこまれるはずだった。この部では、ハーシーはほとんど感情をこめない文章で、谷本牧師が家族[18]や隣人を探そうとして地獄へ下りていった様子を描写した。街を飲みこんだ炎の中へ駆け戻って自殺した布教所の秘書、深井の痛ましい運命。そして中村一家の浅野泉邸への避難。倒壊して一部が増水する京（あるいは京橋）川に浸《つ》かってしまったポーチの、二本の梁《はり》にはさまっていた藤井医師について書いた。佐々木医師の赤十字病院での体験をつづった。何千人もの負傷者が病院に押しかけて、若い外科医は圧倒され、ついに〝自動機械と化して、機械的に拭き、塗り、巻き、拭き、塗り、巻いた[19]〟とハーシーは書いた。

第三部――ハーシーはもともとは〝目に涙をためて〟というタイトルにしていたが、〝詳細は調査中〟に変えた――で、彼は爆撃のあとの最初の夜、彼の主人公の何人かの動線が交錯した浅野泉邸のことを詳しく描写した。ここで彼は谷本牧師の陰鬱な渡し船の仕事、爆破の生存者の手を引っ張って船に乗せようとしたとき焼けた皮膚が剝けたことを詳細に説明した。

その後アメリカ人は長崎に爆弾を落としたが、広島の生存者がまた別の都市が同じ核の攻撃を受けたことを知るのは、何日も経ってからになる。この爆弾のニュースは、日本政府によって隠されていたからだ。

本当の影響

原稿の第四部、つまりは最終部で、ハーシーは広島の爆弾の広範な余波について報告した。彼の記事は主に六つの証言から成り立っていたが、原子爆弾について、広島の環境と人体に対する放射能の影響に関する情報も提供しなければならなかった。ハーシーは、密かに蓄えられていた爆撃後の日本の科学的研究[20]を手に入れていた。広島市によって集められた損害報告、広島の植物や木への爆弾の影響に関する植物学研究、生存者を苦しめる放射線の後遺症と原因を詳しく述べた九州帝国大学の医療診療所による〝原爆症〟の臨床的調査などだ。彼はクラインゾルゲ神父の血球数記録の写しさえ持っていた。ハーシーは、原子爆弾とその影響に関する日本の調査結果が、SCAPとワシントンDCの役人たちによって隠蔽されていたことを明らかにするつもりだった。

〝マッカーサー元帥の本部は組織的に、日本の科学的な刊行物にある爆弾についての言及をすべて検閲した[21]〟と、彼は書いた。〝だが人の心は検閲できない〟

さまざまな調査の結果が抑圧されたが、それらは日本の科学者、医師、そして役人たちのあいだでは周知のことだったと、彼は報告した。こうしたコミュニティの人々は、意図的に事情を知らされずにいるアメリカ国民よりもはるかに多くを知っていた。爆弾に関する事実の隠蔽は、少なくとも一部には、できる限り核の独占状態を保持しようとする政府の方針が関係していると、彼は考えていた。

〝核分裂において安全を保持しようとするのは、万有引力を隠しておこうとするくらい虚しいことだ〟[22]彼は怒りとともに書いた。〝アメリカの上院議員や将校たちは、広島と長崎で起きたことを隠しておくことはできない。それはミシシッピ川やロッキー山脈のように、軍にとって意味を持っていそうな事柄を隠せないのと同じだ〟

〝本当の影響〟という仮題のついた、ハーシーの第四の、そして最後の部では、一九四五年八月六日の何日か後、何週か後、何ヵ月か後の、クラインゾルゲ神父とその他のカトリックの神父、谷本牧師、藤井医師と佐々木医師、中村初代と子どもたち、そして佐々木とし子の運命が描かれた。ハーシーは彼らの治癒しない傷、貧困、体の能力を奪う放射線後遺症との闘いを、容赦なく紹介した。藤井医師は、苦しい放射線の後遺症は免れたようだと、ハーシーは書いた。医師自身の推測によると、彼の病院――彼の上に崩れてきた――が、爆弾によって放出された放射線から隠してくれたのかもしれなかった。だがクラインゾルゲ神父、谷本牧師、そして中村初代は、熱や嘔吐や倦怠感といった様々な放射線に関係のある症状に苦しんだ。爆撃から一ヵ月も経たないうちに、初代は病に襲われた。爆弾投下後わずか二週間で髪が束で抜け落ちた。そのころクラインゾルゲ神父は動けないほどの疲労感に襲われていた。切り傷は治らず、仲間の司祭に傷をいじって悪くしていると責められた。ほかに、悪化する理由があるだろうか？

ウィルフレッド・バーチェットとジョージ・ウェラーのような、ハーシー以前に〝原子力の疫病〟と〝疾病X〟の脅威を描いた者による意欲的な記事でさえも、その概要を記したに過ぎなかった。ハーシーは生存者たちを苦しめる〝原爆症〟を段階を追って詳しく暴き、いかにこの兵器が爆発のあとも無期限に人間を殺し続けるかを示すつもりだった。彼は日本の研究論文や現地でのインタビューから慎重に情報を集め、わかりやすく伝えた。日本の医師たちはすぐに、これは人間によって作られた新しい病気で、人体の細胞を破壊する、中性子とベータ粒子とガンマ線による人体への攻撃によって引き起こされたものだという結論に達していた。

症状――ハーシーの主人公たちの何人かが経験したような――としては、眩暈、頭痛、吐き気、倦怠感、四十度を超すほどの発熱に続いて、突然髪が抜け、血液疾患が起きる。歯ぐきから出血し、白血球数が急に減り、感染しやすい傷は治らず、皮膚に赤紫の斑点ができる。症状のひどさは、爆弾が爆発したときにそれぞれの犠牲者が受けた放射線量に直接関係しているようだ。ハーシーの記事を読んでいる誰にとっても、原子爆弾は従来の兵器とはちがい、放射線の後遺症はグローヴス中将の言うように〝とても快適な死に方〟であるとはいえないということに、疑う余地はなかった。

やはり日本の調査を利用して、ハーシーは、生存者の生殖機能が放射線の影響を受けたと報告した。原子爆弾に関係した生殖不能、流産、月経の停止などの発生が報告されていた――〝まるで自然が、人間をその創造力から守ろうとしているかのようだった〟[23]と、彼は締めくくった。

犠牲者の問題もあった。爆撃から一年近く経ってなお、広島の爆撃とその後の余波で何人が死んだのかわからなかった。ハーシーにはいくつかの参考にするべき概算があった。彼の情報源の一つ――広島市による調査[24]――では、一九四五年十一月三十日までに七万八千人以上の市民が死に、一万四千人近くがまだ行方不明だとされていた。これらの統計値には日本軍の兵士は入っていない。

しかしながら、広島の行政機関の誰も、これらの数字がどれほど正確なものかはっきり知ってはいなかったと[25]、ハーシーは書いた。ハーシーの手元にあった別の日本の報告書には、死傷者二十七万人[26]という数字がある（そのときアメリカ政府は広島の犠牲者数を七万から八万のあいだとしていたが、〝死傷者の正確な数がわかることはないだろう〟[27]と認めた）。何ヵ月ものあいだに新たな死体が発見され続け、広島の役人はハーシーに、爆撃で十万人前後が死んだと見積もっていると話した。ハーシーは、記事ではこの数字を引用することにした。

皮肉なことに、ハーシーがアメリカに戻って二週間も経たないうちに、政府は戦争全体で爆撃行動によって日本に与えた損害について突き止めた事柄を詳細に述べた、アメリカ戦略爆撃調査団の報告書を発表した。ハリー・トルーマン大統領は何ヵ月も前、日本が降伏した日にこの調査を要請していた[28]。ハーシーはこれを一部手に入れた。調査団はその目的を明言していた。〝原子爆弾が広島と長崎でおこなった事柄の完全な報告書[29]〟を作り、歪んだ報告と思《おぼ》しき記録を正すことだという。

報告書では正直に、調査団のもう一つの目的は原子爆弾の人体や都市部への影響を調査し、そこで学んだ教訓を〝防衛問題[30]〟に適用することだと述べていた。アメリカ政府はすでに核の独占権を謳歌《おうか》できないときが来ることを見越して、実験台になった広島の人々の調査が有用であると考えた。〝爆弾の目標がアメリカの街だったらどうなっていたか？[31]〟と、報告書の執筆者は問いかけた。〝危険は現実だ[32]〟幸運にも広島と長崎の調査によって、アメリカが核攻撃を受けたさいに見込まれる損失を軽減するための教訓を学ぶことができた。たとえば、広島と長崎では地下の避難所に逃げこめた住民はほとんどおらず、それゆえに焼死した。ここでの教訓は、国内の都市に、死の灰から身を守るための避難システムを作る必要があるということだ。

さらに戦略爆撃調査団の報告書は続き、原子爆弾の街の運命は原子力の時代の〝集中回避の重要性[33]〟を示しているとした。広島の医療施設の多くが街の中心部に拠点をおいていたため、それらは〝爆発によって機能不全になるか、消されて[34]〟しまった。都市計画者は、〝賢明な地域設定[35]〟と、〝国の活動の中心地の再編と一部分散[36]〟を考えるべきではないか。そうでなければ、同じ運命がアメリカの街や市民に降りかかる。広島と長崎の人々の経験は、こうした新たな必要性を明らかにするのに役立った（報告書を書いた者たちは、〝放射線の犠牲者についてのわれわれの理解は完全ではない[37]〟と認めもした。爆撃を生き残った人々についてのさらなる調査が必要とされていて——まさに、まもなくおこなわれようとしていた）。

戦略爆撃調査団の報告書を読み、ハーシーはいっそう腹を立て、その怒りを記事に注ぎこんだ。彼は、政府はまだ、爆弾の爆発した高さや使用されたウラニウムの量などの情報を隠していると記した。また、報告書にはまだ公表されていない特別な秘密の部分があるとつけくわえた。

だがハーシーの記事の終わりの部分は主人公たちのもので、彼らの生き残るための挑戦と、破壊された世界での新たなスタートを描いた。一年近く経って、六人は爆弾とアメリカ人に対してさまざまな意見を持っていた。中村初代と藤井医師は諦めた。クラインゾルゲ神父と司祭たちは、今も爆弾使用の倫理的意味について議論している。佐々木医師はそれについてさほど哲学的ではない。佐々木医師はハーシーに、爆弾を落としたアメリカ人は、東京で裁判にかけられている戦争責任者のように、戦争犯罪で裁判にかけられて絞首刑にされるべきだと言った。

最初、谷本牧師の考える原子力の肯定的な使用法が、記事の最後を飾っていた。これは結局、ハーシーが望むほど痛烈な印象にはならなかったらしく、彼はやがて記事の最後の部分を書き直し、爆撃のときに十歳だった中村初代の幼い息子、中村敏男の話を最後の言葉とした。ハーシーは運命的な出来事についての敏男の子どもらしい回想を詳しく語った。その日の朝、敏男は落花生《らっかせい》を食べていた。奇妙な光が光ったあと、隣人たちが血まみれになっていた。敏男と家族たちは泉邸に逃げて、そこで旋風を見た。敏男は友だち二人と出くわした。二人とも、母親を探していた。〝だが菊地の母親は怪我をしていた〟[38]と、ハーシーは書いた。〝村上の母親は、かわいそうに、死んでいた〟

いっぺんに全部を掲載しなければならない

ハーシーの記事は三万語前後になった。〈ニューヨーカー〉の編集者たちはそもそもはその記事を、〝逃走中の記者〟のシリーズとして数回に分けて掲載する予定だった。だがそれを全部読んだショーンは、続き物として掲載してはいけないと、すぐに気づいた。

「なあ、それはできない」[39]彼はハーシーに言った。

何回かに分けて記事の主人公たちを追うのは複雑すぎる。記事のテンポが乱れ、インパクトが弱まるだろう。この重要な報道をそんなふうに無駄にしてはいけないと、ショーンは考えた。この編集者はどうやら、ハーシーと同じくらいこの記事に期待していた——いや、ハーシー以上だったかもしれない。ショーンは、ハーシーに記事を割愛させて、短くこぢんまりしたものにさせるよりも、記事をさらに刺激的にする方法をとったほうがいいと考えた。

「続き物にはできない」[40]彼はハロルド・ロスに言った。「いっぺんに全部を掲載しなければならない」

もちろん、〈ニューヨーカー〉に掲載された中で、もっとも長い単一テーマの記事になる。そのうえ、その号にはハーシーの記事以外の素材はいっさい載せないようにすると、ショーンはロスに言った。〝街の話題〟の欄、小説、他の記事や人物紹介——そして当然、広島の黒焦げになった死体についての詳細と並べたら鈍感の極みに見えるはずの、都会的な漫画もだ。

ロスはこの提案に驚いた。長年の〈ニューヨーカー〉の寄稿者がのちに言ったように、〝彼の雑誌、あるいは他の雑誌でも、先例のない編集上の散財行為〟[41]になる。最初ロスは、ハーシーの記事はいっぺんに掲載するには刺激的すぎるのではないかといって抵抗した。確かにこの記事で世間を騒がせるつもりだったが、ロスは、平和時の読者はこれほど内容の濃い残虐な記事を大量に読む気構えができていないのではないかと心配した。それに読者は、お気に入りの連載記事がなくて〝騙された〟[42]と感じるかもしれない。戦争中のもっとも暗い時期でも、〈ニューヨーカー〉は漫画や〝街の出来事〟や〝街の話題〟の欄を掲載してきたのだ。

この提案はロスにとって、戦争の前段階に雑誌のアイデンティティと方針をめぐって経験したのと同じ、編集者としての存在の危機を感じさせた。だが真珠湾攻撃で、ロスが抱いていた〈ニューヨーカー〉をユーモア雑誌から真剣に闘うジャーナリズムの発言の場に変えることについての懸念はもはやなかった。[43]

日本の降伏以降、ロスは、彼の表現によると〃戦争中にかなり重くなってしまった[44]〃雑誌を、いかにして戦争前の愉快な雰囲気に戻すか――そもそも、戻すかどうか――に、苦悩していた。彼は、この雑誌の戦争報道はすばらしかったと考えていた。今ここに、戦争についてもっとも重要な記事を掲載し、しかもそれを華々しく見せるチャンスがある。だが広島の記事は、数回の号に分けて掲載したとしても多くの物議をかもすはずだ。ましてやたった一つの号に掲載すれば、映画のプレミアショーなみの注目を集めるだろう。一回で掲載するかどうか、編集者の決意の強さが試されていた。ロスは長く〈ニューヨーカー〉の作家兼編集者をしているE・B・ホワイトに、悩みを打ちあけた。

「ハーシーが広島（今では、その風変わりな発音ができた）の爆撃について三万語の記事を書いた[45]」と、彼はホワイトに言った。ショーンはその記事を、他の記事はいっさい載せずに一回の号に一括掲載しようと主張していると、ロスは説明した。「彼は世間の目を覚まさせたい、われわれにはそのチャンスがある、たぶんそれをするのはわれわれだけだと言っている[46]」

その週の残りいっぱい悩んでから――その間、ショーンは穏やかだが容赦ないやり方で陳情《ちんじょう》活動を続けた――ロスは雑誌そのもののDNAに助言を求めることにした。彼は一九二五年二月二十一日に刊行された〈ニューヨーカー〉の第一号を手にし、一ページと二ページにある、雑誌の刊行趣旨を読んだ――ロスが〃ドゥビュークの老婦人〃を非難したことで知られているものだ。〈ニューヨーカー〉は〃陽気でユーモラス、［そして］風刺的[47]〃なものになると、二十一年前に彼は書いた。だが彼はまた、この雑誌は〝真剣な言明を目的〟[48]として出発し、〝裏に回らなければ手に入らないような事実を発表〟[49]していくと述べていた。そしてまた、〝読者に情報を提供し続けるよう、良心をもって努力する〟[50]と誓ってもいた。ロスが、一九二四年に雑誌の刊行を告知するために書き、第一号の趣意書でも引用した文章には、〈ニューヨーカー〉は〝恐れることなく事実を、事実のすべてを提示する〟[51]とあった。これこそまさに、ロスが、ショーンが正しいと納得するのに必要なものだった。[52]彼はショーンとハーシー、それぞれの家に電話をし、[53]一号すべてをハーシーの記事に捧《ささ》げようと伝えた。

数週間後、ロスは〈ニューヨーカー〉の作家レベッカ・ウェストに打ち明けて、苦しい決定をする過程を、より傲慢な調子で話した。「あと二日さらに考えたあと、われわれは戦闘的な気分になって、その号の他の記事を全部投げ捨て、世間を驚かせるような決定をした」と言った。広島の号は、必ず目立つものになるはずだ。

「どう受け取られるかわからないが」彼はウェストに言った。「多くの読者が驚くだろう[54]」

雑誌記事にかけられたことがなかったほどの重圧

その後の十日間、ハーシーと二人の編集者はロスの角部屋のオフィスに閉じこもって、記事を編集した。そこは質素な部屋で、辞書と、剝きだしでくすぶっている電熱器、傾いた帽子掛けぐらいしかない。そのほかには、ロスのくたびれた書類鞄《しょるいかばん》、潰瘍《かいよう》の薬の瓶、名士録[55]。そして今は机やテーブルに、ハーシーの大作の書き直しの原稿が広がっていた。毎日午前十時から、このチームは壁からジェイムズ・サーバーの絵に見下ろされながら、午前二時まで編集と書き直しを続けた[56]。

ロスとショーンは、ハーシーのプロジェクトは最高機密扱いにすると決めた――〈ニューヨーカー〉社内の人々にも秘密だった。ロスの秘書と、もう一人の秘書兼アシスタント、雑誌の上級レイアウト専門家とプロダクション・マネジャーを除いては、〈ニューヨーカー〉の誰も、ハーシーのチームが準備している危険な記事一つだけの号について聞かされていなかった。これは彼ら自身にとって、マンハッタン計画の雑誌版だった。社員や寄稿者たちは、ロスのオフィスの鍵のかかったドアの向こうで、何か重大な秘密の編集計画が進められているのを察していた――〈ニューヨーカー〉の本部はしょせんは狭くて、秘密が守られるのはその程度だった――だが誰も、正確に何なのかは知らなかった（何週間かのちに知ったとき、全員が〝度肝を抜かれた[57]〟と、ロスの伝記作家は言った）。

ハーシーとショーンとロスが猛烈にこの仕事をしていたとき、〈ニューヨーカー〉関係者の残りの大半は、刊行されると思いこんでいた〝ダミー[58]〟の号を忙しく作っていたと言われる。目隠しが必要だと、ショーンとロスは考えた。「そうしなければ、秘密にしておけなかっただろう[59]」ロスの伝記作家、トマス・クンケルは言った。「〈ニューヨーカー〉は、いくつかの号を同時進行で作っていた。A号、B号、C号、さらにもう一つという具合だ。その中の一つが消えてなくなったら、誰でも気づく」記事やコピーは通常どおりに進行しているかに見えて、のちに密かに脇に退けられていた。[60]レイアウトの校正刷りのどこにも自分たちの記事や作品が載っていないといって、寄稿者たちは困惑し、不機嫌になった。

〈ニューヨーカー〉の事務方も、秘密は知らされていなかった。[61]社員たちは、週ごとの広告がいつもの漫画や短編小説や記事と一緒に掲載されるものと思いこんでいた。さらには、広告主たちもまったく知らなかった。紙巻き煙草のチェスターフィールド、ブラジャーのパーマ＝リフト、トイレ用石鹼のラックス、ライ麦ウィスキーのオールド・オーバーホルトなどの製造業者[62]は、自分たちの広告がハーシーの核による大惨事に関する恐ろしい記事とともに掲載されているのを、世間の皆と一緒に発見することになる。こんな大ごとをごまかし続けるのは、ロスにとっては困難だったが、ショーンにとっては楽なものだった。「ロスは長いあいだ秘密を守れなかった」[63]長く〈ニューヨーカー〉の作家だったブレンダン・ギルは言った。「だがショーンは秘密を隠しておくのが好きで、何千もの秘密を喜んで墓まで持っていっただろう」

ロスはハーシーの第一稿を気に入った。彼の判断では、それは〝なんの問題もないすばらしいもの〟[64]で、〝事実上すべて〟[65]を備えていた。彼はそれが、爆弾投下についての決定的な記事[66]になるはずだと感じた。とはいえ、彼は質問や編集の猛攻撃を用意した。校正刷りの余白にはロスのメモがたくさんあった。ロス自身でさえ、読み方が熱心すぎたかもしれないと認めた。

記事のタイトル――この段階では、まだ〝広島でのいくつかの出来事〟だった――はこの雑誌を創設した編集者の気に入らず、変更が必要だった。ロスはまた、十万人の死因の明細のようなものをつけ足す必要があると考えた。〝何人が硬い物体に当たって死んだか、何人が焼死したのか、震《しん》盪《とう》、あるいはショックで死んだのは何人だったか〟[67]（ショーンは記事のもっと惨《むご》い医療的な部分について悩んでいたのかもしれない。ブレンダン・ギルによると、彼はどうやら〝人体に関する医療的詳細、とくに血に関わることに強い嫌悪感〟[68]を持っていた。ギルはさらに、いっぽうのロスは〝［ショーンとは］根本的にちがい、病気について読んだり話したりするのを楽しんでいた〟[69]と言った）。

ロスはまた、記事を読んでいるあいだに読者が時間の感覚を失うことを指摘した。読者が自分の立ち位置を確認できるように、ときどき時間や分を挟みこむ必要があった[70]。日本語の引用についての問題もあった[71]。ハーシーは引用した日本語に、いちいち英語の訳語を添えなければならなかった。そのうえでロスはハーシーに、さらに細かい部分の質問をした。

これらは総括的な編集作業の、ほんの一部に過ぎなかった。細目がもっと細かくなった。第一部で、ハーシーはドイツ人司祭の一人が、頑丈な玄関口に避難したと書いていた。ロスは、〝なぜ玄関口が頑丈だと言えるのかわからない。玄関口はホール、空間だ〟[72]とメモに書いた。ハーシーが言いたいのはドア枠のことだろうと、ロスは続けた――それならわかる。〝以前の空襲とサンフランシスコの地震の経験者として、玄関口に立っていれば何も直接落ちてはこないという察しはつく〟[73]。彼はハーシーが、谷本牧師が船を進めた竿が〝細い〟[74]と書いていることにも不服だった。まず、〝竹竿で船を漕げるものだろうか？〟[75]と、ロスはハーシーにたずねた。〝ハーシーがこの日本人はしたのだと言うと〟[76]、彼はそれを信じることにしたが、〝細い竿とするほどの勇気はなかった〟。ロスはまた、ハーシーの物語や登場人物についても口出しせずにはいられなかった。爆弾が爆発する直前の、イエズス会の司祭たちのゆったりした朝の過ごし方に関しては懐疑的だった。

〝驚かなかったらおかしい……イエズス会の男性たちが……朝食のあとベッドに戻るだろうか〟[77]と、彼は書きこんだ。〝ずっと、こうした宗教関係の人たちを疑わしいと思い、羨ましくもあった。イエズス会に入りたいものだ〟

編集作業のため、ロスは夜も眠らなかった。彼は早朝、絡み合った自転車の山についての文章で悩んでいた。[78]ハーシーは、爆撃のせいで自転車が〝斜めに歪んだ〟と描写していた。ロスはのちに、この問題をハーシーとショーンに投げかけた。自転車のような薄っぺらいものが斜めに歪むとは、どういうことだ？　ロスは知りたがった。ハーシーとショーンはその夜帰宅して、言い換える表現を考えた。ハーシーは〝ぐしゃりと潰れた〟に落ち着いた。[79]翌朝、ハーシーが〈ニューヨーカー〉のオフィスに行ったとき、ショーンが編集の超能力を持っていることを示す証拠だった。ハーシーにとっては、これはショーンはすでに校正刷りに、同じ単語を書いていた。[80]ハーシーはショーンのことを〝カメレオンのような編集者〟[81]だと思っていた。〝編集している記事を書いた作家の語彙《ごい》の範囲内で考える〟[82]能力がある。

ショーンは常駐の外交官のような編集者だったが、精密さを求める点では粘り強かった。将来の何世代もの雑誌の作家たちは、ハーシーの記事の中にショーンの編集の特徴を見てとるだろう。「〈ニューヨーカー〉出身なら、ショーンがどこに重点をおいて見たかわかる」[83]と、長いあいだ〈ニューヨーカー〉の編集委員を務めていたアダム・ゴプニクは言う。「彼には理にかなった道徳的な怒りと、経験に基づいた、控えめな几帳面《きちょうめん》さがあった」

チームは八月六日の記念日を逃した。記事は八月三十一日号のすべてを占める予定だった。競合する記念の記事を心配する必要はなかった。八月七日、〈ニューヨーク・タイムズ〉はその十三ページに、『日本は原子爆弾の記念日：広島で市民の式典がおこなわれる』[84]というタイトルの、広島に関する短い記事を掲載した（その記事で、〈ニューヨーク・タイムズ〉の記者リンドセー・パロットは読者に、〝生き残った者たちに、放射線に起因する永久的な損傷が発見されたという印はほとんどない〟[85]と、発表されたばかりだとされる不特定の日本の調査結果を引用して述べた）。〈タイム〉誌の編集者たちは二週間近く過ぎてから、『日本：踊る時間』という見出しで小さな記念の記事を掲載した。その無記名の記事には、〝何千人もの広島の市民は、原爆一周年記念日をテキサス州のパンハンドル地帯でのロデオの日のように騒ぎ立てた〟[86]。彼らは映画館に集い、神社で〝賑《にぎ》やかな祭式の提灯踊《ちょうちんおど》り〟[87]をし、〝街の急作りのデパートでの広島特産品の特売に殺到した〟[88]とある。

じわじわと丹念に、ロスとショーンとハーシーは記事を引き締めていった。ハーシーの草稿は最終的な形に調整されていった。そこには、まもなくこの記事でもっとも有名な文章となるものの最新版も含まれていた。佐々木とし子のつらい体験を、ハーシーは、〝製缶工場で、原子力の時代の最初の瞬間、人類は本に押しつぶされた〟[89]と書き直した。中村初代の息子の言葉が、谷本牧師の原子力の平和的応用についての静かな黙想の代わりに記事を締めくくることになった。十万人という犠牲者数が最初の部に加えられて、たった一つの初期の核爆弾による暴威の大きさを読者に思い知らせた。

編集中のロスの書きこみには気安い文面もあったが、彼らはこの記事を、雑誌の厳しい基準から見てもかなり徹底的に手を入れた。記事を細かく分けてあらゆる角度から分析し、単語の一つ一つを吟味した。ロスがハーシーに言ったように、これは〝この時代でもっとも衝撃的な記事[90]〟になるはずだったからだ。この記事を発表するにあたり、〈ニューヨーカー〉はハーシーと同じくらい大きな賭けをしていた。事実上の、あるいは何かしら編集上の過失があったら、両者にとって悲惨なことになる。

　チームがタイトルを『ヒロシマ』と変えたこの記事は、雑誌の歴史にとって大きな節目になるはずだった――国の歴史にとっても転機となりうる。大半のアメリカ人は日本に対する原子爆弾の使用を、まだ本気で是認していた。目にしたものをアメリカの道徳上の勝利だととらえ、日本が自ら招いたものだという考えをまだ尊重していた。核兵器による爆撃を受けるのがどんなものか、ほとんど、あるいはまったく知らず、まだ実験段階にある兵器の長期にわたる影響を理解してもいなかった。

　ハーシーの『ヒロシマ』で、アメリカ人たちは密かに自分たちの名でおこなわれた人間の域を超えた恐ろしい軍事行為の現実、そして、将来の戦争行為がどのようなものになるかに直面することになる。記事が直接原子爆弾の使用に疑問を呈することはないが、それを創り、使用した人物――トルーマン大統領から、オッペンハイマー、グローヴス中将まで――に鋭くスポットライトを浴びせ、これらの重要人物たちが自分たちの創造物のあまり好都合でない側面を、どれほど隠していたかを暴露することになる。

　それゆえ、『ヒロシマ』は無疵《むきず》でなければならなかった。ロスがハーシーに言ったように、それは〝これまで雑誌記事にかけられたことがなかったほどの重圧を担う[91]〟はずだった。

部外秘のデータ

戦争中、〈ニューヨーカー〉の編集者たちも他の者たちと同様に、戦争に関する記事を陸軍省に提出して認可を受けていた[92]。陸軍省の広報チームから特別な反論や変更要請が来ることはほとんどなかった。雑誌編集者と検閲者のあいだのやりとりは誠意あるものだった。提出された記事はたいていすぐに、陸軍省の広報官から編集者に、変更の指示を出されるか、あるいは〝発表するのに問題なし〟と認可されて返された。

戦時の検閲局を正式に廃止する大統領令は[93]、一九四五年九月二十八日に署名された。それでも続く何ヵ月かのあいだ〈ニューヨーカー〉の編集者たちは、その秋に出された、国家安全保障のため核関連の記事は陸軍省の審査を受けろという政府の内密の命令[94]に従って、認可のために記事を提出し続けた。わずか数ヵ月前の一九四六年五月――ハーシーがまだ日本へ行くＳＣＡＰの認可が出るのを中国で待っていたとき――〈ニューヨーカー〉は通信員ダニエル・ラングの記事を陸軍省に提出した。その記事の中で、ラングは前年の夏に広島の〝抜き打ち視察[95]〟でトマス・ファレル准将に同行した、マンハッタン計画の物理学者ドクター・フィリップ・モリソンにインタビューをしていた。この記事を提出した〈ニューヨーカー〉の編集者は広報官に、検閲の迅速さ[96]と〝あれこれ融通《ゆうずう》をきかせてくれたこと[97]〟に感謝した。この記事はすぐに認可され、ハーシーがまだ広島にいるあいだに掲載された。

だがそれから――ロスとショーンとハーシーが〈ニューヨーカー〉のオフィスに閉じこもり、『ヒロシマ』の編集作業をしていたころ――チームにとって、法的状況をより危険なものにする出来事があった。八月一日、トルーマン大統領は原子力法に署名したのだ。この法律にはさまざまな条項があり、〝原子力の兵器の製造あるいは使用、核分裂物質の生産、あるいは力を生み出すための核分裂物質の使用〟を含む〝部外秘のデータ〟[98]の標準を設定してもいた。その情報を合法的に入手したかどうかに関係なく、部外秘のデータとされたものに接し、アメリカに対して有害に使用されうると考えられる目的[99]でそのデータを話したり伝達したり広めたりした者は誰でも、収監されるか罰金を科せられる。その個人が〝アメリカに損害を与える[100]〟あるいは〝他国の利益を守る[101]〟ために積極的に試みを企てたと証明できる場合、その人物は〝死刑か終身刑の対象[102]〟にさえなるという。『ヒロシマ』で、ハーシーは以前にアメリカ政府によって機密扱いされていた内容を避けるようにしていた。爆弾の爆発した高さ、生じた火球の大きさなどだ（もちろんハーシーは、草稿では、それらの情報がアメリカ国民に隠されていることを指摘していた）。この情報が部外秘であることは、今では業界中に知られていた。その詳細が前年に編集者たちに説明され、ビキニ環礁の実験を目撃したジャーナリストたちに配られたガイドラインにも含まれていた。

しかしながら原子力法には、今どの情報が部外秘と考えられるのかを示す、特別な一覧は挙げられていなかった。ロスはトルーマン大統領が署名してこの法律を成立させた日に、弁護士のミルトン・グリーンスタインに連絡をした。

「この記事を検閲に提出するべきだろうか？[103]」と、彼は訊いた。「ミスター・ショーンとわたしは提出したくないが、あの法律によれば提出すべきなのかどうか、わからないんだ[104]」彼は、ハーシーの情報は〃日本の情報源から得たもの〃[105]――これは厳密に言うと正確ではなかった――で、軍から供給されたものはない[106]と続けた。「われわれがどうするべきか、調べてもらえるだろうか？[107]」

弁護士は新しい法律とハーシーの原稿を検討した。

「〃データ〃の定義は明らかでない[108]」彼は編集者たちに言った。「だがこの法律で使われる場合は、科学的で技術的な事柄を指しているのだろう」彼は『ヒロシマ』の中の何も部外秘だとは考えられず、〃もちろんこの記事では、アメリカに損害を与えようという意図で何かを発表してはいない[109]〃とした。とはいえグリーンスタインは、「ハーシーによって報告されているいくつかの事柄は、科学的だと取られるかもしれない[110]」とつけくわえた。もし部外秘の区分に入ると疑われる情報があるなら、「それを『広める』べきではないだろう[111]」。

〈ニューヨーカー〉のチームは態度を決めかねた。記事を骨抜きにするか、すっかり台無しにするか、厳しい法的制裁を受ける危険を冒してそのまま掲載するか。もし『ヒロシマ』にアメリカ政府が部外秘だと区分するかもしれない情報が含まれていても、訴追者は、ハーシーと〈ニューヨーカー〉にアメリカに損害を与えよう、敵を助けようという意図があったことを証明しなければならないはずだ――その論拠を組み立てるのは困難だ。それでもこの新しい法律ができたことで、政府は〈ニューヨーカー〉が危険な情報を暴いて故意に国を危険にさらしたと主張しやすくなり、雑誌の世間的なイメージは悪くなるだろう。いかなる罪にも訴追されずに済んだとしても、雑誌や広告主に対する反発や排斥《はいせき》はあるかもしれない。ある検閲を専門に扱う歴史家が書いたように、その影響は〝出版物を廃刊に追いこむほど[112]〟になるかもしれなかった。

いかにして〈ニューヨーカー〉のチームが、最終的に記事を政府に提出するかどうか心を決めたのかは明らかではないが、八月の最初の週のある時点で、ロスとショーンはつらい選択をしたにちがいない。彼らは『ヒロシマ』を検閲のため陸軍省に――それもただの検閲官にではなく、レズリー・グローヴス中将に提出したのだ。

編集者たちはグローヴス中将に、『ヒロシマ』を単一の号に大々的に掲載する予定だとは話さなかった。それは数多くの戦争関連の記事の一つとして、さりげなく提示された。ショーンは〝四つの部から成る、広島の爆撃についての記事[113]〟だとして、それを中将に見せた。チームは中将からの返事を待った。

記事を少し変える

一見したところ、『ヒロシマ』の原稿を認可のために陸軍省へ提出したのは、ハーシーの大作を断裁機送りにしたように見えるかもしれない。それでも、ロスとショーンがこの記事の政府による認可を必要悪だと判断したのなら、グローヴス中将はわずかでも見込みのある抜け道で、提出は編集者側の考え抜かれた賭けだったのかもしれない。

グローヴス中将は最初の何ヵ月間か、爆弾の影響——とくに放射線の後遺症——をすべて隠そうとしたが、一年後、新たな状況で考え直し、人々の爆弾に関する理解についての態度を変えたようだ。最初、彼は爆弾を比較的人道にかなったものとして描写しようとしたが、その激烈さについて後悔しない態度が公的記録に残ることになった。〝日本の収容所から戻った同胞の写真を見たり、バターンから歩かされた者たちの経験を間接的に、あるいは直接話を聞いたりしたので、この兵器が日本にどれほどひどい損害を与えたか、特別に心配はしていない〟[114]と、彼は述べた。

〈ニューヨーカー〉の編集者たちは、グローヴス中将は国家安全保障のためと称して爆撃に関する技術的な情報を削れと言うかもしれないが、記事の他の部分——ハーシーの六人の主人公たちの体験——は、中将の、かつての敵の苦しみに関する無関心さから考えると、無疵で残るチャンスがあると判断したのかもしれない。ひねくれた見方をすれば、『ヒロシマ』の中の目撃証言はグローヴス中将が先頭に立って創り出した兵器の有効性の宣伝だととらえることもできた——そして中将は、アメリカに勝利をもたらした兵器の創造における自らの役割をどう評価されるか、不安を募らせていた。

〈ニューヨーカー〉の編集者たちとハーシーはまた、戦略爆撃調査団の報告書から、アメリカ政府は今では広島の爆撃の犠牲者の研究を有用だと考えていることを知っていた。爆弾投下とその後の彼らの経験は、アメリカ軍、政府、そして医療調査員たちにとっては、いつか可能性のあるアメリカに対する核兵器による攻撃に備えるのに有益な情報だと見られ始めていた。グローヴス中将は、アメリカは核兵器庫を造る必要があると感じていた。アメリカが長く原子力の独占状態を続けられればいいのだが。グローヴス中将はソビエト連邦——今やアメリカにとって、冷戦における大敵——が原子爆弾を手に入れるまでにまだ五年から二十年はかかるはずだと信じていたが、すでに、より強力な核兵器を大量に蓄えることへの、国民の支持を求める必要性を感じていた。

〝今後十五年か二十年、原子爆弾の制限のない世界の本当の危険を、アメリカ国民に意識させる、なんらかの方法があるといい〟[115]と、彼はその年の早い時期に、メモに書いた。核兵器は永久的に世界の一部となった。そして彼は、〝われわれが、その最高で最大のものの大多数を所有していなければならない〟[116]と締めくくった。

中将が抱き始めた目標の一つは、核兵器に関するアメリカの優位を保持することについて国民の賛同を得ることだったので、ロスとショーンは、グローヴス中将が『ヒロシマ』のような記事をこうした論拠を組み立てるのに役立つと考えると推測したのかもしれない。読者がヒューストンやアクロンやニューヨークといった自分たちの居住地が広島の代わりになると想像できたら——それこそ、ハーシーとショーンとロスが望んだことだった——核兵器の禁止を叫び、そもそもそれを創り出した人物を罵るかもしれない。あるいは逆に、とにかくアメリカが核兵器における優位を保持することが必要だと考え、早く核兵器庫をもっと充実させろと国に求めるかもしれない[117]（『ヒロシマ』はソ連に、自ら爆弾を所有するまでは恐ろしく不利な状況にあることを意識させるかもしれない。この点で、『ヒロシマ』はアメリカにとって好都合な宣伝になるともいえる）。

八月七日、午後三時二十分、中将から〈ニューヨーカー〉のオフィスにいたショーンに電話があった。彼は記事を認可すると編集者に告げた。しかしながら、〝少し記事を変える〟[118]相談をしたいと、中将は続けた――別々の箇所を二つ変えるだけ――その変更が〝記事を損ねることはない〟[119]と。直接変更の相談をするために、広報官を〈ニューヨーカー〉のオフィスに行かせてもいいだろうか？

ショーンは承諾した。翌朝グローヴス中将の広報官が〈ニューヨーカー〉に来ることになった。この打ち合わせの詳細はわからない。[120]〈ニューヨーカー〉の現存する記録にもハーシーの記録にも、グローヴス中将の記録にも、中将がどの情報を削除あるいは変更したかったのか、正確に記されてはいない。日付つきの草稿は、〈ニューヨーカー〉の保管文書やハーシー自身のイエール大学の書類の中には存在せず、希望した変更事項を示す書類も中将の記録の中にないようだ。だが、残っていた『ヒロシマ』の第一稿にあったいくつかの問題含みの部分は、刊行された版には残らなかった。

陸軍省との打ち合わせ後の最終稿では、アメリカ人は正確な爆弾の爆発した高さと用いられたウラニウムの量を故意に知らされずにいるという文章が消えていた。〝核分裂において安全を保持しようとするのは、万有引力を隠しておこうとするくらい虚しいことだ〟という、ハーシーの憤慨した一文も消えていた（たぶん予想していたことだが、〝アメリカのすべての上院議員、すべての将校たちは、広島と長崎で起きたことを隠しておくことはできない〟というハーシーのそもそもの文章も削除された）。もはや記事では、戦略爆撃調査団の報告書を批判はしていなかったし、機密扱いの未発表部分があるとも書かれていなかった。しかしながら、〝十倍――あるいは二十倍――の爆弾が開発可能だ〟[121]という事実を含むいくつかの新しい文章が入っていた。

他にも驚くような事柄が残っていた。たとえばマッカーサー元帥が日本の出版物での爆弾への言及を組織的に制限したことについての文章だ（もしかしたら、これは驚くにはあたらないのかもしれない。グローヴス中将とマッカーサー元帥のあいだに愛情はほとんど残っていなかった）。主人公の何人かを苦しめる放射線の病についての描写も、発表された版にきちんと残っていたが、それは記事では、患者は残余の放射線ではなく、爆発の瞬間に被爆したとしていたからだった――これは、原子爆弾の街に残っている放射線の存在を否定しようとしていたアメリカ政府にとって、まだ非常にきわどい問題だった（そのうえ、戦略爆撃調査団の報告書で、爆弾が放出した放射線によって犠牲者の何人かが死んだと公に認められていたことが、ハーシーの記事に対する寛大な措置を招いたのかもしれない）。

もしグローヴス中将が〝溶けた眼球が流れ落ちていた日本兵〟という心をかきみだす描写を不快に思ったにしても、彼はこの文章――あるいは同じように残忍な描写――をなくせとは言わなかった。けっきょくのところ、彼は――トルーマン大統領のように――日本は単純に、一種の返報を受けただけだと信じていたのだ。

ショーンは新たな版の『ヒロシマ』を八月十五日に〝確認のために〟[122]グローヴス中将に提出して、翌日には最終的なアドバイスが欲しいと要請した。どうやら彼はそれを――中将の承認とともに――受け取ったようで、一九四六年八月三十一日版は最終的な制作段階に進んだ。ハーシーと〈ニューヨーカー〉のチームにとって幸運だったことに、グローヴス中将はハーシーのもっとも不穏な摘発を見過ごしたらしい。アメリカは他国の一般大衆に対して人類史上先例のない規模の破壊行為をおこなって苦しめ、その新しい兵器に対する人類の代価を隠そうとしたという事実だ。〈ニューヨーカー〉の編集チームがどんな譲歩をしたにせよ、彼らにとって『ヒロシマ』は、検閲手続きを無事に通過した良心の文書であり、原子力時代の文明の未来に対する緊急の警告となった。

自尊心――そして希望

『ヒロシマ』は死に瀕するような体験を、ほぼ無傷で生き抜いた。ハーシーとショーンがもともと目指したものの本質――犠牲者の目から見た、爆弾についての反体制的で悲惨な記述――は保持された。こうして〈ニューヨーカー〉の編集者たちは最終版に近いものを手にして、世界に発表する準備を進めた。

　雑誌の表紙は、普通は何ヵ月も前に選ばれ、手配される。八月三十一日号を飾るのに選ばれたのは、チャールズ・E・マーティンというアーティストのイラストだった。マーティンは戦争中に戦争情報局[123]で、敵陣に隠れて撒かれたリーフレットを作っていた。だがこの八月の号の表紙のためには、マーティンは不特定の公園ののんきな光景を描いた。湖畔で人々が微笑《ほほえ》み、目を閉じて日光浴をしている。ゴルフやクロッケーやテニスに興じ、馬や自転車に乗る人々。一人の紳士がパイプをくわえて、楽しそうに釣りをしている。のんびりと寛ぐ時間を取り戻したアメリカの風景だ。

　編集者たちはマーティンの夏の風景を、そのまま『ヒロシマ』の号に使うことにした。中の記事を読んだあと、この牧歌的な光景は読者に不安な含意を感じさせるだろう。これこそまさに、ほんの何ヵ月か前にアルベルト・アインシュタインが言ったような、原子力の時代の危険を無視し、“安易な慰めに逃避[124]”してぼんやりしている無関心なアメリカの姿だ。あるいは一九四五年八月六日の朝、午前八時十五分直前の、毎日の日常業務をおこなう広島の住人の、何も知らない状態を映していると見てもいいかもしれない（読者の中には、ハーシーの記事の中で似たような公園――浅野泉邸――が生存者の避難所になり、一日も経たないうちに焼けただれた死体でいっぱいになったということを知り、この表紙の光景が特別に悲しいと思った者もいただろう）。

　だが編集者たちは、雑誌の生々しい内容について、読者に事前の警告をしないのが心配になった。“理容室の椅子に座って読むつもりで雑誌を買った者が、どんな気分になるだろう！[125]”と、誰かが言った（このころ、〈ニューヨーカー〉の表紙には内容が記載されておらず、中に目次もなかった）。急いで、なんらかの目に見える警告を考えたほうがいい。ロスはニューヨークの新聞売店にならぶ四万部にかけるため、この号には不穏な記事が掲載されていると警告する文章の書かれた細長い白い[126]帯を注文することができた。

　表紙のイラスト、雑誌にかかった白い帯、そして何本かの川が流れている扇のような形を描写した広島の地図のイラスト以外、『ヒロシマ』の号に視覚的な装飾はなかった（チームは記事にキノコ雲のイラストを添えることを考えたが、読者の気を逸らす失策[127]になると判断した）。それまでに発表された広島の写真は、そこでの恐怖を伝えられていなかった。その代わり、ハーシーの言葉からは想像による映像がもたらされるはずだ。六人の生存者の写真――ハーシーによる撮影――は、写真専門の代理店、アクメ・ニュースピクチャーズ社を通して、他の出版物にも掲載可能[128]になる。

ハーシーは〈ニューヨーカー〉が他の出版物に『ヒロシマ』を再掲載するのを許可できることに同意したが、それはその出版物に記事全体をそっくり掲載する場合に限られた。さらに彼はチームに対して、この発表によって生じた収入からは、金銭的利益を得たくないと意思表示した。「他のアメリカ人たちのように、わたしは爆弾について、そしてそれに乗じて利益を得ることについて罪悪感を持っていたので、最初の再掲載からの収入を手放すことに決めた」[129]と、彼はのちに言った。

ハーシーは再掲載による収入をアメリカ赤十字に寄付することに決めた。[130]電話会議で、雑誌の経理担当者、R・ハウリー・トルアックス――『ヒロシマ』プロジェクトに参加していた――は、この寄付を公表するように提案した。ハーシーとロスとショーンは、これに同意した。

このプロジェクトはまだ〈ニューヨーカー〉社内でも秘密だったので、ショーンとロスは自らこの記事のゲラを、[131]電車でコネティカット州の印刷所に持っていった。

「おばが氷配達人と一緒に逃げてしまったような心細さだった」[132]ロスは言った。「もちろん、誇り高くもあった」

ショーンはいつもの通り、もっと敬虔《けいけん》な態度だった。ハーシーにその号の最終的な見本を届けたとき、メモを添えた。

〝親愛なるジョン〟[133]と、彼は書いた。〝この号の見本を送る、感謝と限りない称賛――そして希望とともに〟

第六章　爆発

これはあなたにも起こりうる物語だ

一九四六年八月二十九日木曜日[1]の朝、何万部もの〈ニューヨーカー〉が売店に届き、いらっしゃいませという文字入りのマットの上に置かれ、全国の郵便受けにおさまった。読者たちは労働者の日までの長い休日に、『ヒロシマ』を読み、なんらかの反応をすることだろう。

この号が刊行された朝、当時〈ニューヨーカー〉の新人記者だったリリアン・ロスはウィリアム・ショーンの狭いオフィスに呼ばれた[2]。彼の机は木製のテーブルで、きちんと積まれた大部なゲラと、鋭利に削られた黒い鉛筆でいっぱいのコップが載っていたと、彼女はのちに言った。ショーンは緊張している様子で、グランドセントラル駅に行って、新聞販売店に白い帯のかかった号を買うひとの列ができているかどうか見てくるように命じた。

「急いで駅に行きました[3]」ロスはのちに語った。「行列はなかったし、人だかりもなかった。ビルのところへ戻って、恐る恐る報告しました」
ショーンの落胆は明らかだった。「街じゅうが大騒ぎになると思っていた」[4]と、彼は嘆いた。「みんなが注目すると思っていた」
彼の失望は長くは続かなかった。その日、時間が経つにつれて、冷淡だった反応は、のちにハーシーが言ったように、〝爆発的〟[5]になった。その号を開いて、記事を見た読者たちは、『ヒロシマ』の最初のページに太いボールド体で書かれた短い編集者のメモに迎えられる。

読者のみなさんへ。今週の〈ニューヨーカー〉は全誌面を使って、一発の原子爆弾によってほぼ完全に消されてしまった街について、そしてその街の人々の身に起きた出来事についての記事を掲載します。この兵器の途方もない破壊力を理解している者がほとんどおらず、誰もがその使用の恐ろしい意味を考える時間を持つべきだと確信してのことです。

——編集部より[6]

記事についての口コミはかなりのものになるはずだったが、ハロルド・ロスとショーンは何も運任せにはしなかった。何週間も秘密にしてきたが、ついに大々的に発表するときが来たのだ。前日、編集者たちは記事の写しを、九つの主要なニューヨークの新聞の発行所と、三つの国際的通信社に送った。彼らはそのさい、この雑誌は〝二十一年来の方針を破って〟[7]この号をたった一つの記事に費やしたと述べ、ハーシーの記事は〝非常に重要なものだ〟[8]と書いた手紙を添えた。

受取人が広島に関する記事など古いと片づけようとした場合のために、ロスとショーンはハーシーによる新しい発見をいくつか指摘しておいた。たとえば十万人という死者の数、爆発時は無音らしいこと、街にどんな爆弾が落とされたのかを日本人科学者たちが知った経緯などだ。だが〈ニューヨーカー〉の編集者たちは、この記事が、日本人犠牲者たちを普通の人間――あるいは単に、人間――として描く最初の記事だということには触れなかった。これは当時、原子爆弾の対象とされた者に対する姿勢としては革新的だった。また彼らは、ハーシーが、広島の爆撃についての真実が長いあいだ隠されていたことをどのように暴いたかについても何も述べなかった。世界中の編集者仲間は、独力でこつこつ情報を集めればいい。

記事の発表前、〈ニューヨーカー〉の編集者たちの不安は、かなりのものだった。ロスはのちに別の編集者に、『ヒロシマ』のチームは〝自信をもって全力を尽くした〟[9]が、じつは密かにぎりぎりになってから〝引っこみのつかないことをした〟[10]のかもしれないと心配だったと語った。ハーシーはゲラの作業が終わったあとニューヨーク市を離れ[11]、ノースカロライナ州ブローイングロック、ブルーリッジ山脈の山岳地帯にある小さな町に向かった。もしかしたら、記事の発表による過大な反響を予想していたのかもしれない。彼がニューヨーク市を去った理由は記録にないが、この行為は、生涯自分の仕事を宣伝することを拒否した態度と一致する。『ヒロシマ』――最近の告発記事の中でももっとも物議をかもすものになるはずだった――の発表前夜に彼が不在であったことに困惑した発行人もいたし、この動きを軽蔑した者もいた（ハーシーは〝街から逃げ出した〟[12]と、〈ニューズウィーク〉誌は書いた）。もう少し理解を示した者もいた（記事に対する反応は圧倒的なものになるはずだったので、ハーシーはその場を去らなければならなかったのだと、別の刊行物は説明した)[13]。いずれにしてもブローイングロックを居住地として選ぶとは、ハーシーが扱った題材を考えると皮肉なことだった。この町は常に風が吹いているので有名で、風は頻繁に垂直方向に吹き、物体を空へまっすぐ舞い上げるほど強いときもあるのだ。

いちはやく『ヒロシマ』の写しを受け取った報道機関は、すぐにこれに食いついた。何社かが、ハーシーの偉業に関する最初の記事を出そうと争った。〈ニューヨーク・ヘラルド・トリビューン〉が勝った。「われわれは最初にハーシーの仕事を世間に知らせた」[14]〈ヘラルド・トリビューン〉のある編集者は自慢げに、ロスに告げた。この新聞は『ヒロシマ』について、問題の号が刊行された朝の〈ヘラルド・トリビューン〉のコラムニスト、ルイス・ガネットによる熱烈な記事から始まって、続けざまに三つの記事を掲載した。

『ヒロシマ』は戦争から生じた最高の報道[15]であり、国中で、広島での出来事や核兵器についての会話はこれで持ち切りになるだろうとガネットは述べた。長いあいだ、誰もがこの話をし続けるだろうと、彼は言った——記事を読んでいない者でさえもだ。そして記事を読んだ者は、これを決して忘れないだろう。

〝あなたは死の街のにおいを嗅ぐ〟[16]と、彼は書いた。〝苦悩のうちにというより、むしろ唖然とし、当惑して生きる〟

世界は戦争の恐怖を経験したあと、呆然とし、疲弊し、うんざりしていたため、爆弾が投下されたとき、新しい兵器の本当の規模と含意を人々に印象づけることは不可能に近かったと、〈ヘラルド・トリビューン〉の編集委員会は社説で言い添えた。そのうえ、〝ひとは個人の苦しみには深く心を動かされるが、集団の苦しみには鈍感になるという古くからの逆説が、今まで原子力の恐怖を認識することを妨げていた〟[17]。だがようやく、ハーシーが真実を持ち帰り、〝広島の悲劇を、他のどの出版物も……しなかったほど現実にした〟[18]のだと、続けた。

すぐに全国から、たくさんの新聞や出版物が〈ニューヨーカー〉に連絡をし、再掲載やインタビューの要請をした。三十以上の州の編集者が、『ヒロシマ』の抜粋や、全編の掲載許可を求めた（そうした出版物の中に、この記事を特別に切実だと感じるアルバカーキの新聞もあった。そのオフィスは、ロスアラモスの原爆実験の現場から北に百六十キロ余の場所にあった）。「世界中から連絡が来ている、[19]わけがわからない」と、ロスはガネットに報告した。彼は賭けに勝った。今や、『ヒロシマ』は彼の時代でもっとも広く再掲載されるジャーナリズムの仕事[20]になると思われた。

三万語の記事を全編再掲載できない出版物でも、この暴露記事に関して、第一面に見出し記事や緊急の社説を掲載しはじめた。報道はあっというまに大きくなり、広島の爆撃は一年前ではなく、つい昨日起きたことのようだった。編集者たちは読者に、ハーシーの物語はアメリカのどこでも起こりうることであり、六人の生存者はクリーヴランドやサンフランシスコの住民でもありうると、繰り返し訴えた。

〝もう一度戦争があったら、あなたや何百万人もの民間人の身に降りかかるかもしれない、いや降りかかるはずのことなのだ〟[21]と、〝ヒロシマ――死の街〟[22]という見出しとともにハーシーの記事の報道をした〈インディアナポリス・ニュース〉の社説に書かれている。

全国の編集者やコラムニストたちが、今や突然、爆弾投下のあとの広島と長崎の核の影響について、何も語られず事実が隠されていたのを非難し始めた。〝この記事はあの地で本当に起きたことを世界の人々に伝える、最初の試みだ[23]〟と、カリフォルニアの〈モンテレー・ペニンシュラ・ヘラルド〉の社説に述べられている。そして『ヒロシマ』は〝国民にすべてを見せまいとする[24]〟政府の画策があったことを暴いたと続く。戦争後、ドイツ人は強制収容所内での出来事を知らなかったと告白したが、今のアメリカ人は似たような立場にあり、〝道徳基準を持たない愚か者[25]〟のようだ。広島の爆弾は勝者の仕業だったために犯罪とされなかった。アメリカ人たちはすぐさま、この恐ろしい出来事の全容を知り、〝[これ以上の]隠蔽を許してはならない[26]〟。国の道徳的威信が危険にさらされていた。

何よりも興奮して

刊行の日のお昼どき、ロスは〈ニューヨーク・タイムズ〉の編集者から電話を受け、〈ニューヨーカー〉のチームは広島の記事で〝たいした仕事[27]〟をしたと、気安く言われた。同じ日、〈ニューヨーク・タイムズ〉に『ヒロシマ』の号についての小さな記事[28]が載ったが、単に読者に〈ニューヨーカー〉が全誌面をハーシーの記事に当てていることを知らせ、いつもの有名な漫画は見当たらない[29]と指摘するだけのものだった。

ロスとショーンは〈ニューヨーク・タイムズ〉が『ヒロシマ』とその意味を不用意に操作するのではないかと心配していたかもしれないが、翌日、同紙はこの記事について、驚くほど真剣な社説を発表した。ハーシーの記事はそこの編集者たちに深い衝撃を与えたらしい。

〝原子爆弾について冗談を言ったり、それを飛行機やガソリンエンジンのような文明の一部として受け入れられる衝撃的な現象の一つだと見なすアメリカ人がいたら、その人物は……ミスター・ハーシーの記事を読むべきだ[30]〟と、その社説に書かれている。さらに同紙の社説委員会は、そもそも爆弾を落とすという決断そのものについて異議を唱えた。〝広島と長崎の大惨事はわれわれの仕業だ[31]〟と、〈ニューヨーク・タイムズ〉の社説に書かれている。〝当時はそれによって奪うよりも多くの命を救ったと弁護され、今も弁護されている――アメリカ人の命ばかりでなく、日本人の命もだ。この主張はもっともに聞こえるかもしれないし、根拠薄弱かもしれない。タラワ、硫黄島《いおうじま》や沖縄のことを思い出したら、もっともだと思うかもしれない。ミスター・ハーシーの記事を読んだら、根拠薄弱だと思うかもしれない〟

ハーシーが原子爆弾の破滅的な現実を暴いた今、アメリカ人はふたたびこの爆弾を落とせるだろうかと、〈ニューヨーク・タイムズ〉は問いかけた。もし気持ちを決めかねる読者がいたら、人々や街の死と破壊についてばかりでなく、人類の良心そのものに関するハーシーの記事を読むべきだ[32]と、社説は続く。

〝過去は過去だ[33]〟〈ニューヨーク・タイムズ〉は締めくくった。〝やり直すことはできない。［だが］未来にはまだ、われわれが手を貸す余地がある〟

特にこの社説は、アメリカ政府と軍にとって悪夢だった。日本での爆弾投下を人道的で救命のためのものだと印象づけようとする何ヵ月にもわたる作戦活動に対する、公然とした非難だった。ハーシーはけっして爆弾の使用の裏にある主張に直接疑問を呈することはしなかったが、〈ニューヨーク・タイムズ〉の社説は、『ヒロシマ』が、爆弾は必要なものだったという政府の主張に初めて小さな亀裂を作ったことを示した。この一年に〝核のビル〟・ローレンスによる爆弾に関する陸軍省認可の記事に割かれた紙面の量からして、この時点までは、〈ニューヨーク・タイムズ〉は政府にとってかなり頼りになる戦時の味方だったのに。

〈ニューヨーク・タイムズ〉が基本的に『ヒロシマ』を青天の霹靂《へきれき》として扱っているのも、核のビルが唯一の長崎の爆撃のメディア関係の目撃者でありマンハッタン計画内部の歴史家であったこと、そしてもう一人の〈ニューヨーク・タイムズ〉の通信員――〝非核のビル〟・ローレンス――が二つの原子爆弾の街の現場に行った最初の西洋の記者の一人だったのを考えると、驚くべきことだった。そのうえこの新聞は、一年前に占領が始まって以来、東京に支社を持っていたのだ。

ハーシーとロスとショーンは本当に、〝丸見えの状態で隠されていたスクープ記事〟を手に入れたことが、しだいに明らかになった。〝他のジャーナリストの一団〟は、広島についての報道に関して、たくさんの機会を逃してきた。これで政府の事実隠蔽とともに、彼らの手落ちも暴かれた。

他の編集者や記者たちは密かに悔やんでいたかもしれないが、大半は、表向きは好意的だった。世界中多くが、自分たちを出し抜き追い越していった成り上がりの雑誌の仕事の販売促進をした。ある〈ニューヨーク・タイムズ〉の編集者と記者が、ロス、ショーン、そしてハーシーの勇気を褒めた。ある〈ニューヨーク・タイムズ〉の編集者はロスに連絡をして彼を天才と呼び、〝深く頭を下げる〟[34]と言った。CBSのアンカーはショーンに、『ヒロシマ』のような記事が世界を救えなければ、何も救えないだろう[35]と話した。

ジャーナリストの中には、〈ニューヨーカー〉に対して職業的な嫉妬を感じると認める者もいた——たとえばロンドンの〈デイリー・エクスプレス〉は一年前にウィルフレッド・バーチェットによる先導的な記事『原子力の疫病』を掲載したが、そこの一人[36]もそうだった。ロックフェラーセンター近くの〈ライフ〉誌のオフィスでは、感嘆の混じった嫉妬が見られた。中には不機嫌になる者もいた。ある〈ライフ〉の作家が、白い帯のかかった〈ニューヨーカー〉を持ってオフィスのエレベーターに乗ったところ、別の作家がそれに目を止めた。

「ジョンはたいした離れ業をしたな[37]」彼は言った。「うまい策略だ。自分がしたかった」

ハロルド・ロスは、今や何よりも興奮[38]していた。「この記事は、聞いたことのある他の雑誌の記事のどれよりも大きな騒ぎになっていて、しかも興奮は始まったばかりだと思う[39]」と、彼は〈ニューヨーカー〉の作家、ケイ・ボイルに言った。〈ニューヨーカー〉の作家ジャネット・フラナーには、『ヒロシマ』は自分の生涯で発表されたどの雑誌記事よりも大きな成功[40]をおさめたと語った。出版業者のブランチ・クノップには、何年ものあいだにこれほど満足したことはなかった[41]と報告した。いずれにしても『ヒロシマ』は、彼が望んだよりも大きな話題となった。

この雑誌の従業員や寄稿者たち——その大半が、『ヒロシマ』の号のことを、世間の人々と同時に知った——は上司のために、街じゅうの新聞販売店での売り上げ調査をおこなった。その号はどこでも売り切れだと、彼らはロスとショーンに報告をした。グランドセントラル駅構内の販売所には、質問を除けるために〝〈ニューヨーカー〉売切れ[42]〟という看板が出ていた。別の販売店のオーナーは、「客が走ってきて、〝長崎のあれ〟はあるか?と言うんだ[43]」と語った。このオーナーは手元に一冊残していた。この号はとても人気があるから、「今なら一ドルでも売れるかもしれない[44]」と考えたのだ(この雑誌の小売価格は十五セントだった)。

何日かのうちに、友人がハーシーに話したところでは、一九四六年八月三十一日号をめぐる品位のない闇取引が始まった。友人がハーシーに話したところでは、〈ニューヨーカー〉一九四六年八月三十一日号を買いたいと思って探したが見つからず、ようやく古本屋で見つかった。雑誌は六ドルだった[45]——しかもそれは特価だと言われたという。

もっと厳粛な報告もあった。ある〈ニューヨーカー〉の寄稿者は、グランドセントラル駅で日系アメリカ人の軍人たちがこの号を買うのを見た[46]。軍人たちは雑誌の料金を支払い、その場で、忙しく行きかう通勤者や駅のアナウンスの喧騒の中に座りこんで、黙ってその号を読んだという。

今度は南京の大虐殺を書け

ハーシーと〈ニューヨーカー〉の編集者たちは、仲間のジャーナリストや編集者たちから称賛を浴びた。さて次は、全国の読者からの最初の反応を判断するときだった。大量の『ヒロシマ』に関する手紙[47]が、アメリカの文字通りあらゆる地域から、大きな街からも小さな町からも同様に、毎日〈ニューヨーカー〉のオフィスに届いた。編集助手のルイス・フォースターは、そのすべてを整理する仕事を命じられた。[48]記事に〝賛成〟と〝反対〟の人数を調べ、定期的にその結果を編集者に報告した。

手紙の書き手の大多数[49]は、記事を是認していた――広範囲のアメリカ人が原子爆弾を支持していたのを考えると、これは予想をはるかに超えていた。多くの手紙から、ハーシーと『ヒロシマ』がたくさんのひとたちをこの題材に目覚めさせたことがわかった。この記事は短期間で人々の考えを変えたようだ。少なくとも、この爆弾を必要悪だとする考え方に疑問を生じさせた。エノラ・ゲイ――リトルボーイはこの飛行機から、広島に落とされた――の尾部銃手だったジョージ・R・キャロンさえ、〈ニューヨーカー〉のオフィスに、一部欲しいと電話をかけた。[50]

たいていのひとは、ハーシーの記事が発表される前、〝原子爆弾については七月四日の独立記念日のような態度だった〟と、ある読者は書いてきた。今や、そのような大げさなお祝いをするのは、気まずいことになるだろう。今後、ふたたびこの爆弾を使用することに、賛成しづらくもなるだろう。ある読者は、自分の税金が広島の爆撃をおこなう助けになったことを恥じると書いた。自分たちの国――かつて、勝利が正しいと思われていた――が、大々的に民間人に対してこのような攻撃をおこなったという事実を理解するのに苦労している者もいた。

〝読みながら、自分たちがこの恐ろしい惨事を引き起こしたのだと、常に確認しなければならなかった〟と、ある読者は書いた。〝われわれ、アメリカ人がだ〟

ハーシーの六人の爆撃の生存者と広島の他の犠牲者たちに同情を覚えた者がいたとしたら、それよりももっと多くが、全人類に対する核兵器を用いた戦争行為の脅威について、深い懸念を表わした。ある読者は、真夜中にこの記事を読み終えたと報告した。その夜の残りは落ち着かず、悪夢に悩まされたとのこと。もう一人は、〝自滅という先例のない危険〟を恐れる気持ちを訴えた。ハーシーの、読者に六人の主人公の代わりに自分たちだった場合を想像させるという計画はうまくいっていた――とはいえ、多くの読者は我が身を心配するほど、爆弾投下について良心の呵責を感じてはいないようだった。それでも、身勝手な共感であっても、自己防衛の感覚が読者を動かせるのであれば有益だったかもしれない。大半の通信社は、この記事は人々のためになっていると述べた。あるペンシルヴェニア在住の女性は、この号の再掲載にかかる費用の足しにと、〈ニューヨーカー〉のオフィスに小切手を送ってきさえした（小切手は謝意とともに返送された）。

しかしながら、〈ニューヨーカー〉の定期購読をすぐさま解約した読者もいた。この記事を、勝利の瞬間にアメリカの価値を下げようとする、反愛国的共産主義の宣伝活動《プロパガンダ》だと決めつける手紙を送ってきた者もいた。『ヒロシマ』を日本びいきの宣伝活動だと呼んだ。明らかに偏向していると、ある読者は書いた。

〝すばらしい――最高だ〟[51]と、ある手紙にあった。〝すごく悪趣味だ〟と書いた者もいた。

編集者やコラムニストも、全員がこの記事を褒めたわけではなかった。〈ニューヨーク・デイリーニューズ〉は厳しい態度で、『ヒロシマ』を人目を引くための愚行だとし[53]、〝原子爆弾を作るのをやめ、蓄積してあるものを壊し、爆弾の技術的な秘密を時期尚早にも特にロシアに教えろと読者たちを説得するための宣伝活動〟[54]だと呼んだ。もし日本が先にこの兵器を手に入れていたらアメリカに対して使っただろうと、この新聞は主張した。

〝われわれが競争に負けていたら〟[55]と、社説は続いた。〝日本とドイツの記者は今ごろ、爆弾がサンフランシスコやシカゴやワシントン、ニューヨークの住人の多くに何をしたかについて、悲劇的な名作を書いていたかもしれない〟

〈ポリティクス〉誌の編集者は、『ヒロシマ』はつまらなくて、途中で読むのをやめてしまったと[56]公表した。読者が同情や恐怖を感じさせられることはまったくないと、彼は述べた。別の〈ポリティクス〉の寄稿者、メアリー・マッカーシーはハーシーの記事を、著者が〝すごい生存者たちによる素晴らしい奇跡的な物語[57]〟を利用した、日和見主義の大惨事の報道の好例だと言った。

友好的なものと敵意あるもの、双方の出版業者から、インタビューの要請が殺到した。ハーシーは何百キロも離れたブルーリッジ山脈に隠遁《いんとん》していたので、インタビュアーたちはハロルド・ロスのもとに押しかけた。〈ニューヨーカー〉そのものが注目を浴びた。読者は、この小さな独特のユーモア感覚のある出版物――戦争中、政府に〝必須ではない〟とされ、あまり多い紙の割り当てをもらえなかった――がどうして戦争に関する圧倒的な記事を手に入れられたのか、その経緯に興味を惹かれ、面白がった。〝〈ニューヨーカー〉の編集者たちは悪名高いシニカルな連中だとされている[58]〟それだからなおさら、このように重大な人類の利害に関わる記事で雑誌の歴史を作ることになったのは異例のことだと、ある出版物にある。〈ニューズウィーク〉は『ヒロシマ』の舞台裏の記事を三ページにわたって掲載し[59]、記事を一号に一気に掲載する決意から、ロスとショーンが自ら原稿を印刷所に運んだことまで詳しく述べた。

ロスのオフィスには、ハーシーの以前の報道活動の本拠地だった〈タイム〉誌の若い女性から、インタビューを望む電話が何度かあった。ロスは警戒した――これは、ハーシーが過去に振った、彼のライバルであるヘンリー・ルースの出版物だ――だが、記事の宣伝にもなると考えて、態度をやわらげた。その女性は、〈タイム〉の作家を同伴して、〈ニューヨーカー〉のオフィスに現われた。インタビューはおよそ友好的とは言えないものだった。〈タイム〉の二人は、オフィスでの仕事や広島の現地でのハーシーについて、意地悪な質問をロスに浴びせた。

「二人はわたしが報道関係で見たことがなかったような態度だった」[60]ロスはのちに、ハーシーに報告した。「あいつらはまったく意地が悪くて……［作家は］ずっと、ひとを馬鹿にしたように笑っていた」[61]その後まもなく、〈タイム〉は『ヒロシマ』に関する報道をし、それはロスが疑っていたとおりのものだった。

〝二十一歳の〈ニューヨーカー〉は、成人して責任感を持ったつもりになっている〟[62]と、記事は始まった。〈ニューヨーカー〉の編集者はハーシーのスクープ記事――〈タイム〉のチームはこれを〝最後の審判の日のドキュメンタリー〟[63]と称した――を掲載するのに、素人のような、目立ちたがりの離れ業をやってのけた。〈ニューヨーカー〉の編集者がこの記事を載せたのは、雑誌が夏季の売り上げ不振に陥っていたからにすぎないと、〈タイム〉は皮肉に決めつけた。ロスは子どもじみていて世俗的で、日和見主義的な人物だとされた。

〝編集者のロスは、［『ヒロシマ』プロジェクトのあいだに］少し改心したことを認め、同じように良いものがあれば、またやるつもりだと言った〟[64]と、〈タイム〉の記事は締めくくられている。

もしハーシー――かつてはルースの〈タイム〉社の後継者だった――が七年間在社していたこと

で、もっと好意的な評価を得られると思っていたとしたら、それはちがった。ルースにとってハーシーは、まだ悔い改めた帰還をしていない恩知らずの放蕩息子《ほうとうむすこ》だった。[65] この発行人はハーシーが〈ニューヨーカー〉のために広島の記事を書いたことに腹を立て、〈タイム〉社に貢献した者の写真が並ぶ廊下から、ハーシーの顔写真をはずさせた。[66]

わたしはそれを隠した

日が経つにつれて、『ヒロシマ』が起こした衝撃は増大しつづけ、新聞や雑誌による熱烈な報道ばかりでなく、執拗な一連のラジオ報道によっても広がった。ABCラジオ・ネットワークの広報課長、ロバート・ソーデックは、記事を読んですぐに、ラジオ版の放送について〈ニューヨーカー〉に連絡をした。〝脚色はしない〟[67] と、彼は約束した。ハーシーが脚本を確かめる。よけいな演技や音楽、効果や広告などは入らない――ただ単に記事を、六人の俳優たち――最終回の最後まで、名前は明かさない――が『ヒロシマ』の六人の主人公の物語を読むだけだ。ソーデックの提案は受け入れられた。

谷本牧師に関する部分を読むのに選ばれた俳優、ジョゼフ・ジュリアンは、爆撃の直後に赤十字のラジオ記者として広島に派遣され、ハーシーがこの街に足を踏み入れるよりずいぶん前に、谷本牧師自身にインタビューをしていた（谷本牧師の部分を読む役に選ばれたことについて、ジュリアンはのちに、「広島に人間性を与え、冷たい統計値の一つに縮小されてしまうのを防ぐ役に立つのなら、どんなことでも歓迎だった[68]」と述べた。爆撃された街を実際に見ていたので、「わたしは『世界の終わり』という表現の本当の意味を知っていた[69]」と言った)。ジャーナリストのジョージ・ヒックス——米艦アンコンの甲板から有名なDデーのラジオ報道を録音した——が、九月九日月曜日の午後九時三十分にABCで始まった『ヒロシマ』シリーズのアナウンサーに選出された。「この苦痛と破壊の年代記を、軍を守るために発表するのではない[70]」と、聴取者に向かって言明があった。それはむしろ、一年前に広島の人々に起きたことが、次にどこで起きてもおかしくないという警告として放送されるのだと。

『ヒロシマ』のラジオ版は四夜連続して放送された。放送後、電話交換台はパンク状態[71]になったと、ソーデックはハーシーに報告した。彼は〈ニューヨーカー〉のチームに、彼の知る限り、『ヒロシマ』は公共放送で最高の聴取率[72]をとったと話した(ソーデックとABCはのちに、この番組でピーボディ賞を受賞し、ピーボディ賞の委員会はハーシーと〈ニューヨーカー〉を〝年間最高のスクープ〟[73]として称賛した)。イギリス放送協会(BBC)もまた、数週間後に『ヒロシマ』のラジオ版を放送し[74]、約五百ものアメリカのラジオ局[75]が、記事の発表の直後何日かのうちに報道をした。

多くのラジオの解説者が〝ヒロシマを教訓として扱い、まもなく、どこにいても誰も核兵器による戦争行為の脅威から逃げられない〟と警告するようになった。「ミスター・ハーシーの記事を読みながら……日本人の名前をアメリカ人の名前に置き換えるのはごく簡単なことだった[76]」ニューヨークに拠点をおくラジオ解説者、ビル・レオナードは言った。「広島のもろい建物を、ニューヨークの堅牢な建物に置き換えるのもたやすいことだ」彼は聴取者にこの記事を読み、〝その後もう一度読むことを勧めた。なぜならば、これはニューヨークでもあるからだ〟[77]。

この国でもっとも影響力のある解説者の一人、レイモンド・スウィング――その番組は全国百三十五局で放送されていた――は聴取者に対して、大半のアメリカ人にとって原子爆弾は抽象的概念に過ぎなかったが、ハーシーの記事によって、アメリカの核兵器攻撃が人類に対して何をしたかが明らかになったと指摘した。アメリカが目下の原子力の優越性を謳歌できなくなったとき、〝この国の多くが、〈ニューヨーカー〉のジョン・ハーシーの記事の人物たちの身に降りかかった、信じられないような苦しみを経験するかもしれない〟[78]。別の番組では、エドとペギーンというフィッツジェラルド夫妻が、この記事によって、原子爆弾にまつわる冗談はなくなるだろうと予言した。

「もう二度と、そのことで冗談は言わない」[79]エドは誓った。

「わたしも言わないわ」ペギーンは答えた。

とある『ヒロシマ』のラジオ番組を聞いていた聴取者の大半は、司会者の一人が、政府の初期の広島の情報隠蔽においてある役割を担っていたとは、思いもしなかった。合衆国陸軍航空軍のテックス・マクラリー中佐は一年前に広島と長崎を訪れた、政府による最初の報道関係者の視察旅行のまとめ役だったが、今はヘッドライナーやデートライナー、そして軍務から離れていた。その後彼はニューヨークに移り、NBCの朝のラジオ番組、〈ハイ・ジンクス〉で、モデル兼女優の妻ジンクス・ファルケンバーグとともに共同司会をするようになった（夫婦の芸能界でのあだ名は、〝ミスター・ブレイン〟と〝ミセス・ビューティー〟[80]だった）。

爆弾投下後の広島と長崎への旅行以来、マクラリーは密かに、現地で見たものに苦しんでいた。初の原子爆弾の使用の意味が、ずっと彼を悩ませていた。[81] リトルボーイやファットマンの、もっと大きくて恐ろしいものが作られるのは避けられず、彼の知っている形での文明を脅かしていると、彼は認めた。それでも自分のラジオ番組で『ヒロシマ』とハーシーの話題を取り上げたとき、彼は爆弾によって日本にもたらされた荒廃状態の規模を暴くような報道を抑制するのに、自分も加担していたことをはぐらかそうとした。

「ねえ、テックス」[82] 九月四日の番組でファルケンバーグはマクラリーに言った。「この前あなたから〈ニューヨーカー〉にジョン・ハーシーが書いた記事について聞いたとき、雑誌が出た翌日には販売店から全部売り切れたというのが理解できなかったの。どうして一年前の出来事に、急に興味が集まるの？　広島は、もう古い話でしょう」

「ある意味では、その通りだよ、ジンクス」[83] マクラリーは答えた。「［でも］原子力がまだ攻略も、管理もされていないとわかったら、広島が過去の話ではないとわかるはずだ。今まさに、最新の問題……広島と長崎の記事、かつて最高機密だったマンハッタン計画の物語は、今でもその運命とともに報道価値がある」

彼はあわただしく報道関係者を案内して広島を視察した体験を簡単に述べた。一緒に行ったのは鍛えられたアメリカの従軍記者たちだったが、みんな、目にしたものに衝撃を受けたという。全員にとって、恐ろしい一日だった。

しかしながらマクラリーは、一行の飛行機にあった〝検閲済〟の印章や、広島での核の余波についての真実をごまかそうとした役目については言及しなかった。マクラリーはまた、マッカーサー元帥の日本における厳しい抑圧や、政府の気に入らない報道を試みた記者たちが追放や収監の威嚇《いかく》をされたことについても話さなかった。早い時期に現地への視察旅行に参加した記者ではなくて、ハーシーが広島のスクープを手に入れられたのは、彼が〝ただの記者以上[84]〟であり、より巧みに語れたからだと、マクラリーは説明した。

だがのちにマクラリーは、旅行に参加した記者たちが爆弾を投下された街で見たものをそっくりそのまま書くのを妨害したことをついに認めた。「わたしはそれを隠し、ジョン・ハーシーがそれを暴いた[85]」と、彼は述べた。「それが広報官と記者の違いだ」

歴史的にすぐに

戦争中、ハリウッドは勢いづいて、日本人を〝黄色い危険物〟として描く映画を制作した。それが今、その幹部たちの多くが『ヒロシマ』の成功に乗じようとしていた。記事の発表にさいし、〈ニューヨーク・デイリーニューズ〉は、映画界の重役たちが〝仕事のオファーを握りしめて、「ハーシーの」まわりに群がった[86]〟と、意地悪く報告した。何を握りしめていたのかはともかく、穿鑿《せんさく》好きなハリウッドの重役たちは拒絶された。ハーシーはあらかじめ――〈ニューヨーカー〉のチームの他の者たちとともに――ラジオドラマ化は考えず、〝しばらくのあいだ、映画や演劇の著作権の意向は話し合いの対象としない〟[87]と決めていた。二週間以内に、ハーシーは数件のオファー[88]を受けた。プロデューサーやエージェント、撮影所の重役たちは称賛の意を表明し、映画化権を求めた。

ハーシーはあっというまに、『ヒロシマ』の主要映画製作で主役を打診されるような俳優たちと同じくらい有名になった。もし彼が、『ヒロシマ』以前にピューリツァー賞受賞作家として有名であったとしても、その名声は別のレベルにまで撥《は》ねあがった。多くの出版物で、『ヒロシマ』についての記事とともに、ハーシーの人物紹介と写真が掲載された。晩秋には、彼は陸軍参謀総長であったドワイト・D・アイゼンハワー、歌手のビング・クロスビー、俳優のローレンス・オリヴィエやジョーン・クロフォードやイングリッド・バーグマンとともに、セレブリティ・インフォメーション・アンド・リサーチ・サービス社による〝一九四六年の傑出した著名人十人[89]〟の一人に選ばれた(ハリウッドのゴシップ・コラムニスト、ルエラ・パーソンズがラジオ放送でこの顔ぶれを伝えたとき、ロスはにやにやしながらハーシーとショーンに、「ミス・パーソンズは『ヒロシマ』を発音しようともしなかったな[90]」と言った)。

〈ニューヨーカー〉に電報や手紙を送った読者の中には、ハーシーが広島についての報道でもう一度ピューリツァー賞を取るだろうという者もいた。〈ニューヨーク・タイムズ〉の〝核のビル〟・ローレンスが、政府認可の「長崎の原子爆弾の日撃談と、それに続く、原子爆弾の開発、製造と重大性についての記事[91]」で、ピューリツァー賞を受賞したばかりだった。ロスは『ヒロシマ』が同じ栄誉を受けるのを望むファンたちに、残念なニュースを知らせた。ピューリツァー賞報道部門は新聞記事にしか与えられないので、ハーシーは賞の対象にならないのだ。[92]

アメリカ議会図書館は、『ヒロシマ』の第一稿を手に入れようとした。記事が発表されると、収蔵責任者はハーシーに、それは近代の注目に値する書類の一つだと言った。[93] ハーシーは発表直後に記事をそこまで昇格させるのを断わったが、ある程度の遺産価値を認めたらしく、母校であるイエール大学の図書館に『ヒロシマ』の第一稿を――覚書とともに――寄贈した。[94] 大学の代表者たちはたいへん喜び、この事実を新聞に発表した[95]（このプレゼントのことを知ったハロルド・ロスは、最初腹を立てた。〝［ハーシーは］どうやって［この草稿を］手に入れたのか、訊いてもいいか？〟[96]彼は事務長にたずねた。答えを得たかどうかはわからない）。

『ヒロシマ』はすでに、それまでのどんな記事よりも大きな騒ぎを引き起こし、書籍という形で確実に残ることになった。八月三十一日号が完成する前に、ロスはこの記事のゲラを、ハーシーの著作『アダノの鐘』『Men on Bataan』『Into the Valley』を刊行したアルフレッド・A・クノップ社に送っていた。「この本はものすごく売れるに決まっている」[97]ロスはアルフレッド・クノップに言い、クノップは〝可能なかぎりの市場〟[98]へ向けて、初版五万部を十一月一日に発売する準備をした。ブック・オブ・ザ・マンス・クラブとも、すぐに別の契約が結ばれ、クノップ版と同時に刊行の準備が進められた。[99] ブック・オブ・ザ・マンス・クラブはこの本を広く売りこみ、百万人近くもの会員に『ヒロシマ』についての告知を送った。これは「われわれの世代でもっとも読まれる本になるはずだ」[100]と、クラブは請け合った。

〝人類にとってこれ以上に重要なものが書かれるとは考えづらい〟[101]という言葉が添えられていた。

イギリスでは、ペンギン・ブックスが『ヒロシマ』の独自の版を二十五万部刊行する用意をした。これは発表されると何週間かで売り切れ、ハーシーの記事は世界的現象になりつつあった。世界中の新聞でシリーズ化され――クノップに指摘され、〈ニューヨーカー〉の社員の大半が苛立ったことに――世界中の新聞に無断で掲載された。中国に拠点をおく編集者、ランドール・グールドはハーシーに、この記事が〈シャンハイ・イブニング・ポスト〉に掲載されているのを見たと書き送った。あそこに再掲載する正式な手続きを取るのは不可能だっただろうと、グールドは述べた。〝知っての通り、ここには著作権は存在しない。[102] 中国はものを盗むのが好きだ〟とはいえ、彼は祝意を表した。

『ヒロシマ』で、〝きみは歴史の仲間入りをした[103]〟と、グールドはハーシーに伝えた。

第七章　余波

イメージの問題

マッカーサー元帥のＳＣＡＰオフィスはハーシーの日本入国を認め、広島に出入りすることを許した。東京とワシントンのＦＢＩ職員は、彼が日本にいることを知っていた。ハーシーは広島で合衆国軍警察とともに滞在した。グローヴス中将は出版前に記事の中身をすべて承知していた。それでも、『ヒロシマ』は政府の最高レベルの役人たちの弱点をついた。彼らはすぐに、いやというほど、広島と長崎の爆撃が〝昨日のニュース〟ではないことを知った。そのニュースを粉飾《ふんしょく》し抑制しようとする努力がまったく成功しなかったことも思い知らされた。

「われわれは疲れ果てた」[1]合衆国陸軍長官ヘンリー・Ｌ・スティムソンの補佐官だったマクジョージ・バンディは、のちに記事を読んで認めた。

『ヒロシマ』は広島と長崎の爆撃の余波に関する真実を隠そうとする、二つの国土での一年以上にわたる試みを台無しにした。グローヴス中将の右腕だったトマス・F・ファレル准将――一年前に残留する放射線について初めてこれらの街を視察して、どちらも占領軍が入っても安全だと断言した――は、戦時の上司が許可を出したとは知らず、ハーシーの記事に激怒した。

〝アメリカはすぐに忘れてしまう〟[2]ファレル准将は国連原子力委員会のアメリカ代表であるバーナード・バルークへの手紙に書いた。ファレルは〝ヒロシマの傷ついた日本人たちよりも、野球のバットで繰り返し殴られた、飢えたアメリカ兵のほうに、はるかに心を揺さぶられる〟と述べた。バルークはロスとショーンと、〈ニューヨーカー〉の発行人であるラウル・フライシュマンのことを個人的に知っていた。ファレル准将はバルークに、六人の連合国軍の捕虜について同様の記事を掲載するように、雑誌の幹部たちに言えと促した。これらの捕虜たちは日本兵による乱暴な扱いを描写し、原子爆弾の使用について彼ら自身の考えを表明していいはずだ。

グローヴス中将は、『ヒロシマ』を大衆にもたらすのに自らが演じた意外な役割について、公には何も発言しなかった。だが彼はすぐに、ハーシーの記事の現実的な利用法を見つけた。記事が発表されてまもなく、ウィリアム・ショーンは陸軍省の広報官から手紙を受け取った。[3]グローヴス中将がカンサス州フォートレヴェンワースの陸軍指揮幕僚学校での演説で、ハーシーと『ヒロシマ』に言及したという。中将のその日の題目は次のようなものだった。核兵器による戦争行為の未来と、アメリカの新たな敵とのあいだに起こりうる原子力の戦争への準備の必要性。アメリカが核兵器で攻撃された場合に、陸軍に期待される役割。アメリカの地上部隊は、〝原子爆弾を落とされた街の人々を助けて管理する〟[4]方法を学ぶため、日本に対しておこなった核攻撃を勉強しておく必要がある。

「核攻撃の大惨事を、われわれは充分に理解していなかった」[5]と、グローヴス中将は述べた。

そのため、出席者は全員ジョン・ハーシーの『ヒロシマ』を読むべきだと彼は言った。彼の意見では、その記事はすべてのアメリカの将官たちが読むべきだった。核の余波についての描写は、将来の攻撃に備えて高度な軍事的準備をするさいに、貴重な資料になるはずだからだ（演説のことをショーンに知らせた広報官は、陸軍内に記事を求める大きな需要があるとも伝えた）[6]。

太平洋の反対側で、マッカーサー元帥もまた似たような記事の活用法を見つけた。『ヒロシマ』を読んですぐの彼の反応はわからない。そもそもSCAPの総司令部がハーシーに広島行きを許したのだという事実は、ワシントンDCの誰も忘れていなかった。政府にとって気まずいことに、世間には――人々にとって『ヒロシマ』はまぎれもない暴露記事だった――まるでハーシーがあの国に忍びこんで、SCAPの目を盗んで、そっと記事ネタを手に入れたかのように見えていた。

だがライバルであるグローヴス中将と同様に、マッカーサー元帥自身はこの記事について当惑や憤慨を公に表わすことはなかった。当然の手続きとして、〈ニューヨーカー〉は別の陸軍省広報官から連絡を受け、あることを要請された。ハーシーを説得して、『ヒロシマ』の特別版を作る権利を放棄させられるだろうか？

〝わたしの理解するところでは〟[7]と、広報官は書いた。〝マッカーサー元帥は記事を複製して、極東戦域の軍隊内で教育目的で使おうと計画している〟

マッカーサー元帥とグローヴス中将がハーシーの記事に軍での教育的な効用を見出したにもかか

わらず、総じてアメリカ政府――ファシズムと専制政治に対する勝利者――は、突然、深刻な『ヒロシマ』後のイメージ問題に悩まされることになった。地球的救済者から集団殺害をする超大国への変化は、歓迎できるものではなかった。世界中のハーシーの読者はアメリカのモラルの高さを考え直そうとしていて、なぜこの事実が表に出るのに一年以上もかかったのか知りたがった。こんな重大事が巧妙に人々から隠されていたのなら、他に何が隠されているのだろう？　この新しい兵器について、他にどんな情報をアメリカ政府は隠蔽しているのだろう？　ハーシーは『ヒロシマ』の中で、この兵器よりもっと強力で恐ろしいものが開発されていると書いていたが、それは本当なのか？

『ヒロシマ』に刺激された怒りに満ちた社説が、次々に出た。記事の発表の二週間後、〈サタデー・レビュー・オブ・リテラチャー〉のコラムニスト、ノーマン・カズンズは、ハーシーの記事に応えて痛烈なコラムを書き、特にこれが政府の上層部を怒らせた。

〝知っているだろうか……日本にいる何千人もの人間が今後数年のうちに、この爆弾が放出した放射能のせいで癌《がん》になって死ぬのを〟[8]と、彼は書いた。じつは、原子爆弾は殺人光線であり、人類に対して使用するのは犯罪だと、彼は述べた。そのうえ、アメリカは次の戦争で原子爆弾の使用を保証されているも同然ではあるが――密集した人口集中地域を考えると、アメリカ自体の住民が被害に対して無防備であることに気づいていない。ハーシーと〈ニューヨーカー〉は重要な警告を発したのであり、アメリカ人は本格的な危機に直面していて、この国の誰もが、アメリカが前の夏にパンドラの箱を開けてしまったという事実を認識し、それに対処していく必要があると、カズンズは書いた。

　報道関係以外の重要人物からも、悪影響を与える批評が出始めた。太平洋の第三艦隊司令官だった海軍元帥ウィリアム・F・〝ブル〟・ハルゼー・ジュニアは記者会見で、爆弾を落としたのは無用の実験であり、軍の過ちだったと述べた。

「必要もないのに、どうしてあのような兵器を世界に解き放ったのか？[9]」と、彼は言った。「アメリカはこの玩具を持っていて、使ってみたかった、だから落とした。それでたくさんの日本人《ジャップ》が死んだ、でも日本人《ジャップ》はそれよりもずっと前に、ロシアを通じて和平の打診をしていた」

　〝この玩具〟を作った科学者の中にも、自らその開発に関わったことへの疑念を告白する者がいた。爆弾が日本に落とされる前にも、マンハッタン計画の上級科学者のグループは密かに実行することに反対する陳情活動をし、アメリカ政府に、爆弾の威力を実験証明するだけにしようと提案していた。原子爆弾を日本への攻撃に使用することで、アメリカは〝世界中の人々の支持を失いかねないし、軍備競争を引き起こすだろう〟[10]と彼らは警告した。爆弾が広島と長崎に投下されてからあまり経たない時期に、マンハッタン計画のJ・ロバート・オッペンハイマー――〝原子爆弾の父〟と言われる――は、彼自身の葛藤《かっとう》を表明した。

「原子爆弾が紛争中の世界の兵器庫、あるいは戦争の準備をしている国の兵器庫に加えられるなら[11]」と、彼は演説で言った。「人類がロスアラモスと広島という地名を使って悪態をつく日が、必ず来るだろう」

　物理学者のアルベルト・アインシュタイン――彼の公式、$E = mc^2$ によって、研究者は核爆発で放出される可能性のある莫大なエネルギーを定量化する方法を得た[12]――は以前から、核兵器による危険について警鐘を鳴らし続けていた。戦争の直前、彼はフランクリン・D・ルーズベルト大統領に、ドイツの原子爆弾開発活動について警告した。アインシュタインはマンハッタン計画には関わらず、この爆弾の父であることを否認した[13]。彼の意見では、核兵器の創造は人類の生存に対する壊滅的な脅威[14]だった。戦争後に彼は、恐ろしいことに、地球上の国々が核保有国になろうと競い合い、さらに恐ろしい破壊を招くだろうと予言した。

「今日、いまだかつてない、もっとも素晴らしく危険な兵器を作り出すのに関与した物理学者たちは、罪悪感とは言わずとも、同じぐらいの責任感に苛まれている[15]」広島と長崎の原子爆弾投下後、アインシュタインは〈ニューヨーカー〉のオフィスから角を曲がってすぐのところの、ニューヨークのホテル・アスターでの講演で言った。ちょうど『ヒロシマ』が販売店に並ぶ何週間か前、アインシュタインは〈ニューヨーク・タイムズ〉に、今やロケットが原子爆弾を運ぶことができ、事実上、地球上のどの人口密集地も、破壊的な核兵器による攻撃に対して無防備であると[16]語った。彼はアメリカ人たちに今すぐ日常の活動を一旦停止して、広島の意味、そして原子力の時代の始まりの意味を考えてみるべきだと呼びかけた。

「村の広場にこそ、原子力の事実を持ちこまなければならない[17]」と、彼は言った。「そこからアメリカの声を発するのだ……将官や上院議員や外交官にまかせてはおけない」

アインシュタインは『ヒロシマ』について、〈ニューヨーカー〉の発行人、ラウル・フライシュマンに連絡を取った。彼はこの仕事について心からの称賛を述べ、世界中の主導的科学者に配るため、千部の増刷を求めた。この要望は叶えられた。

〝ミスター・ハーシーは、一つの原子爆弾が爆発したことによって先例のない破壊を被ることになった……人類に対する恐ろしい影響の真実を描いた〟[18]アインシュタインは『ヒロシマ』とともに送った添え状の中に書いた。彼はさらに、〝この記事は、すべての責任ある男女に深く関わる、人類の未来にとって意味があるものだ〟[19]とした。

アメリカの役人や頑固なマンハッタン計画の幹部たちにとって、これらの批判は、占領のもっとも初期の時期の、日本からの報道と同じくらいに有害だった。記事を抑え、粉飾するために、すぐに何か手を打つ必要があった——もう一度だ。

記録を正す

ハーバード大学の学長で、マンハッタン計画の顧問でもあったジェイムズ・B・コナントは、ハーシーの記事を読んだとき、ニューハンプシャー州ホワイト山脈での一ヵ月近くの休暇から戻ったばかりだった。彼は『ヒロシマ』に警戒心をもった。[20]この記事は世論を、原子爆弾とその開発者に敵対する方向へ変えた——自らの統率力についての自信を傷つけられたのは言うまでもない。政府が国民からどれほどのことを隠していたかを暴き、この国の倫理的立場を蝕《むしば》んだだけでなく、これは——グローヴス中将の希望とは反対に——将来の核の兵器庫の構築に関する、人々の支持を揺るがしかねなかった。

化学者であるコナントには、戦争に関わる科学を進めてきた長い歴史があった。第一次世界大戦では、彼は毒ガス製造の最前線に手を貸した。第二次世界大戦では、ルーズベルト大統領によって、マンハッタン計画の指導を助ける主要科学者に選ばれた（彼に、計画の〝大公[22]〟というあだ名をつけた者がいた）。[21]一九四六年の秋、彼は爆弾の開発に関わった仲間の科学者たちが罪悪感を吐露するのにうんざりし始めていた（〝ジョン・ハーシーの〈ニューヨーカー〉の記事を読んで泣いた[23]〟と、あるマンハッタン計画の科学者は認めた。一年前に広島爆撃のニュースにマンハッタン計画の長たちがお祭り騒ぎ[24]をしたのを思い出し、ハーシーの記事に胸が羞恥でいっぱいになったという）。

いっぽうコナントは、日本に対する核兵器の使用を促したことを悔いることはなかった。

「戦争の道徳とは、平和とはまったくちがうものだ[25]」彼はのちに述べた。

コナントはすぐに陸軍長官ヘンリー・スティムソンの原子力関係の特別補佐官だった、ハーヴェイ・H・バンディ（マクジョージ・バンディの父親）に手紙を書いた。最近日本に対する爆撃に関して〝過ぎたことにとやかく言う[26]〟行為が多く見られると、コナントは書いた。その例として、〈サタデー・レビュー・オブ・リテラチャー〉のノーマン・カズンズによる、『ヒロシマ』に触発された社説の切り抜きを同封した。こうした日本爆撃を懸念する動きは、単なる感傷的な考えに過ぎない、〝これらの主張は、すべて[27]〟が少数派であると確信しているが、残念ながら声高な少数派なのだと、コナントはバンディに述べた。

〝わたしには、日本人に対して爆弾を使用すると決めるにあたって、実際に何が起きていたのか……事実をはっきり提示することが重要だと思われる〟[28]と、コナントは主張した。

〝いわゆる識者たち[29]〟――つまりハーシーやカズンズのような作家たち――によって広められた悪い評判に対抗して何か手を打たないと、次世代の意見や印象に影響し、歴史を歪めるかもしれない。広島に関する都合の悪い報道は、ハリー・トルーマン大統領をも悩ませていた。大統領は特に、アメリカは広島と長崎を深い考えもなく無責任に爆撃した[30]という主張に苛立った。

〝日本人は爆弾投下よりも充分前に、正当な警告を与えられ、最終的な条件を提示されていた[31]〟と、彼は政府の暫定委員会のメンバーだった物理学者のカール・T・コンプトンに書いた――この委員会は核兵器の軍での使用について助言するために作られたもので、日本に対する核攻撃を推進した。〝爆弾が、彼らが条件を受け入れた理由だろうと思う〟と、トルーマンはつけくわえた。

まだホワイトハウスはハーシーの『ヒロシマ』の問題について、公には沈黙を守っていた。おそらくその意味を軽くしようとしていたのであり、ハロルド・ロスはこれに苛立った。それから、この〈ニューヨーカー〉の編集者は〈ニューヨーク・ポスト〉の記事に、トルーマン大統領が、騒動になっているハーシーの記事を読んだかどうか訊かれたと書いてあるのに気づいた。〝〈ニューヨーカー〉は読んだことがない[32]〟と大統領は言ったと書かれていた。〝腹が立つだけだ[33]〟

ロスは蜂の巣を突いてやることにした。彼は手紙――そして『ヒロシマ』を掲載した号を三部――を、大統領の広報官であるチャールズ・G・ロスに送り[34]、トルーマン大統領にこの記事に注目するよう促すべきだと訴えた。チャールズ・G・ロスはそれに、充分な誠意をもって答えた――彼は個人的には長いあいだ〈ニューヨーカー〉の愛読者だと述べた――だが大統領がハーシーの記事を読んだかどうか、記事を知っているかどうかについての質問には、はっきりした答えを避けた。〝大統領はハーシーの記事を読んだかもしれないし読んでいないかもしれない[35]〟チャールズ・ロスは書いた。〝あなたから送られてきた雑誌が、彼の手元に届くようにする〟

トルーマン大統領は、コナント同様に、やはり原子爆弾の記録はふたたび早急に正さなくてはならないという結論に達した。国内の――そして国際的な――話し合いにおいて、ハーシーが作り出した、黒焦げになった人体の残存物や放射線の後遺症に苦しむ若い家族といったイメージから注意を逸らす必要があった。公式に、政府の論拠を再確認する必要があった。日本に落とされた原子爆弾によって、戦争は早く終わった。原子爆弾で、双方の命が救われた。そうでなければ、日本は最後の一人が倒れるまで、だらだらと血まみれの戦闘を続け、降伏しなかっただろう。

トルーマン大統領は前陸軍長官のヘンリー・L・スティムソン――一九四五年九月の日本とアメリカの降伏調印式の数週間後に引退した――に密かに連絡をして、なんらかの公式の声明を出そうと持ちかけた。〝スティムソンに、事実を集め、記録としてまとめてほしいと頼んだ[36]〟と、彼はカール・コンプトンに書いた。

ジェイムズ・コナントもまた、〝ミスター・スティムソン以上にそれをうまくできる者はいない[37]〟と考えて、別個にこの前陸軍長官に連絡をした。スティムソンはそのころ、ロングアイランドの家で回想録[38]を書いていた。コナントはスティムソンの家に行き、昼食をとりながら[39]、軌道修正の声明を出してほしいと働きかけた――コナントは、これは『ヒロシマ』のような記事の形態で発表されるべきだと考えていた。原子爆弾の残酷な余波から注意を逸らそうとする、あるいは戦後の道徳的優位を取り戻そうとする、あからさまな企みのように見えてはいけない。寛大で鷹揚《おうよう》に、不必要な興奮状態を抑えられるような信頼できる人物によって、静かな権威がかもしだされなければならない。

〝その声明はほぼ事実に基づいていて、爆弾についての軍の必要性を過度に主張するようであってはいけない[40]〟と、コナントは助言した。

スティムソンは広島についての意見を取り仕切り、国全体の雰囲気を和らげるのに、賢い人選だった。一九四三年以来、彼は軍による原子力使用について大統領の上級顧問を務めていて、爆弾の攻撃目標として広島を選ぶのにも力を貸した。彼は冷静で落ち着いた雰囲気をもっていて、かつて〈ニューヨーク・タイムズ〉に、〝友人に呆《あき》れられることがあるほど無欠[41]〟であったと描写された。

スティムソンはこの仕事を引き受けたが、個人的には深い懸念を抱いていた。自分はコナントによって、否定的な報道すべてと闘う〝いけにえ[42]〟に選ばれたのだと、彼は友人に話した。また別の友人によれば、スティムソンは〝［爆弾を落とすという］決定の前、それを民間人を標的にして、あの規模の街に落とすことの重大性を考えて、夜眠れなかった[43]〟そうだ。スティムソンはすでに、それより前の東京の爆撃のことで悩んでいた。〝アメリカがヒトラーに勝る残虐行為をしているという評判が立ってほしくはなかった[44]〟と、彼は認めた。コナントの要請を受けて、彼は苦しい自己分析を強いられていた。

いったん計画が動き始めたら、コナントの伝記作家が書いたように、〝陸軍省出身者のネットワークが働いて[45]〟反例が集まり始めた。ハーヴェイ・バンディやスティムソンの前補佐官のジョージ・L・ハリソン、そして陸軍省の歴史家ルドルフ・A・ウィナッカーなどに、情報や意見が求められた。ハーヴェイ・バンディの息子のマクジョージが、スティムソンの補佐官を務めた。

十一月六日、レズリー・グローヴス中将がこの反論記事に意見を述べ始めた。その声明文は〝計画全体を非常に凝縮した形で描写した、すばらしいものだった〟[46]と、彼は書いた。そのような記事こそ今必要なものだと元同僚たちに言い、[47]爆弾投下の決定の問題において自分も大きな役割を演じたことを強調した。グローヴス中将がスティムソンの声明チームの他の者たちに、彼自身がハーシーの記事の発表を認可したということを明かしたかどうかはわからない。

スティムソンの声明文の掲載を、ヘンリー・ルースの〈ライフ〉誌に持ちかけたらどうかという案があった。この出版物はかなりの発行部数だったが、コナントはもっと厳粛な雰囲気の〈ハーパーズ・マガジン〉誌を提案した。〈ハーパーズ・マガジン〉は『ヒロシマ』に真剣に着目していて、それを〝圧倒的な報道〟[48]だと言い、いくつかの否定的な批評に対してハーシーを弁護さえしていた。しかしながらスティムソンのチームが連絡をしたとき、この雑誌はスティムソンの記事――『原子爆弾を使うという決意』というタイトルがついていた――を、一九四七年二月の特集記事として掲載することを承諾した。

最終的な編集段階でずっと、コナントはジョン・ハーシーの方針を参考にして、共同執筆者たちに、感情的に嘆願したり、誇張したりすることを避け、〝事実を詳述《しょうじゅつ》すること〟[49]だけにこだわるよう指示した。〝長官が自分の意見を主張したり、自分の決定を正当化〟するように見える部分は削除するべきだ[50]と、彼は指示した。〝[それが]事実だけを扱っているのなら、反対の立場の者が反論しづらくなるだろう〟

コナントは〈ハーパーズ・マガジン〉の新刊見本で最終的な記事を見たとき、その出来栄えに喜んだ。まさに適切なものだと彼はスティムソンに言い、〝原子爆弾の使用に反対する宣伝活動《プロパガンダ》が……勝手に増大する〟[51]のを許すわけにはいかないと続けた。

記事が発表されると決まり、スティムソンはぎりぎりで不安になった。

「最後の瞬間に、記事にあれほど疑問を持ったことはなかった」[52]スティムソンは友人に言った。「悲劇が列挙されているのを読んだら、今までわたしを親切なキリスト教徒の紳士だと思っていた友人でも、じつは冷血で残酷だったと思って震えあがるだろう」

トルーマン大統領からのその後の手紙が、なだめ役に指名された人間をなだめたかもしれない。あるいは、決意を固めさせた。〝あなたは誰よりも、全体の状況をよく知っていると思う〟[53]彼はスティムソンに言い、彼には〝それについての記録を正す〟[54]責任があるのだと思い出させた。スティムソンはこの記事が、問題を起こしていた〝どちらかというと難しい部類のコミュニティ〟[55]への逆襲になることを願うと答えた。

このように理論武装して、スティムソンは個人的にこの記事の写しを、特別に熱心に広めてくれると期待できる、ハーシーに拒絶された指導者であるヘンリー・ルースに送った。[56]

われわれはなんらかのメダルに値する

コナントとスティムソンとそのチームが、〈ニューヨーカー〉の感情を排して事実のみを書くという手法に倣ったとしたら、〈ハーパーズ・マガジン〉の編集者はスティムソンの号の表紙を作るのに、ハロルド・ロスとウィリアム・ショーンとは正反対の方針を取った。スティムソンの記事のタイトルは、人目を引く赤と白の背景に大きな黒い文字で書き立てられていた。

ヘンリー・L・スティムソン
前陸軍長官が
なぜ原子爆弾を使ったのか
その理由を説明

ハーシーの記事と同様に、スティムソンとその仲間たちによる『原子爆弾を使うという決意』はメディアに衝撃を与えた。『ヒロシマ』がアメリカの良心をひどく刺激して擦り傷を作ったとしたら、スティムソンの記事は、たとえ麻薬的であっても歓迎される軟膏《なんこう》だった。ハーシーが、政府と軍とが核兵器による大虐殺をおこない、その結果を取り繕《つくろ》おうとしたという事実を明らかにしたあと、多くのアメリカ人が安心できる公式な何かを求めていた。

〈ハーパーズ・マガジン〉のスティムソンの記事は、政府独自の表面的な事実の容認と告白とともに、あらたに改善された理屈を提示するものだった。そう、彼らの名において使用された原子爆弾は確かに破壊的だったと、スティムソンは認めた。だがそれらは必要なものだった――日本との戦争を終えるための、〝もっとも悪くない選択〟だったのだ。スティムソンによって語り直された話の中では、核兵器という選択肢はふたたび人道的なものだとされていた。グローヴス中将とはちがい、彼は放射線障害が〝とても快適な死に方〟だと思わせようとはしなかったが、原子爆弾が日本人を救ったのだという主張は続けた。彼を始めとする意思決定者たちは、原子爆弾によって衝撃を与えることが日本を降伏させるのにもっとも確実な方法だったとし、〝アメリカ人と日本人の双方で、犠牲者の何倍もの人数の命を救った〟と論じた。それはまた、日本へのさらなる攻撃を抑え、連合国軍によるこの島国に対する〝抑圧的封鎖〟から彼らを救いもした。

評判を回復しようとする反論記事の中で、スティムソンはハーシーや、『ヒロシマ』に応えて怒ったり苦悩したりした社説を書いた者について、名前を出して言及することはなかった。むしろ彼は、全国に及ぶ騒ぎが、声を潜《ひそ》めた異議だったかのように描写した。〝この何ヵ月か、日本への原子爆弾の使用の決定についてたくさんの発言があった〟と、彼は園遊会で話すような調子で述べ、彼自身の発言は〝関心のある者、全員〟の不安に向けられたものだとした。

ハーシーの『ヒロシマ』でもっとも目を引いた情報の一つが、原子爆弾によって十万人の日本人が死んだという統計値だった。スティムソンはこれに、自らも統計値を持ち出して反撃した。一九四五年七月、アメリカ情報部は日本軍がまだ五百万の兵力を持ち、五千機の自爆戦闘機を使用できると見積もったと、スティムソンは述べた。彼は読者に対して、日本の軍人はすでに、〃文字通り命がけで闘う能力があると実証済みの種族[62]〃に属していると指摘した。国土への侵攻は〃アメリカ軍だけでも百万人の負傷者を出すかもしれない[63]〃という情報があったという（トルーマン大統領は、一九四五年七月の全面的な侵攻によって、四万人のアメリカ軍の死者と十五万人の負傷者[64]が出るだろうと予想する軍の書類を受け取っていたが、百万人の負傷者という数値はこの記事で何度も繰り返された）。スティムソンは、当時アメリカの公式な同盟国であったソビエト連邦を介して、〃日本人《ジャップ》が和平の打診をしていた〃というハルゼー海軍元帥の公式声明には言及しなかった。

なぜアメリカは、降伏を強いるため、どこか居住者のいない地域で原子爆弾の実演をするだけにとどめなかったのだろう？　その考えは「実際的ではないとされて捨てられた[65]」と、スティムソンは言った。開発者たちは自分たちが作り出した兵器を熟知していたわけではなかったので、爆撃機から落としたときに爆発するかどうかさえわからず、いくら警告や実演をしても不発弾だったりしたら、降伏を求めるのにこのうえない悪影響を及ぼしただろう[66]と、彼は書いた。

いずれにしても、アメリカにはそのような実演をして見せるほど大量の原子爆弾はなかったのだと、スティムソンは説明した。日本人には、アメリカには無制限に供給がある、長崎のあとも、日本が跡形もなくなるまで原子爆弾を次々に落とし続けられると思わせておく必要があった。〃さらに多くの[67]〃爆弾を落とされる恐怖が、日本を降伏に導いた。実際には、一九四五年八月、アメリカは実際に使用できる原子爆弾を二つしか持っておらず、それらを広島と長崎に使った——だが幸運にも、はったりは効いた。この意味で、原子爆弾は〝恐ろしい破壊の兵器[68]〟であるだけでなく、〝心理学的な兵器[69]〟でもあったことが証明された。

　結局、アメリカの決定は正しかったと、彼は断言した。〝わたしが見た証拠はすべて、日本がわれわれの出した降伏の条件をのむと決めた決定的な要因は原子爆弾だったということを示していた[70]〟政府による戦略爆撃調査団報告書の一般的に手に入る部分に、〝原子爆弾のせいで、指導者たちが降伏の必要性を認めた……とはいえない[71]〟と記されており、降伏の決定は実際は五月――爆弾が投下される三ヵ月前になされていたと続いていることについては、言及しなかった。

　スティムソンの記事は基本的に広島と長崎の犠牲者がこうむった苦悩の責任を回避し、原子爆弾の放射能の性質について、〝革命的な特性[72]〟、〝一般的に珍しい性質[73]〟があると述べる以外、何も認めなかった。スティムソンは、彼や原子爆弾の開発に関わった者たちの考えでは、原子爆弾は〝近代戦争における他の破壊的な兵器のいずれとも同じくらい合法[74]〟だと書いた。それは損害予防策であり、〝われわれのような立場にいて、責任を負い、目的を達成して命を救える可能性のある兵器を手にしていたら、それを使わずに同胞たちに顔向けはできなかっただろう[75]〟とした。

　スティムソンの記事は原子爆弾の使用の裏にあった討議を初めて公式に発表したものであり、『ヒロシマ』の報道をした何百ものニュース媒体が、今度はスティムソンの記事について取材しようと殺到した。トルーマン大統領はスティムソンの仕事を褒めて、〝とてもうまく[76]〟記録を正したと言った。記事の共同執筆者たちもまたスティムソンを――そして自分自身を祝った。

〝われわれはなんらかのメダルに値する[77]〟マクジョージ・バンディはスティムソンに向けて書いた。

〝うるさいお喋りを黙らせたんだから〟

根深い事実

しかしながら、スティムソンの記事は、〝お喋り〟をすべて黙らせられたわけではなかった。抗議の声を抑えこんだり、広島の被害のイメージを消したり、予想される将来の核戦争に対する不安や恐怖を鎮めたりもしなかった。むしろその逆に、『ヒロシマ』の影響は、〈ハーパーズ・マガジン〉に逆襲の記事が発表されたあとも広がり続けた。多くの読者は〈ハーパーズ・マガジン〉での説明に安堵と道理を見出した。だが、スティムソンの声明文は、それが発表される前に持ちあがっていた疑問には触れていなかった。原子爆弾とその影響に関する政府の隠蔽についても、対処していなかった。

一年前ならスティムソンの記事を受け入れ、広めたはずの出版物も、今はもっと慎重な態度だった。こうした警戒態勢は、戦時にパートナーの間柄だった者どうしに亀裂ができたことを示していた。報道関係者は戦争中は政府と軍の協力者としてふるまったかもしれないが、一年後の今は、相手に対してもっと批判的だった。

ヘンリー・ルースの〈タイム〉誌と〈ライフ〉誌はスティムソンの記事について特別な報道はせず、[78]〈タイム〉の〝国務《ナショナル・アフェアズ》〟の欄の一つで、スティムソンが記事で明らかにした事柄を要約しただけだった。〈ニューヨーク・タイムズ〉は核のビル・ローレンスがいつもの第一面の担当欄で、この核の冒険談の新たな展開について報道したが、彼らしくない抑えた態度で、偽聖書風の論評ではなかった。〈ニューヨーク・タイムズ〉の社説委員会は、スティムソンの記事にあった主張を取り上げた。この新聞の編集者たちは、原子爆弾が気まぐれに作られて使用されたのではないという説明を受け入れ、広島と長崎の爆弾は日本を降伏させる理由となったと主張する元陸軍長官に同意した。

それでも〈ニューヨーク・タイムズ〉は、広島に使用する前に爆弾の実演をして見せなかったのに、トルーマン大統領が主張したように政府は本当に日本に正当な警告をしたといえるのかどうか、疑問や異議が確かにあると記し、スティムソンが実際的な結果だけに基づいて原子爆弾の使用を正当化したのを批判した。その態度は、〝必然の前には法は無力だというドイツ軍の主張[79]〟と何も変わらないと、社説にある。〝もっとも野蛮な戦争はもっとも情け深い、なぜならそれはより早く終わり、その終わり方が方法を正当化する[80]〟からだと。

政府にとっては、〈ニューヨーク・タイムズ〉は再度、気に障《さわ》る指標を示したようなものだった。この新聞はあらためて超然とした編集態度を示しただけでなく、スティムソンの反撃がハーシーの『ヒロシマ』による手厳しい暴露に対処できなかったことを明らかにした――けっきょくのところ、この兵器に対する恐ろしい人的代価とその余波という現実が、その実行者によって隠蔽されていたのは事実だったのだ。アメリカは実験段階にある核兵器を使用し、原爆投下から何ヵ月も経っているのにまだ民間の犠牲者が出続けている。これは今や、ハーシーとそのチームのおかげで、議論の余地のない根深い事実となっていた。スティムソンは彼の記事で、広島の原子爆弾は〝十万人以上の日本人に死をもたらした[81]〟と認めていた。彼は、〝その事実をいいかげんに言い抜け[82]〟たくはないと書いたが、まさにそれをしていた。

〝戦争の顔は死の顔だ[83]〟スティムソンは述べた。〝［そして］死は、戦時の指導者が出す命令のすべてに、否応《いやおう》なく含まれている〟

スティムソンの記事はその一部で、広島の話を無味乾燥な統計値に戻そうとしていた。この記事では、広島は、名もない、顔もない、入れ替え可能な十万人の犠牲者の出た現場の一つに過ぎなかった。近代の戦争とはそういうものだと、彼は断言した。

〝ミスター・スティムソンの意見では〟と、〈ニューヨーク・タイムズ〉の社説にある。〝非難する必要があるのは兵器ではなく、戦争そのものだ〟

だが原子爆弾の投下後、『ヒロシマ』後の不安と怒りは新しい兵器そのものに向けられていた。それらが人類に何をしたのか、それらが街全体に何をしたのか、いつまでも残っている危険、そして人類の未来のためにどんな警告を発しているのか。スティムソンの記事は一度も〝放射能〟や〝放射線〟という単語を使っていないが、ハーシーの『ヒロシマ』のあとではどんなに努力をしても、原子爆弾を従来の兵器のように描写するのは不可能だっただろう。もはや、原子爆弾による放射線障害の報告を、〝日本の宣伝活動〟あるいは〝東京の物語〟などといって片づけることはできない。解釈を変えようとする試みは失敗に終わった。原子爆弾に関する話は、今や恒久的に政府の手を離れた。

もしスティムソン、コナント、トルーマン大統領とグローヴス中将が〝戦争の顔〟を匿名の抽象的概念だと見ていたとしたら、何百万人ものハーシーの読者にとって核戦争の顔は、今では実際の人々の顔と繋《つな》がっていた。苦労する寡婦と三人の子どもたち、若い事務職員、二人の医師、司祭、そして牧師の顔だ。これら六つの戦争の顔が、全世界で売られている本の裏表紙に載っていた。『ヒロシマ』は、原子爆弾投下を正当化する動きに、永遠に疑問を投げかける影となった。

ハーシーの本は世界中で売れ続けた。スティムソンの記事が〈ハーパーズ〉に発表されてからわずか二週間後、ハーシーと〈ニューヨーカー〉の編集者たちは、イギリスのペンギン・ブックスが何週間かのあいだに二十五万部の初版を売り切り、百万部の増刷[84]を用意していると告知した。アメリカでは、クノップが初版を出した一年後に、この本の世界的な広がりが発表された。〝『クノップの』アメリカ版とイギリスのペンギン・ブックス版のほかに、『ヒロシマ』は十一ヵ国語に訳された。[85]スウェーデン語、デンマーク語、ノルウェー語、フィンランド語、オランダ語、フランス語、チェコ語、ドイツ語、イタリア語、ハンガリー語、そしてポルトガル語であり、遠からずポーランド語、スペイン語、そしてヘブライ語で出される予定がある。ベンガル語とインドのマラティー語でも出るようだ〟ブライユ点字版まであった。

一九四六年の秋、ジェイムズ・コナントは、『ヒロシマ』後の批評は国全体の次の世代の歴史家や指導者たちに影響を及ぼすのではないかと恐れたが、その懸念はすぐに現実となった。ハーシーの本はたちまち書籍販売業者や評論家たちに名著と見なされただけでなく、大学の教科課程にも組みこまれた――ハーバード大学学長のコミュニティに属する、アイヴィーリーグの大学のいくつかでも採用された（『ヒロシマ』に高校で使うための教科書版ができたと知って、ロスはハーシーとションに、〝神さまはわれわれが何を作ったかご存知だ。わたしが高校にいたときの教科書より、いいものになるだろう〟[86]と書いた）。『ヒロシマ』は核戦争における真の人類の代価を記録した文書となり、その後何十年もそうあり続ける運命だった。

二重スパイ

クノップの『ヒロシマ』が刊行された国の自慢げな一覧に、欠けているのが目につく二つの国があった。『ヒロシマ』が最初に発表されたとき、〈ニューヨーク・ヘラルド・トリビューン〉は――記事が世界的に広がったにもかかわらず――抑圧的な支配体制と検閲行為のせいで、ハーシーの話をけっして読むことのできない者が世界中に何百万人もいるだろうと予言した。

この社説は明らかにソ連を指している。週を追うごとに、冷戦は激化していた。『ヒロシマ』が〈ニューヨーカー〉に発表された二ヵ月後、ソ連の外務大臣、ヴャチェスラフ・M・モロトフは国際連合総会での演説で、アメリカに対して大げさな叱責《しっせき》をした。彼はアメリカの〝帝国主義[87]〟的な〝拡張主義の政策[88]〟を非難し、ソ連の人々は新たな権利主張者による世界制圧への道を整えるために貴重な血を流したわけではないと[89]、アメリカ人に通告した。そのうえモロトフは〝原子爆弾を独占的に所有[90]〟するアメリカの身勝手さを非難した。原子力の独占状態は長くは続かないと、モロトフは警告した。
ソ連のリーダー、ヨシフ・スターリンは実際に、一九四五年七月にアメリカが初の原子爆弾の実験をおこなったあと、すぐにソビエト連邦独自の原子爆弾開発計画を促進させた。日本への原子爆弾投下によって、トルーマン大統領はソ連の人々に衝撃を与え、〝誰がボスか〟[91]を示そうとした。ソ連のリーダーたちにとっては、広島と長崎の爆弾は〝日本ではなくソ連に向けられたもの〟[92]だと、モロトフは主張した。〝彼らは、おまえたちには原子爆弾がないがわれわれはそれを持っている、もしまちがったことをしたらこんな事態になるということをよく覚えておけと言いたかったのだ〟[93]
ハーシーとショーンとロスは自分たちの記事がソ連に対する宣伝的な脅威だと受け取られるかもしれないと承知していたが、〈ニューヨーカー〉のオフィスでは『ヒロシマ』をソ連で発表しようとする動きがあった。いくつかのアメリカの社説が、この事実にすぐに気づいた。〈ニューヨーク・ヘラルド・トリビューン〉は、ソ連はハーシーの記事を、〝彼らを威嚇する試み〟[94]だと捉えるだろうと予言した。
じつはソ連は、アメリカよりも早く、原子爆弾投下の余波を視察しに広島に入っていた。ソ連が日本に宣戦布告したのは一九四五年八月八日――広島に原子爆弾が投下された二日後――で、戦争中、この国は日本に大使館を保持していた。八月二十三日、東京のソ連大使館の領事、ミハイル・イワノフは、[95]余波を視察するために広島に行った。恐ろしい破壊状態と爆弾の余波についての内密の報告がすぐさま用意され、スターリン始めソ連のリーダーたちに提出された。それは公式のものだった。ソ連は今や、アメリカに対して非常に不利な立場にある。ソ連政府はすぐさまこの破壊的な兵器に関する報道記事を抑制した。モスクワに拠点をおくイギリスの通信社が記したように、あの街で、〝あの爆弾はソビエト連邦に対する脅威である〟[96]ことが明らかになったからだ。『ヒロシマ』のような記事がソ連国内で発表されたら、アメリカが日本――そして世界――に行使した力を軽く見せようとする政府の努力が台無しになるだろう。

　それでも、ソ連でこの記事を発表する可能性は、いまだに国際的な勝利を求めていた〈ニューヨーカー〉のチームにとって、魅力的な挑戦だった。彼らは、一見不可能な離れ業を成し遂げたばかりだった。もう一度できるのではないだろうか。少しの話し合いのあと、彼らは、『ヒロシマ』をロシア語に翻訳してソ連国内で配布する可能性を、ソビエト連邦の国連大使であるアンドレイ・グロムイコに打診することに決めた。グロムイコに連絡するさいは、ロシア人たちが〝記事の中の宣伝的傾向について、比較的安心[97]〟していられるように、慎重な表現を使うべきだと、ハーシーは考えた。（しかしながら、彼は『ヒロシマ』に関しては、何をしてもロシア人たちを安心させられはしないのではないかと懸念していた。彼自身、〈タイム〉のモスクワ通信員だった時代に、〝ロシア語で書かれる言葉は、すべてが武器だ[98]〟と書いていた）

　ハーシー、ロス、ショーンと、〈ニューヨーカー〉の発行人のラウル・フライシュマンは、ニューヨーク近辺で〝ミスター・否認《ニエット》〟〝冷酷《グリム》な・グロム〟〝オールド・無表情《ストーンフェイスド》[99]〟などのあだ名で呼ばれるグロムイコへの嘆願書を作るのに、一週間を費やした。予想できたことだが、彼らの申し出はまったく黙殺された。そのうえ、ソ連の大使に連絡してから何ヵ月も経ってから、〈ニューヨーカー〉のチームは、ハーシーとその記事がモスクワでどのように受け取られているか、現実を知ることになる——そしてそもそも彼らのロシア語への翻訳と配布の要請が世間知らずのものだったと思い知る。

ハーシーの訪日からまもなく、オスカル・クルガーノフという名前のソ連のジャーナリストが、ソ連のもっとも重要な日刊紙であり、共産党の公式機関紙である〈プラウダ〉から派遣されて、日本に着いた。彼はこの国を旅し、長崎も訪れた（彼はのちに、この旅でのSCAPの護衛を、〝ゲシュタポのアメリカ版[100]〟となぞらえた）。帰国したのち、クルガーノフは日本の旅を描いた本『日本のアメリカ人』を書き、発表した。『ヒロシマ』で報告されているような状況は、クルガーノフによると、ひどい誇張だった。〝原子力熱〟は存在しない。彼は、長崎の医師たちに、想定されている病気について質問をしたと報告した。医師たちはそのような例を一つも見ていないと言ったという。クルガーノフはまた、浅い水路に隠れて爆撃を生き延びた男の話を聞いたと主張した。この男は爆発のさいに頭は外に出していたが、怪我はせず、〝ちょっと怖かった[101]〟だけだったという。クルガーノフは、放射線障害のようなものはなく、アメリカ人によって描写されたような〝原子力の悲劇〟は長崎では起こらなかった[102]と信じていると述べた。

クルガーノフの本は、モスクワに拠点をおくある西洋の記者が述べたように、強烈な〝『ヒロシマ』でジョン・ハーシーが描いた破壊の構図に対する、ロシアからの返答[103]〟だった。実際、それは基本的にソ連による反『ヒロシマ』だった。クルガーノフの国内の読者たちへのメッセージだ。アメリカの他の爆弾以上に、原子爆弾を恐れる必要はない。アメリカは新しい兵器について嘘をついていて、それには特別な軍事的強みはまったくない。

同時に、〈プラウダ〉は直接的にハーシーを攻撃する記事を発表した。彼の『ヒロシマ』はアメリカの脅し戦術以外の何物でもなく、〝原子爆弾の爆発後の六人の人々の苦しみを面白がる〟[104]作り話だと述べ、ハーシーの目的は〝動揺を広める〟[105]ことだとした（記事には、この本が七百万部以上も売れたことも書かれていて、ハーシー――資本主義の作家――は苦悩を描写することによって金儲けをしたにちがいないと述べた）。別のソ連の出版物では、ハーシーは彼の国の〝軍の精神〟[106]を体現化していて、ナチス・ドイツの示威行為を想起させる侵略的な宣伝行為に加担する[107]、アメリカのスパイだとされた。

ハーシーと『ヒロシマ』は、今や冷戦の手ごまだった。ある国にとっての一匹狼の告発者は、別の国にとっての悪意に満ちた宣伝者だった。〈ニューヨーカー〉に最初に『ヒロシマ』が発表されたあとの混乱期に、アメリカ政府にとって光明があったとしたら、ハーシーの話がソ連という敵対者に大いなる不快感を与えているとわかったことだったかもしれない。

ソ連では、政府を困惑させたジャーナリストは、その後の恐ろしい成り行きを予想できた。アメリカ政府や軍は、ハーシーを訊問《じんもん》したりその報道の信用を落とそうとすることはなく、報道された六人の『ヒロシマ』の主人公たちの証言を非難しようともしなかった。それは、物語を軽く見せようとする試み、あるいは広島と長崎の原子爆弾に対して人類が支払った代価について良心の呵責を感じるのは感傷的に過ぎるとする試みだった。『ヒロシマ』の信用を落とそうとする試みが実際にあったとしても、ハーシーと〈ニューヨーカー〉の編集者たちには切り札があった。ただ単に、グローヴス中将とその補佐官が記事を読んで意見を述べ、その発表を許したのだと明かせばよかった。

しかしながら数年後、一九五〇年――冷戦が最高潮に達し、上院議員のジョセフ・マッカーシーが国内の〝赤の恐怖〟を煽っていたころ――FBI長官のJ・エドガー・フーヴァーは捜査員を派遣し、すでに局に記録のあったハーシーを調査し、監視し、取り調べをさせた。この調査の公式な理由は、一九四一年、ハーシーの兄弟が下院非米活動委員会によって共産主義の隠《かく》れ蓑《みの》とされた組織に関わっていたからだった。[108]この調査でFBIの調査員たちは、〈タイム〉からモスクワに配属されていたあいだ、ハーシーは〝あからさまにソビエト社会主義共和国連邦に対して好意的な態度〟[109]で、帰国後も共産主義に関連し、共感する組織に関わったり、経済的な寄付をしたりしたという話を集めた（これにはアメリカ市民的自由連合への十ドルの寄付も含まれていた）。[110]特別にFBIの興味を引いたのは、一九四五年五月十八日にイエール大学でハーシーがおこなった講演で、このさい彼はアメリカとソ連の〝強力で持続的な〟[111]友好関係を求めた。

その後ハーシーと家族はコネティカット州の郊外に引っ越していた。FBIの職員が、彼の家に面談に訪れた。[112]彼は一九四六年の日本への旅について訊かれ、[113]共産主義者に共感しているような記者との関係について探りを入れられた。

ハーシーはそれ以上の訊問はされなかったようだ。何も告発されなかった。この張り詰めた政治的状況下で、ハーシーの忠誠心と背景が疑問視されるのは、驚くにはあたらないのかもしれない。アメリカ政府の評判を傷つける大きな報道を進んでしようという態度であれば、なおさらだ。だがFBIがハーシーを、親ソ連の共産主義支持者であるという可能性で捜査したのは皮肉なことだった。ソ連では彼は、世界中に恐怖を振りまこうとする軍事主義のアメリカのスパイだとされていたのだから。

キリスト教的友愛の精神

『ヒロシマ』が禁じられていた、第二の注目すべき国は、日本だった。たとえマッカーサー元帥が『ヒロシマ』を彼自身の太平洋戦域の軍隊で訓練素材に使うつもりでも、ハーシーは東京を拠点とする〈ライフ〉の報道写真家から、『ヒロシマ』の記事と書籍の両方とも、日本での再版や配布、あるいは日本語への翻訳は禁じられていると聞かされた[114]。

今や世界中の何百万人もの読者に名前を知られているにもかかわらず、ハーシーの六人の主人公たちは、自分で記事を読めるようになるまで、何ヵ月も待たなければならなかった。ハーシーはなんとかして〈ニューヨーカー〉の『ヒロシマ』の号を谷本牧師や佐々木とし子、藤井医師、中村初代、クラインゾルゲ神父、そして佐々木医師に届けようとした。〈ニューヨーカー〉のチームは、イエズス会のニューヨーク支部に相談し、そこの司祭に、そのとき東京にいた司祭を経由して送ったらどうかと言われた[115]。束の一番上の一冊に、宛名として司祭の名前だけを書くようにと、組織の代表は助言した。SCAPの監視官は、日本国籍の者宛てのものを押収するかもしれないからだ。

やがて問題の号は——この司祭か、他の誰かの手を経て——広島に届いた。ハーシーの主人公たちの中には、密輸された雑誌を手にするまで、記事に自分たちのことが書かれているのを——そもそも記事が書かれたことさえ――知らない者もいた。「誰かが〈ニューヨーカー〉を持って走ってきて、その話を聞くまで、わたしは彼の記事に自分が載っていることを知らなかった[116]」藤井医師はのちに語った。

それを読んで、藤井医師は記事の中のすべてが自分の言ったとおりであること[117]、ハーシーは三時間の会話のすべての言葉を覚えていたことを知った（中村初代も、ハーシーの些細なことまで全部を記憶している能力に驚嘆した[118]）。藤井医師はハーシーに絵葉書を書いて、〈ニューヨーカー〉という親切な贈り物に対して礼を言い[119]、〃『ヒロシマ』の記事で原子爆弾について、特にわたし自身について書かれていることを読んで、どれほど嬉しかったか。あなたの情け深い表現は、世界に大きな衝撃を与えただろうと思う[120]〃とつけたした。

やがて谷本牧師からも手紙が届き、記事に〃たいへん驚き、興奮した[121]〃とハーシーに伝えた――そして〈ニューヨーカー〉で発表されるのが許されたことに驚いたと。

〃アメリカ当局が、日本のかつての指導者たちとはあきらかに皮肉なほど対照的であることがわかる。負けた国の視点から見た秘密の兵器の影響に関する、このような報告を発表する許可を出したとは[122]〃と、彼は書いた。〃わたしたちはアメリカの民主主義のすばらしい実例と、あなたの国の人々の衝撃的な反応に、強力な人情とキリスト教的友愛の精神を見た〃

彼は、彼を始めとした『ヒロシマ』の主人公たちは月に一度集まるようになったと伝えた――彼らはその会を〃ハーシー・グループ〃と呼んでいると、谷本牧師は報告した――そして、ＳＣＡＰはまだ記事の日本語への翻訳を許可していないと聞いた、そのことで何か変化があったら、その仕事を志願したいと言い足した。

最後に、谷本牧師はハーシーに、アメリカの第八軍の司令官が最近広島を訪れて、彼とクラインゾルゲ神父、藤井医師、佐々木医師、そして佐々木とし子を〝インタビュー〟[123]したと知らせた（彼は訪問して以来中村初代とは会っておらず、彼女もまた探し出されて軍司令官に質問されたのかどうかはわからなかった）。

マッカーサー元帥から日本でのこの本の刊行の許可が出るまでに、二年以上の歳月と、全米作家協会の介入が必要だった。とうとう翻訳を許可するにあたり、元帥は、彼が妨げてきた〝ハーシーの本〟は〝少しも事実に基づいていない〟[124]と述べた。

「それらは悪意あるまちがった宣伝活動から発生したものだ」[125]と、彼は言った。「ここに示威的で意地の悪い検閲が存在しているかのような、まったくまちがった印象を広めようとするものだ」

一九四九年八月二十五日に発表されるやいなや、『ヒロシマ』の日本語版——谷本牧師による共訳書——は、すぐさまベストセラーになった。[126]ＳＣＡＰは、この本が苦々しい報復の念を喚起する——あるいは占領政府のプレス・コードにあったように〝公衆の平穏を乱す〟——と心配していたかもしれないが、日本の評論家たちは、『ヒロシマ』を悲しみと、慎重な楽観主義の混じった目で見ていたようだ。それは〝勝者と被征服者の立場を超越した人道主義の表われ〟[127]だと、ある日本人評論家は〈東京新聞〉で書いた。〝平和を痛切に願いながら、真剣に読むべきだ〟

わたしはなんと言われようとかまわない

その次の春、一九四七年に、〈ニューヨーカー〉のハーシーの担当編集者たちは、次の彼との共同作業を考えていた。大スクープのあとを続けるのは、簡単なことではなかった。ロスはその後の取材のために、ハーシーをふたたび日本に行かせたらどうかと考えていた。「登場人物たちと再会し、それを報告してくれ」[128]彼はハーシーに提案した。

ハーシーはこの案を断わった。新聞記者ふうに言って、彼は『ヒロシマ』が発表されたあと何ヵ月も基本的に地下に潜っていて、[129]すぐに日本に戻る意向はまったくないようだった。ハーシーを日本に行かせられる確率は〝四十二対一ぐらいだろう〟[130]と、ロスは北米新聞連合の仲介者に嘆いた。

何年も外国で戦争の報道をしたのち、妻と家族とともにアメリカで過ごすようになり、ノンフィクションよりもフィクションのほうが強力で魅力的になりうるという持論に基づいて、彼は報道から創作へと興味を移し始めた（ハーシーは生涯で十以上もの小説を書いたのに、『ヒロシマ』が彼のもっとも著名で影響力のある仕事だという事実を考えると、この持論は皮肉なものだった）。彼は〈タイム〉の戦地特派員としてモスクワを拠点にしていたころに訪れた、ワルシャワ・ゲットーを舞台にした小説のための調査を始めていた。この作品はいずれ、『壁』というタイトルの本になる。広島の大惨事の証人となったときのように、ハーシーは自分の目で見たその廃墟と強制収容所に圧倒された。この旅行のあと、彼は〝人類の可能性に対する怒り〟[131]を処理するのに、長い時間を必要とした。それでも「その経験から、楽観的な考えも生まれた。それぞれの場合に生存者がいて、人類は不滅だと結論づけなければならなかったからだ[132]」と、彼はのちに述べた。

　彼は『壁』のための調査の最中、〈ニューヨーカー〉に、そのころ国連原子力委員会のアメリカ代表を辞めたばかりだったバーナード・バルークについての紹介記事を書いた。この記事は一九四八年一月、『ヒロシマ』が発表されてから一年半近くあとに掲載された。その後、『ヒロシマ』三人組――ハーシーとロスとショーン――は、たった一度だけ、大きな報道計画で共同作業をした。一九五一年初頭に掲載された、五部にわたるトルーマン大統領の人物紹介記事だ。その年、ハロルド・ロスは癌と闘い、手術室で亡くなった。

　『ヒロシマ』が政府に損害を与えたあとで、このチームが大統領に近づけたのは奇跡のようだが、ロスはその後何年も、忙しくも狡猾《こうかつ》に、大統領の広報官チャールズ・ロスと交際を深めていた。トルーマン大統領のチームを口説くにあたり、〈ニューヨーカー〉の編集者たちは、皮肉にも『ヒロシマ』への手法の繰り返しとなる主張を用いた。彼らの目的は〝人間としてのトルーマンの姿を……見せること[133]〟だと、ホワイトハウスへの提案の仕方を指示するさいに、ショーンはロスに書いた。この戦法はうまくいった。ハーシーは大統領に近づくことを許可された。

　一九五〇年後半、ハーシーがトルーマン大統領を追いかけてインタビューしていたとき、ソ連はその前年に初めての原子爆弾の実験に成功し、核の占有者というアメリカの支配期間を永遠に終わらせた（ソ連が核保有者クラブに参入するのに二十年はかかるだろうとしたグローヴス中将の推測は、間違いだったと証明された）。トルーマン大統領はすぐさま優位な立場を取り戻そうとして、熱核兵器の製造活動を加速させた。一九五二年、アメリカは十メガトン以上のトリニトロトルエンに相当する搭載量で、広島の爆弾の約六百六十六倍も強力な[134]最初の水素爆弾――核のビル・ローレンスの呼び方によれば、〝地獄《ヘル》の爆弾《ボム》〟――の実験に成功した。

もしハーシーとトルーマン大統領がこの問題について、あるいは広島と長崎について話したとしても、そうした会話は〈ニューヨーカー〉に掲載された紹介記事に書かれることはなかった。トルーマン大統領は日本に対する原子爆弾投下について、公然と話すことはめったになかった。その後〈アトランティック〉は物理学者で暫定委員会のメンバーだったカール・コンプトンに当てた大統領の手紙を発表し――その中で大統領は〝日本には正当な警告を与えた〟と述べた――この九十八語の書状は、アメリカ国民が受け取った、大統領の爆弾投下に関する個人的見解についての詳しい声明のようなもの[135]だった。原子爆弾の話題を禁じたのは〈ニューヨーカー〉の記事を承諾するさいのホワイトハウス側の条件だったのかどうかは不明だが、ハーシーはこの領域に思い切って踏みこもうとして、トルーマン大統領に、〝人類が原子力時代を生きるのに特別な準備をするため、十冊の本のリストに入れたいもの〟があるかと尋ねた。大統領はハーシーに古典作品を参照するように言い、そのようなリストを提案するのを断わった。

「人間の性質に、何も新しいものはない[136]」トルーマンは彼に言った。「それらを呼ぶ名前が変わるだけだ」

ハーシーは、トルーマン大統領と補佐官たちの、トルーマンが〝それまで彼の仕事でもっとも重要なものと見なしていた〟[137]とされるラジオでの演説に取り組む会合に参加し、それを報道することを許された。中国共産党が朝鮮に進出し、大統領は国家的緊急事態を宣言しようとしていた。この会合で、トルーマン大統領の顧問たちのチームは東京で集めたこの問題に関する秘密情報を話し合った。日本は本当に、六年前にアメリカがそこを占領したときに希望したとおり、太平洋戦域の頼りになる足場となっていた。ハーシーによるこの会合の描写の中で、大統領と国務長官のディーン・アチソンは、世界を核戦争の危険にさらす責任はソ連にあると述べるさいの表現を話し合った。「誰かの頭の中に、われわれはけっして世界大戦を始めないということに、なんらかの疑いを残してはいけない――もし世界大戦が始まったら、それを始めたのは誰かほかの者でなければならない」[138]と、アチソンは言ったとされる。「もしかしたら、［共産党が］世界を戦争の危機にさらそうとしているのを示すような何かを言うべきだ」「まさにロシア人のしていることだ」[139]トルーマン大統領は答えた。「みんなをその方向へ促している」

そのとき、ホワイトハウスの朝鮮に関する記者会見で――これもハーシーが〈ニューヨーカー〉のために取材した――トルーマン大統領は記者たちに、中国共産党に対する原子爆弾の使用は論外だと言った。そのうえ大統領はホワイトハウスの記者団に、〝政府は第三次世界大戦を避けるためにあらゆる努力を払ってきた、［そして］今もそれが起きるのを避けようとしている〟[140]と伝えたと、ハーシーは書いた。

これが、前回の世界大戦を最終段階で引き継ぎ、今、次の戦争が起こりかねない段階を動かしているアメリカ大統領の解釈だった。もしトルーマン大統領がハーシーのインタビューの席で、現行の状況について用心したり、広島と長崎に原子爆弾を投下したことにおける自分の役割を批判したりするようなことを言ったとしても、ハーシーはそれを〈ニューヨーカー〉の記事には書かなかった。だがトルーマン大統領はハーシーに、記事に書かれている自分の評価のいくつかが気になると認めた――彼の意見では、ときどき反逆罪的な内容があったという。「わたしの考えでは、誰かの名誉に傷をつけることほど、アメリカ的でないものはない」[141]と、彼は言った。大統領は大胆な抵抗と傷つきやすさのあいだで揺れていた。

「わたしはなんと言われようとかまわない」[142]彼はハーシーに言った。「わたしは人間だ。間違いも犯す。国のために最善を尽くそうと全身全霊で頑張っていても、間違いは犯すものだ」

　残りの大統領在任期間を通して、トルーマンは常に原子爆弾を、自分が見張っているあいだに起きるかもしれない軍事的状況において使用を〝考慮しうる〟[143]位置においていた。それらは従来の兵器と何も変わらず、それよりも大きくて効率的で、効果的であるだけで――アメリカの兵器庫内の合法的な一部だと、彼は述べた。彼を引き継いだドワイト・D・アイゼンハワー大統領もほぼ同じ考えで、原子爆弾は貴重な費用削減の装置だとさえ言った。[144]彼は一九五三年五月十三日、国家安全保障会議の会合で、北朝鮮に対して従来の兵器を使うより、原子爆弾のほうが安いかもしれないと述べた。核兵器を使えば、アメリカからあの国の前線へ従来の兵器を運ぶ理屈上の費用と労力が節約できるのは、言う必要もないことだった。

ここに留まる

『ヒロシマ』の発表に続く何年か、何十年かで、核兵器競争は拡大していき、ハーシーは自分の記事の遺産と影響力について、漸次的に変化する複雑な意見を持っていた。何十年も経った一九八〇年代、ソ連とアメリカのあいだの、あらたに白熱する核の瀬戸際対策を背景として、彼はある学者に、「広島と長崎の爆弾投下は世界への重要な警告で、あらたな核戦争を避けるのに貢献したと思う」[145]と語った。彼はまた、〈ニューヨーカー〉で彼が伝えたような原子爆弾の生存者の証言には、特別な影響力があったと考えた。

「一九四五年以来世界をあの爆弾から守ってきたのは、特定の兵器に対する恐怖心という抑止力ではなく、むしろ記憶だったと思う」[146]彼は一九八六年に、珍しくインタビューに応えて言った。「広島で起きたことの記憶だ」[147]あの地で、そして長崎で起きたことを人々が鮮明に覚えている限り、〝人口密集地の真ん中にもっと大きい爆弾が落とされたらどうなるか〟[148]——自分自身の街や子どもたちが核攻撃の標的にされたらどうなるか——を想像し、将来の原子爆弾の使用に反対できる。

それでも彼はとても心配していた。『ヒロシマ』は後に続く世代の、核兵器競争を規制あるいは終わらせようと働く政治的指導者、活動家、学者たちに影響を与えたが、爆弾の余波の記憶はワシントンDCの〝権力の中心では染みのように[149]〟なっているようだ。当時の国務長官キャスパー・ワインバーガーと世界的戦略問題の国防次官補であったリチャード・パールといった人物の名前を挙げて、「より大きい、より優れた核兵器の未来を目指す姿勢からして、広島の爆弾の意味を理解していないにちがいない」[150]と述べた。彼はソ連では、広く組織化された記憶はまったくないのかもしれないと強調した。「あの国の情報管理は、何人が広島で起きたことを本当に知っているのだろうかと危ぶむほどだ」[151]

記憶の衰え――あるいは記憶の欠如――は、ハーシーの意見では、核抑止への真の脅威であり、そこで谷本牧師、中村初代、佐々木とし子、藤井医師、クラインゾルゲ神父、そして佐々木医師の証言がかつてないほど重要になってくる。

彼は個人的に六人の『ヒロシマ』の主人公たちを、彼が何年ものあいだに記録した他の戦争の生存者と同様、教訓だけでなく希望の象徴として見ていた。その人生と職歴を通して、彼は人類の生き残ろうとする意志と能力に魅了され、人間性のもっとも悪い部分を直接目にした者にしては驚くほど楽観的だった。人間は〝驚くほど、命にすがりつくための力を持っている〟[152]と、ハーシーは書いた。

〝人間は自らを破滅させる途方もない道具を作ったにもかかわらず〟[153]と、彼は締めくくった。〝わたしは、人間は望んでいる以上にこの汚い世界を愛していて、恐れたり弄んだりしながら、最後には……人間はここに留まると信じている〟

エピローグ

ハロルド・ロスは『ヒロシマ』の発表のあと、ジョン・ハーシーが日本を再訪することを望んだが、ハーシーがこの国に戻って、六人の主人公たちの運命をふたたび報道するのには、四十年近くが必要だった。一九八五年、〈ニューヨーカー〉はハーシーによる新しい記事を発表した。『ヒロシマ その後』だ。一九五一年のロスの死のあと、ウィリアム・ショーンが長期間この雑誌の編集長を務め（〈ニューヨーク・タイムズ〉に、長年にわたる〈ニューヨーカー〉の温和な独裁者[1]と書かれる）、彼がハーシーの続編の記事の監督をした。

「［六人の対象者の人生における『ヒロシマ』の］影響が、わたしがもともとの記事に書いた一年よりも大きくなっているのは明らかだった[2]」と、ハーシーは振り返った。「影響ははるかに大きくなっていた」彼はついに彼《か》の地に戻り、彼らやその家族に何があったのかを調査することにした。

そのあいだの年月、ハーシーは一九四六年の広島への旅について比較的静かにしていた。その話題についてインタビューを受けることはほとんどなかった――それを言うなら、他の話題についても同様だった。自ら記事の中に登場して名声を楽しんだノーマン・メイラーやトム・ウルフのような、跡を追いかける敏腕ジャーナリストたちとはちがい、ハーシーは世間の注目を避け続け、コネティカット州郊外、マーサズヴァインヤード、キーウェスト、そして五年間にわたってイエール大学ピアソン・カレッジの学長を務めたニュー・ヘイヴン、それぞれの家で、二ダースを超える小説やノンフィクション作品を書いた。「彼は作家崇拝の生まれた世代――ノーマン・メイラーなどは〈ディック・カヴェット・ショー〉に出演した――に属していたが、自分がそこに参入しようとはしなかった」[3]ハーシーの息子、ベアード・ハーシーは言った。「講演旅行に行くことはなかった……テレビやラジオにも出演せず、講演会も開かなかった」自分のあとに続く著名なジャーナリストたちの話題になると、ハーシーは〝心配症のおじいちゃん〟[4]と自称し、〝記事に書かれた出来事よりも、ジャーナリストの姿のほうが重要［になってきた］[5]〟と言ったという。

リトルボーイによる破壊から四十年近く経ったあとで、広島に着き、ハーシーは〝一九四五年の不毛な廃墟から華やかな不死鳥が立ち上がった[6]〟のを知った。再建された街には百万人以上もの住民がいた。新しい大街路には並木がならんでいた。広島は今や〝努力家と放蕩者の街[7]〟で、何百もの書店と何千ものバーがあると述べた。

占領期間が終わったあと、ほとんど毎年、八月六日に、世界中から報道関係者が年ごとのインタビューを求めて、ハーシーの六人の『ヒロシマ』の生存者を探し出した。一九四〇年代後半、谷本牧師は国際的に知られる反核運動家になった。爆弾投下に続く何年かで、この牧師は教会を再建して経験を話すための資金を調達しにアメリカへ行くようになり、また原子爆弾によって容姿を傷つけられた若い日本女性のための皮膚の再建手術をサポートする活動の陣頭指揮に就いた。ある記述によると、一九四八年から一九五〇年のあいだに、彼はアメリカで五百八十二回の講演をおこなった。[8]二回目の旅行では、一九五一年二月五日、彼は上院の午後の会議のための開会の祈りに招かれた。その祈りで、谷本牧師はアメリカを〝人類史上もっとも偉大な文明社会〟[9]だと描写し、「神よ、日本が運よくアメリカの寛大さの受容者の一つになれたことを感謝します」と述べた。これは〝この旅の（そしてもしかしたら「谷本牧師の」人生の）最高の出来事[10]〟だったと、ハーシーは報告した。

だが一九五五年には、最低の出来事があった。また別のアメリカへの旅のさい、谷本牧師はロサンゼルスで、五月十一日のＮＢＣによるテレビ・インタビューに招かれた。セットに入ったとき、彼は自分が四千万人前後のアメリカ人に向けて放映される〈ディス・イズ・ユア・ライフ〉に出演していることを知った。[11]谷本牧師がセット内で座り、カメラが回っている状態で、番組の司会者、ラルフ・エドワーズは牧師に言った。「もちろん、あなたは今の仕事の一環としてインタビューを受けるものと思ってきたでしょう？　ちょっと驚かれるかもしれませんが[12]」そこで彼は谷本牧師に、「あなたの人生を語り直します……この場でです。あなたにも楽しんでもらえるといいのですが[13]」と告げた。彼は驚いている聖職者に、一九四五年八月六日の体験を再現するように頼んだ。谷本牧師が話すあいだ、そのうしろには効果音が鳴り響いた。空襲警報、かすかにアジア風の音楽、時計の針の音、そして恐ろしい爆音。谷本牧師が強いられた証言は、番組のスポンサーの長い実演コマーシャルのために中断させられた。それはヘイゼル・ビショップのマニキュア液の宣伝で、手のモデルが必死にスチールウールで爪をこすり、製品が剝がれづらいことを実演してみせた。そのあと谷本牧師は、核による大惨事を生き抜いた件の思い出話を続けるように言われた。

番組のプロデューサーは密かに谷本牧師の家族――原子爆弾の生存者である、妻のチサと娘の紘子も含めて――を日本から呼び寄せただけでなく、広島に爆弾を落とす任務に派遣されたエノラ・ゲイの副操縦士、ロバート・ルイス大尉を引っ張り出した。あれ以来、ルイス大尉は、ニューヨークを拠点とするキャンディ製造会社の人事部マネジャーをしていた。この時点で、ルイスはB－29から爆弾を投下したときの様子を述べながら泣き始めていたように見えた。当時十歳だった谷本紘子も、この男の目に涙を見て、最初に彼と会ったときに憎しみを感じたにもかかわらず、その手を握ろうとして手を差し伸ばした[14]（ハーシーは『ヒロシマ　その後』で、ルイスは実は泣いていなかったと報告した。そうではなくて、番組の前に〝はしご酒をして[15]〟酔っ払っていたのだ）。谷本牧師の〈ディス・イズ・ユア・ライフ〉のつらい体験には、いくらかの慰めもあった。番組に視聴者から、約五万ドルの寄付[16]があったと伝えられている。

谷本牧師は一九八二年に引退し、一九八六年に広島の病院で肝不全の合併症の肺炎で亡くなった[17]。七十七歳だった。

ウィルヘルム・クラインゾルゲ神父もまた、『ヒロシマ』が発表されたあと何年も、頻繁にインタビューを求められた。彼はドイツのラジオやテレビ番組に出演したが、やがて日本国籍を取り、高倉《たかくら》誠《まこと》神父と名乗った。「広島が破壊されたとき、わたしは日本人になる決心をした[18]」彼はあるインタビュアーに語った。「わたしは神の御心《みこころ》の道具として、永遠に広島に留まりたい」

彼は生涯を通じて、かなりの体調不良に悩まされ――たとえば感染症、〝原爆白内障[19]〟、そして慢性的な風邪に似た症状など――一九七七年に亡くなった。一九七六年の病院のカルテには、〝生きている死体[20]〟と書かれている。ベッドに寝たきりで死に際して、彼は、彼の世話をしていた者――吉木《よしき》さつえという日本人女性――に、聖書と時刻表を読む、なぜならば、〝この二つだけが……嘘をつかない文書だからだ[21]〟と言ったと、ハーシーは報告した。

藤井正和医師は『ヒロシマ』によって与えられた名声を楽しんだが、やはりときどき、注目に圧倒されることがあると認めた。「ハーシーに書かれてから、毎年［爆弾投下の記念日のころ］やることがたくさんあって、ちょっと不都合だ[22]」と、彼は一九五二年にインタビュアーに話した。あの体験から立ち直るのに何年も要した、感情的、肉体的、そして物質的に苦労した[23]と言ったが、少なくとも彼は、診療室をすぐに再建することができた。爆弾投下からわずか数年後、あるアメリカ人医師が彼の新しい病院――藤井医師は崩れた古い病院のあった場所に再建をした――を通りかかり、英語で書かれた看板があるのに気づいた。

ハーシーのヒロシマで有名な、藤井医師の診療所はこちら[24]

一九五一年までに、看板は次のように改良された。

藤井医師の診療所はこちら
藤井医師は、ジョン・ハーシーのヒロシマで
世界的に名の知られた六人のうちの一人

爆弾投下後三年の空白を経て
もともと住んでいたこの地に
戻ってきた[25]

この医師はハーシーと関わり、『ヒロシマ』に書かれたことを誇りに思っていた。ハーシーの名刺を札入れに入れていて、訪問客に自慢げに見せた。「これはわたしの貴重な宝になった[26]」彼はのちに言った。占領期間中、藤井氏の診療所は繁盛した。彼は快適に過ごし、カントリー・クラブに参加した。

一九七三年に藤井医師が亡くなったとき、アメリカ人が運営する原爆傷害調査委員会（ＡＢＣＣ）――原子爆弾の余波を研究するため、占領中に日本で最初に設立された――はこの医師の解剖をおこない、〝肝臓にピンポン玉大の癌[27]〟を発見した。

爆弾投下後の何年か、佐々木輝文医師は広島の赤十字病院に留まり、その仕事の大半は、爆撃を生き延びた多くの患者のケロイドの傷跡を取り除くことだった。その後個人診療所を開き、これは藤井医師と同様に順調だったが、彼もときおり『ヒロシマ』の登場人物として脚光を浴びて苦労することがあった。「アメリカから山のように手紙が来た[28]」佐々木医師は、のちに語った。最初のうち、彼は手紙に返信しようとしたが、やがてやめた。「これ以上、あのときのことを考えたくない[29]」彼は日本人インタビュアーに話した。

〝四十年間、彼は誰にも、爆弾投下後の何時間、あるいは何日間かについて、ほとんど何も話さなかった[30]〟ハーシーは〈ニューヨーカー〉の補充記事で報告した。〝彼のある苦い後悔。原子爆弾投下直後の何日か、赤十字病院での大混乱の中で……病院から集団火葬へと持ち出された死体の身元を確認することができず、結果として名のない魂が、何年も経った今でも、放置され満たされずに迷っているのではないかということだ[31]〟

佐々木とし子は一九四七年に広島の孤児院で働き始めた。ハーシー同様、彼女は灰の上にすばやく街が再建されるのに驚いた。「街がこれほど建て直されて、まったく新しい街のようになるとは思わなかった[32]」彼女は一九五〇年代に言った。彼女は十四ヵ月のあいだに、大きな脚の手術をさらに三回受けた。そのあと、ほとんど普通に歩けるようになった。一九五四年、とし子はクラインゾルゲ神父の指導で修道院に入り、一九五七年に誓いを立てて、シスター・ドミニク・ササキとなった。

彼女は発熱、血斑、寝汗や肝臓の機能不全に苦しみ続けた――〝原子爆弾の特質であるかもしれないし、そうでないかもしれない――多くの被爆者と同じ――病気のパターン[33]〟だと、ハーシーは報告した。佐々木医師と同様に、彼女は一九四五年八月六日の出来事を話したがらなかった。「原爆を生き延びたとき、予備の命を与えられたみたいな気がした[34]」と、彼女は言った。「だから前進し続けるの」

中村初代は爆撃後の何年も病気に苦しんだが、貧しすぎて医師の診察を受けられなかった（日本政府は一九五七年まで被爆者に意味のある医療的援助を提供しなかった）。彼女は広島に留まり、パン屋の配達（一日五十セントの稼ぎ）、荷車でのイワシの行商、地元の新聞紙の配達人に代わっての集金などの臨時仕事をしながら生き延びた。やがて防虫剤製造会社に長期で雇用された。三人の子どもたちは全員が学校を卒業して結婚をした。そのうちの少なくとも一人が、戦後にPTSDに苦しんだことを示すものがある。初代はのちに記者に、娘の三重子が〝家が倒壊したときに胸まで埋まったあと、戦争をすごく怖がったので、［広島から］山の中へ移り住もうかと考えた[35]〟と語った。

ウィリアム・ショーンは一九八七年に〈ニューヨーカー〉の編集者の地位をS・I・ニューハウス・ジュニアに奪われた[36]。ニューハウス・ジュニアが会長を務めるコンデナスト・パブリケーションズが、一九八五年にこの雑誌を買収したのだ。ショーンは一九九二年に心臓発作で亡くなった[37]。ジョン・リチャード・ハーシーは数ヵ月後の一九九三年三月二十四日に、癌で亡くなった[38]。七十八歳だった。

今日、広島県には三百万人近くの住民[39]がいる。そこには原子爆弾投下とその余波を記録した世界級の博物館があり、他にも公園やたくさんの記念碑がある。原爆ドーム——原子爆弾の爆心地に近い場所であったにもかかわらず構造が部分的に残った建物——はユネスコの世界遺産に登録されている。

今日、正確な爆心地には、低層の医療施設とコンビニエンスストア〈セブン‐イレブン〉がある。

『ヒロシマ』が発表された直後におこなわれた世論調査によると、調査対象の多数派[40]は、ハーシーの記事はいい意味で人々に貢献したと見ていた。『ヒロシマ』は本当に、人類全体の未来を案じて書かれたのであり、一つの国や民族や政党の利益のためではない。

この記事はまた、国民が選出した政府の指導者たちが秘密に活動していることが多く、常に国民にとっての利益が最優先されるわけではないという事実を、読者に思い出させた。ハーシーと〈ニューヨーカー〉の編集者たちは『ヒロシマ』を、ジャーナリストは権力者たちに説明責任を要求しなければならないという信念に基づいて作った。彼らは出版の自由を、民主主義――ギリギリで滅亡を免れた政府形態――の存続のために重要だと考えていた。

第二次世界大戦を取材したハーシーや多くの同盟国の記者たちにとって、地球的な紛争はそのような理想を保存するための闘いでもあった。爆弾投下後の長崎に行った初の外国人記者、〈シカゴ・デイリー・ニューズ〉の記者ジョージ・ウェラーは、アメリカの人々は〝情報を求めて闘っている〟[41]と述べた。

「彼らはごまかされたくなかった」と、彼は言った。「真実を聞きたかった。彼らはそれを理解できた」

『ヒロシマ』を取材して記事を書く前、ハーシーは『アダノの鐘』で専制的なアメリカ軍司令官ジョージ・S・パットンを風刺した。ハーシーにとって、軍のリーダーの身勝手な残虐性は〝まさにわれわれが闘っているもの〟[42]を端的に表わしていたのだ。ハーシーやウェラーのようなジャーナリストは、口を封じられはしないと言った。非常に苦労して守られたばかりの自由を、権力者が侮辱するのも許さないと。

一九三七年、〈タイム〉誌の記者になる前、ハーシーは作家シンクレア・ルイスのアシスタントとして働いていた。一九三五年発表の小説『It Can't Happen Here』で、ヨーロッパで起きている事柄――悪意ある民族主義や邪悪な政府宣伝組織の勃興《ぼっこう》、真実や事実の抑圧、専制的指導者の台頭――はアメリカでも起こりうるとアメリカ人たちに警告を発した作家だ。アメリカ人は往々にして、そのような事柄には屈しないと思いがちなのだが。ハーシーや彼と同じ世代の者たちが、第二次世界大戦の結果が――民主主義の勝利とともに――ルイスの考えがまちがっていたという証明であれと望むのも無理はない。

それでも二十一世紀最大の悲劇は、われわれが二十世紀最大の悲劇からほとんど学ばなかったことになるかもしれない。破滅の教訓は、それぞれの世代が直接体験する必要があるようだ。だから、ここでもう一度確認する。核の闘いはこの惑星上の生命の終わりを意味するかもしれない。集団の人間性の喪失は大量殺害につながりうる。独立した報道機関の死は専制政治につながり、人々を無力にし、法と良心を軽視する政府に対して抗議できなくさせる。

一九四五年のアメリカ人が何年にもわたる陰鬱な戦争時のニュースに疲弊していたとしたら、今日のアメリカ人の多くは、日ごと、時間ごと、秒ごとに押し寄せてくるニュースのサイクルと情報（と偽情報）の多さに圧倒されている。どれほど疲弊し恐ろしい状況であっても、アルベルト・アインシュタインが言ったように、ふたたび〝安易な慰めに逃げ〟[43]こもうとしないことがアメリカ人にとって肝要だ。ハーシーやその同僚たちは事実をめぐる闘いとアメリカにおける報道の自由への攻撃を、われわれの時代のもっとも警戒すべき危険な挑戦だと見たのかもしれない。アメリカ人たちは、この国の言論界を誇りに思い、しっかりと守っていかなければならない。歴史の悲劇から学ぶ機会は、まだ消え去ってはいない。

謝辞

　本書『ヒロシマを暴いた男　米国人ジャーナリスト、国家権力への挑戦』のための調査と執筆は、わたしの職歴において最高の名誉だったが、多くの方々の援助と支えを必要とする困難な作業でもあった。編集者のイーモン・ドラン、著作権代理人のモリー・フリードリッヒとルーシー・カーソンは、ごく初期の段階からこの計画を理解し、形を作るのを助け、展開に深く関わってくれた。本書は二百五十ページにも、千ページにもなる可能性があった。草稿ができるたびに、イーモンは山のような資料から物語を巧みに引き出し、原稿に対して、つらいことの多い削除を命じた。モリーとルーシーは頻繁に、貴重な編集上の意見と励ましを提供してくれた。

　本書のための調査は三つの大陸で、四つの言語を用いておこなわれた。わたしのロシア語の訳者であり調査者でもあるアナスタシア・オシポワに、特別に感謝している。彼女は総合的な研究者として文書館へ同行し、他者とのあいだの使者の役割を演じてくれた。四六時中、書類や記事や、その他たくさんの資料を集めてくれた。調査、執筆、そして編集のあいだ、ずっと大切な相談役だった。また、東京に拠点をおく調査者であり訳者で、東京滞在中はアシスタントでもあったアリエル・アコスタにもたいへんな恩義がある。ドイツ語の訳者兼調査者である、シギ・レオナードとナジャ・レオンハード＝フーパー、そして書類や記事の調査だけでなく、捕まえづらい連絡先の追跡を助けてくれた長年の研究員のアリソン・フォーブスに、深い感謝を。マイケル・G・ブレイシーはアメリカ国立公文書記録管理局で重要な調査をし、そこにあるSCAP、アメリカ政府と軍の記録を見るための手助けをしてくれた。ローラ・ケイシーは原稿の事実確認を助け、編集の最終段階で重要な編集上の助言をしてくれた。

ハーシーの最後の『ヒロシマ』の主人公の一人と一緒に仕事ができたのは、わたしにとって大きな名誉だった。近藤（谷本）紘子は自ら広島を案内し、正確なリトルボーイの爆発地点を見せ、何回か長いインタビューに応じ、日本の被爆者のコミュニティに関する意味深い洞察を提供してくれた。それ以来彼女は大切な友人になり、わたしは本書を彼女に捧げた。また、本書の他の主人公たちの援助と支援にも深く感謝する。ウィルヘルム・クラインゾルゲ神父の甥、ペイター・フランツ＝アントン・ネイヤー。レスリー・ナカシマの娘と孫娘である、鴇田《ときた》一江《かずえ》とナツコ・トキタ。マイケル・マクラリー。ジョージ・バーチェット。アンソニー・ウェラー。ジャネット・コナント。そしてレスリー・スサン。

広島県知事、湯﨑英彦のインタビューと支援、アジア・パシフィック・イニシアティブ理事の船橋洋一博士には、その経験と日本国内での出会いに、深く感謝する。また、広島平和研究所の水本和実にも、インタビューを受け、たくさんの質問に忍耐強く答えてくれたことに感謝したい。マット・フラー、日本でのわたしの代理としてわたしを紹介してくれた尽力、そして基本的な支援と案内をありがとう。元駐日アメリカ大使である、ジョン・V・ルースとウィリアム・F・ハガティはとてもありがたい貴重なインタビューに答えてくれた。東京のアメリカ大使館のブルック・スペルマンと、ハガティ大使の事務補佐官であるデイヴィッド・マンディス、この二人の助力に感謝している。

〈原子力科学者会報〉の評議員や準会員の何人かはこの計画を支持してくれた。わたしは彼らの援助や案内に深く感謝している。前国防長官のウィリアム・J・ペリーと前カリフォルニア州知事ジェリー・ブラウンの二人は、重要なインタビューに答えてくれた。ドクター・ケネット・ベネディクトには彼女の重要な意見に、ジャニス・シンクレアには疲れ知らずのありがたい支援に感謝する。ウィリアム・J・ペリー・プロジェクトのロビン・ペリーとデボラ・ゴードン、そしてエヴァン・ウエストラップにも感謝を。

過去の、そして現在の〈ニューヨーカー〉のチームから受けた支援にも感謝する。インタビューを受けて激励してくれた〈ニューヨーカー〉の編集長デイヴィッド・レムニック、そして計画の着想の段階から重要な相談役であった〈ニューヨーカー〉の作家であるアダム・ゴプニックに感謝する。またジョン・マクフィー、ジョン・ベネット、ビル・ウィットワース、サラ・リッピンコット、ジェイン・クレイマー、アン・モーティマー＝マドックス、マーティン・バロン、リチャード・サックス、そしてパット・キーオーに、その記憶、照会、そして案内に感謝したい。また調査期間中に多くの疑問を処理してくれたナタリー・ラーブに、そして〈ニューヨーカー〉の歴史的資料から多くの引用をすることを寛大にも許してくれたファビオ・バートニにも感謝する。マイケル・ゲイツ・ギルは、激励と、〈ニューヨーカー〉での彼の父親の世界と、ブレンダン・ギルとミスター・

ハーシーの友情に関する情報がありがたかった。リリアン・ロスの遺産の資料を使う許可を出してくれたスーザン・モリソンにも感謝を。

調査と執筆のあいだずっと、広い範囲の専門家や伝記作家や学者から意見をもらえたのは幸運だった。以下の方々に感謝を。ソ連と爆弾について指導してくれたプロフェッサー・マーティン・シャーウィン。アメリカの広島との不穏な関係に関する革新的な仕事のある、ドクター・ロバート・ジェイ・リフトンとグレッグ・ミッチェルのインタビューと援助に。レズリー・グローヴス中将に関係する情報について貴重な援助をしてくれたドクター・ロバート・S・ノリス。現行の核兵器の世界的備蓄や本書に詳述した核兵器に関する歴史的技術的な事実について案内してくれた、米国科学者連盟（ＦＡＳ）の核情報プロジェクトの調査提携者であるマット・コーダ。政府の秘密主義に関するＦＡＳ計画の長であるスティーヴン・アフターグッド。アメリカ国家安全保障文書館の核安全記録プロジェクトの長であるドクター・ウィリアム・バー。ＦＡＳの核情報プロジェクトの長、ドクター・ハンス・クリステンセン。そして爆弾開発におけるアルベルト・アインシュタインの役割に関する案内をしてくれたリチャード・ローズ。

〈ニューヨーカー〉の伝記作家ベン・ヤゴダと、ハロルド・ロスの伝記作家トマス・クンケルの支援と助言にも感謝する。そして歴史的な〈ニューヨーク・タイムズ〉についての専門的意見と、多くの紹介をしてくれたゲイ・タリーズにも感謝する。マイケル・ヤヴェンディティには、わたしを支援し、彼の重要な一九七〇年の論文「日本における原爆の使用に対するアメリカの反応、一九四五年－一九四七年」を探し出すのを助けてくれたことに感謝している。また戦後の日本における外国のジャーナリストについての歴史家である、日本外国特派員協会のチャールズ・ポムロイに、多くの疑問について助けてくれたことに感謝する。また検閲を専門とする歴史家であるプロフェッサー・マイケル・スウィーニー、合衆国憲法修正第一条の法的専門家であるジャン＝ポール・ジャシー、第二次世界大戦時代のアメリカのコマーシャル映画、宣伝映画、そして軍のメディア関係の資料における日本の描写について指導してくれた映画史家のプロフェッサー・ジャニーン・D・ベイシンガーにも感謝を。USCセンター・オン・パブリック・ディプロマシーの指導者であるプロフェッサー・ジャン・ワンにも感謝する。USCアネンバーグ・コミュニケーション・アンド・ジャーナリズム大学院の学部長であるウィロウ・ベイにも感謝を。USCの教授であるジョー・サルツマンとジェフリー・コーワン、プロフェッサー・アレクサンダー・マトフスキー、プロフェッサー・トマス・コフート、プロフェッサー・ジム・シェパード、プロフェッサー・エイコ・マルコ・シニアワー――わたしの母校、ウィリアムズ大学の政治学や映画や歴史の専門家たちにも感謝を。

このプロジェクトの調査をするのにわたしとチームを助けてくれた、たくさんの文書館員に心の底から感謝する。たとえばイエール大学のバイネッケ・レア・ブック・アンド・マニュスクリプト図書館のジェシカ・チュビスとアン・マリ・メンタ、オースチンのテキサス大学のハリー・ラムソン・センターのヴァージニア・T・シーモア、〈ニューヨーク・タイムズ〉文書館のジェフ・ロスとアラン・ドラケリエール、マッカーサー記念資料館のジェイムズ・W・ゾベル、ライフ・フォト・アーカイヴのジル・ゴールデンと〈タイム〉社文書館のビル・フーパー、コーネル大学ディヴィジョン・オブ・レア・アンド・マニュスクリプト・コレクションズのエイシャ・ニーリー、コロンビア大学のレア・ブック・アンド・マニュスクリプト図書館のデイヴィッド・A・オルソンとホン・デン・ガオとタイ・ジョーンズ、スタンフォード大学フーヴァー・インスティテューション図書館・文書館のサラ・パットンとダイアナ・L・サイクス、アソシエイテッド・プレス・コーポレイト文書館のトリシア・ゲスナーとフランチェスカ・ピタロ、プリンストン大学図書館のレア・ブックス・アンド・スペシャル・コレクションズのエマ・M・サーコニとゲイブリエル・スウィフト、ジョン・F・ケネディ大統領図書館のアビゲイル・マランゴンとマット・ポーター、〈ヴァニティ・フェア〉の写真調査監督のジーニー・ローズ、コンデナスト図書館のディアドリ・マッケイブ・ノラン、日本外国特派員協会のヒロコ・モリワキ、ハリー・S・トルーマン図書館・博物館のランディ・ソウェルとデイヴィッド・クラーク、イエール大学図書館のマニュスクリプト文書館のビル・ランディスとクリスタイン・ワイデマン、ハーバード大学文書館のリファレンス・スタッフ、ビバリー・ヒルズ公共図書館のヤエル・ヘクト。

本書のために、わたしは未発表の資料を参照することを許された。それらを提供し、引用することを許可してくれた方々に感謝の意を表したい。家族の古い写真を見せてくれて、父親の未発表の日記や手紙から引用するのを許してくれた近藤（谷本）紘子。先駆的なハーシーの伝記作家であった父親デイヴィッド・サンダースによっておこなわれたミスター・ハーシーのインタビューの覚書を発掘し、見せてくれたスコットとボニーとピーター・D・サンダース。そして原子爆弾投下後の広島での父親の滞在を詳細につづった未発表の草稿の一部を見せてくれたレスリー・スサン。

トム・ベタータ、ジョン・ドンヴァン、ジャック・ローレンスなど、何人かの同時代のジャーナリストやプロデューサーが、戦争報道の文化について連絡先や支援や案内を提供してくれた。核による大災害地域からの報道について案内してくれたデイヴィッド・ミュアーに感謝する。サラ・ジャストとジェイムズ・ブルーとダナ・ウルフとスティーヴ・ゴールドブルームとメリッサ・ウィリアムズなどのPBSニュースアワー／フェイスブック・ウォッチのザット・モーメント・フェンのチームが、一回分の放送を本書の制作過程と、そこに記録されている出来事の変わることのない重要性に当ててくれたことに深く感謝する。〈タイム〉誌のブライアン・ベネットは重要な意見と支援と連絡先を提供してくれた。彼の妻のアン・ツアイ・ベネットはわたしに代わって国務省に入ってくれた。二人ともに感謝する。また、以下の方々にも感謝を。PBSニュースアワーの上級全国記者であるアムナ・ナワーズ。PBSニュースアワーの外務と防衛問題担当の上級プロデューサーであるダン・サガリン。戦争ジャーナリストで作家でもあるゲイル・スマク・レモンとその夫ジャスティン・レモンの支援とわたしに代わっての重要な紹介に。チップ・クロンカイトの初期の支援に。ABCニュース記者であるカレン・トラヴァースとグロリア・リヴィエラ。ABCニュースの外国部署のキリット・レイディア。モスクワに拠点をおくABCニュースの寄稿者パトリック・リーヴェル。タウン&カントリーのエリザベス・アンゲル。〈ヴァニティ・フェア〉のデイヴィッド・フレンド。〈ニューヨーク・タイムズ〉のアニャ・ストルゼマイン。そして〈パリ・レヴュー〉の前編集者であるニコル・ルディック。

ハーシーの以前の友人たち、学生や同僚たちは、寛大にも時間と記憶をわたしに提供してくれた。たとえばローズ・スタイロン、マーガレット・グラックストン、ジェン・オレイリー、フィリス・

ローズ、デイヴィッド・ウォルコウスキ、ロス・クレアボーン、リン・ミツコ・ヒガシ・カウフェルト、そしてフィル・カプート。その各人に感謝している。ハーシーについてのイエール大学での論文と資料をわたしに見せてくれたナサニエル・ソベルに感謝する。

〈サイモン&シュスター〉のチームにも謝意を表したい。たとえばツィポラ・ベイチの疲れ知らずの支援と指示と構成に。この作品を入念に調べるという膨大で複雑な仕事を、たいへんな忍耐力をもってしてくれた原稿整理係のデイヴィッド・チェサナウ。上級デザイナーのルウェリン・ポランコ。〈サイモン&シュスター〉のスティーヴン・ベッドフォードのマーケティング・チーム。法的アドバイザーのフェリス・ジャヴィット。プロダクション・エディターのカシー・ヒグチ。上級広報担当者のブリアンナ・シャーフェンバーグと広報ディレクターのジュリア・プロサー。そしてカバー・デザイナーのリッチ・ハッセルバーガー。映像代理人である、アノニマス・コンテントのハウィー・サンダースと、彼の同僚タラ・ティミンスキにも、調査の初期段階から大きな支援をいただいたことに感謝する。ロンドンでの著作権代理人のキャスピアン・デニス、そして〈スクライブ・パブリケーションズ〉の本書の編集者であるヘンリー・ローゼンブルームにもたいへん感謝している。他にも、サシャ・オディノヴァ、モエコ・フジイ、アニー・ハミルトンなどの重要な調査支援をしてくれた方たち。

以下の方々にも感謝を。リン・ノヴィック。サリー・クイン。〈中国新聞〉の西本雅実《にしもとまさみ》。日本外国特派員協会のダン・スローン。ソフィー・ピンカム。リースル・シリンガー。グリニス・マックニコル。マーク・ロゾ。アンディ・ルイス。ABCニュースのヴァン・スコット・ジュニアとジュリー・タウンゼンド。ゲッティ・イメージのミッシェル・プレス。ミステリー・ピア・ブックス社のハーヴェイ・ジェイソン。ユーグ・ガルシア。エミリー・レンズナー。コートニー・ドーニング。ドクター・ジェフリー・ニーリー。ケイトリン・マサレッリ。フートン・ミフリン・ハーコートのアレクサンダー・リトルフィールドとタリン・レーダー。ジュリア・デムチェンコ。メリッサ・ゴールドスタイン。ヒーザー・カー。ケント・ウルフ。ロリンとサディ・スタイン。ハーブ・ジョンソンとライズ・アンゲリカ・ジョンソン。エン・リスナとジェイムズ・グリーンフィールド。アレックス・ウォード。サラ・ローゼンバーグ、メリンダ・アロンズ。ジン・ペース。ジリアン・ローブ。〈パリ・レヴュー〉のロリ・ドールとハサン・アルタフ。ワイリー・エージェンシーのオースティン・ミュラー。そしてプリンストン大学のプレス・パーミッション部。

本書は、父の思い出に敬意を表するために書いたものでもある。父はわたしをテレビのニュース編集室で育ててくれて、倫理にかなった中立のジャーナリズムを熱心に主張した。また、夫であり長年の協力者であるグレゴリー・マセックが口にし、プロジェクト全体を動かし始めた質問がなければ、本書はまったく存在しなかったかもしれない。前作『Everybody Behaves Badly』と同じように、本書もまた、わたしのものであるのと同様に彼のものでもある。おたがいにニュース編集室出身であることを誇りに思い、これまで以上に今日、もっとも神聖だと思われるものを祝したい。真実の追及、良識、そして名誉だ。

訳者あとがき

アメリカのジャーナリスト、ジョン・ハーシーによる『ヒロシマ』という本がある。広島への原子爆弾投下とその影響を、六人の広島の住民の証言によって紹介したもので、一九四六年の刊行以来今日まで、原子爆弾の恐ろしさを伝える貴重なルポルタージュとして読み継がれている。

本書『ヒロシマを暴いた男　米国人ジャーナリスト、国家権力への挑戦』はその『ヒロシマ』の舞台裏に迫り、ハーシーがどんな思いで広島の現実を書いたのか、そしてそれが第二次世界大戦終戦直後の世界において、どれほど意義のあることだったのかを、この名著をめぐって起きたさまざまな出来事を通して説き明かしたノンフィクション作品である。

一九四六年八月二十九日、米国ニューヨーク市で一冊の雑誌が発売された。〈ニューヨーカー〉という、ユーモアと風刺の効いた都会的な雰囲気が人気の週刊誌だ。だがこの日の〈ニューヨーカー〉八月三十一日号は、いつもとちがっていた。愛読者たちが心待ちにしていた読み物や漫画は見当たらず、全頁を割いて、ジョン・ハーシーによる『ヒロシマ』という記事だけが掲載されていた。そして唯一掲載されていた『ヒロシマ』は、まさに世紀のスクープだったのだ。

前年の一九四五年八月、日本の広島と長崎に原子爆弾が投下され、日本はポツダム宣言を受諾して無条件降伏をした。このとき原子爆弾はまだ開発途上で、開発をしたアメリカでさえ、その全貌を把握していなかった。アメリカはさらなる爆弾の開発を進めるいっぽうで、非道な武器を使用したという批判を避けるため、そしてその独占状態を保持するために、原子爆弾に関する報道を厳しく規制した。一部が公表されたとしても、損壊した建物の数や死傷者の人数といった統計値は、世間の人々にとっては単なる数字に過ぎなかった。

そんななか、ジョン・ハーシーはみずから広島へ行って市井の人々の声を集め、悲惨な現実を訴える記事を書く。それを受けて〈ニューヨーカー〉の編集長ハロルド・ロスと副編集長ウィリアム・ショーンは、丸々雑誌一冊という異例の舞台を用意する。

これはアメリカ政府による原子爆弾に関する事実の隠蔽を暴く行為でもあった。第二次世界大戦直後の混乱をきわめる時期に日本で取材をし、これだけの記事を発表するのには、想像を超える困難が伴った。

ハーシーは一九一四年生まれの気鋭のジャーナリストで、第二次世界大戦中は雑誌〈タイム〉の特派員として世界各地の戦場を飛びまわっていた。モスクワ支局勤務を経て一九四五年にフリーとなり、前年に発表した著作『アダノの鐘』でピューリツァー賞を受賞したばかりで、今後の進むべき道を模索していた。

ハーシーの気持ちを広島へ向かわせたキーワードは、〝人間性〟だった。どんな人間でも、敵の人間性を見失ったとたんに残虐な行為に走ることを、彼は戦地での経験を通して知っていた。広島での悲劇を、自分たちと同じ人間の身に降りかかったこととして捉えた報道が必要だと考えた彼は、日本への取材旅行を敢行したのだ。

ハーシーは『ヒロシマ』で、政府によるフィルターのかかった報道や統計値とはちがう、広島で暮らす住民の視線の高さから見た現実を描いた。本書を読んでいて印象に残るのは、取材時のハーシーの、まっすぐに相手に向き合おうとする姿勢だ。とくに広島で生存者たちと会ったさい、過度に同情的にならず、相手と対等の立場で取材を進める様子には、誠実な人柄がうかがえる。

また本書では、当時のアメリカのジャーナリズムや出版界の裏側も描かれている。〈ニューヨーカー〉八月三十一日号に『ヒロシマ』を一挙に掲載するという英断をしたのは、ハロルド・ロスとウィリアム・ショーンという名物編集者たちだった。辛辣で攻撃的なロスと内向的なショーンは、正反対のキャラクターでありながら同じ志をもって雑誌作りに取り組む、なんとも魅力的な二人組だ。記事を校閲・編集するさいの様子は、当時の編集室をこっそり覗いているようで、読んでいてとても楽しい。

著者のレスリー・M・M・ブルームはロサンゼルスに拠点をおき、〈ヴァニティ・フェア〉や〈ニューヨーク・タイムズ〉、〈ナショナル・ジオグラフィック〉など数多くの雑誌に寄稿するジャーナリスト。ピアニストの母親とジャーナリストの父親のあいだに生まれ、ウィリアムズ大学とケンブリッジ大学を卒業後、父親のあとを追うようにして報道の道に進んだ。ＡＢＣニュースではアメリカ同時多発テロやイラク戦争など多くの重大事件の報道に関わり、ファッション誌〈ヴォーグ〉の、過去数十年で影響力のあった女性百人に選ばれたこともある。

作家としての活動もさかんで、アーネスト・ヘミングウェイの『日はまた昇る』執筆の内情を描いた『Everybody Behaves Badly: The True Story Behind Hemingway's Masterpiece The Sun Also Rises』など、多数のノンフィクション作品を発表。そのいっぽうで、子ども向けの小説を四作と短篇集を二作発表している。

本書『ヒロシマを暴いた男』は、広島への原子爆弾投下七十五年を記念して、二〇二〇年八月にアメリカで刊行された。謝辞に〝本書のための調査は三つの大陸で、四つの言語を用いておこなわれた〟とあるように、ブルーム自身が多くの関係者と直接会い、幅広い文献や資料を調べたうえで書き上げた力作だ。巻末の膨大な脚注にも、この作品に注ぎこまれたブルームの溢れる熱意がうかがえる。

核戦争の脅威を再認識させ、ジャーナリズムの独立性の意義を訴える内容は好評を博し、〈ニューヨーク・タイムズ〉の年間ベスト10と二〇二〇年のお薦めの百冊に、また〈ヴァニティ・フェア〉〈パブリッシャーズ・ウィークリー〉の二〇二〇年のベスト作品にも選ばれた。

ブルームは本書で、『ヒロシマ』に関わった人々がそれぞれの思惑をもって立ちまわる姿を描いた。ジョン・ハーシーや二人の編集者ばかりでなく、報道操作のために右往左往するアメリカ政府関係者たちまで、その一人ひとりが人間性を持った存在として描かれている。どんな立場にいる者でも、人間性のある存在として扱う――それはまさに、『ヒロシマ』を執筆するさい、ハーシーが念頭においていたことだった。ブルームもまた同じ志をもって本書を手掛けたからこそ、ここに第二次世界大戦直後の激動の時代がリアルな人間ドラマとして再現され、読む者の心に迫ってくるのだろう。

最後に、本書訳出の機会を与えてくださった集英社文芸編集部の佐藤香氏、そしてさまざまな形でお世話になった同編集部の皆さまに、この場を借りてお礼を申し上げます。ありがとうございました。

二〇二一年六月

to John Hersey's 'Hiroshima' Story," UCLA report, July 14, 1947, *New Yorker* Papers, New York Public Library)。

41 George Weller, *First into Nagasaki: The Censored Eyewitness Dispatches on Post-Atomic Japan and Its Prisoners of War*, edited by Anthony Weller, New York: Three Rivers Press, 2006（ジョージ・ウェラー著、アンソニー・ウェラー編『ナガサキ昭和20年夏：GHQが封印した幻の潜入ルポ』小西紀嗣訳、毎日新聞社、2007年）.

42 "John Hersey, The Art of Fiction No. 92."

43 アルベルト・アインシュタインのホテル・アスターでのスピーチ"The War Is Won, but the Peace Is Not" 1945年12月10日（David E. Rowe and Robert Schulmann, eds., *Einstein on Politics: His Private Thoughts and Public Stands on Nationalism, Zionism, War, Peace, and the Bomb*, Princeton, NJ: Princeton University Press, 2007）。

8 Associated Press, "Kiyoshi Tanimoto Dies; Led Hiroshima Victims," *New York Times*, September 29, 1986.

9 谷本牧師の上院での祈りの引用。*Congressional Record: Proceedings and Debates of the 82nd Congress*, vol.97, part 16.

10 John Hersey, "Hiroshima: The Aftermath," *New Yorker*, July 15, 1985.

11 放映中に視聴者に谷本牧師を紹介するとき、司会者のラルフ・エドワーズは谷本牧師の番組を作るのに〝何週間も〟何人かの人物と協力してきたと言い、その中にハーシーの名前もあった――ハーシーは〈ニューヨーカー〉の記事"Hiroshima: The Aftermath"で、谷本牧師の〈ディス・イズ・ユア・ライフ〉への出演に自身も関わっていたことについて触れてはいない。

12、13 Ralph Edwards, *This Is Your Life*, NBC, May 11, 1955.

14 近藤(谷本)紘子へのレスリー・ブルームによるインタビュー、2018年11月29日。

15、16 John Hersey, "Hiroshima: The Aftermath," *New Yorker*, July 15, 1985.

17 Associated Press, "Kiyoshi Tanimoto Dies; Led Hiroshima Victims," *New York Times*, September 29, 1986.

18 『"ヒロシマ"のモデル告知板』〈アサヒグラフ〉1952年8月6日。アリエル・アコスタによる日本語からの翻訳。

19〜21 John Hersey, "Hiroshima: The Aftermath," *New Yorker*, July 15, 1985.

22、23 『"ヒロシマ"のモデル告知板』〈アサヒグラフ〉1952年8月6日。

24 Ray C. Anderson, Ph.D, M.D., *A Sojourn in the Land of the Rising Sun: Japan, the Japanese, and the Atomic Bomb Casualty Commission: My Diary, 1947–1949*, Sun City, AZ: Elan Press, 2005.

25 レオナード・ガードナーのジョン・ハーシーへの手紙、1951年12月30日(John Hersey Papers, Beinecke Library, Yale University)。

26 Norman Cousins, "John Hersey: Journalist into Novelist," *Book-of-the-Month Club News*, March 1950.

27 John Hersey, "Hiroshima: The Aftermath," *New Yorker*, July 15, 1985.

28、29 『"ヒロシマ"のモデル告知板』〈アサヒグラフ〉1952年8月6日。

30、31 John Hersey, "Hiroshima: The Aftermath," *New Yorker*, July 15, 1985.

32 『"ヒロシマ"のモデル告知板』〈アサヒグラフ〉1952年8月6日。

33、34 John Hersey, "Hiroshima: The Aftermath," *New Yorker*, July 15, 1985.

35 『"ヒロシマ"のモデル告知板』〈アサヒグラフ〉1952年8月6日。

36、37 Eric Pace, "William Shawn, 85, Is Dead; New Yorker's Gentle Despot," *New York Times*, December 9, 1992.

38 Hendrik Hertzberg, "John Hersey," *New Yorker*, April 5, 1993およびRichard Severo, "John Hersey, Author of 'Hiroshima,' Is Dead at 78," *New York Times*, March 25, 1993.

39 広島県の公式観光ウェブサイト。http://visithiroshima.net/about/

40 『ヒロシマ』の読者の感想を分析したＵＣＬＡの研究では、〝手紙の書き手の53パーセントは、この記事が公益に貢献したと考えている〟と推定した(Joseph Luft, "Reaction

130 ハロルド・ロスのジャック・ウィーラーへの手紙、1950年5月22日(*New Yorker* records, New York Public Library)。
131、132 John Hersey, "The Mechanics of a Novel," *Yale University Library Gazette* 27, no. 1 (July 1952).
133 ウィリアム・ショーンのハロルド・ロスへの手紙、1949年1月11日(*New Yorker* records, New York Public Library)。
134 マット・コーダのレスリー・ブルームへの電子メール、2019年12月5日。
135 "Harry Truman: 'The Japanese Were Given Fair Warning,'" *Atlantic*, February 1947.
136 John Hersey, "Profiles: Mr. President: I. Quite a Head of Steam," *New Yorker*, April 14, 1951.
137〜139 John Hersey, "Profiles: Mr. President: V. Weighing of Words," *New Yorker*, May 5, 1951.
140 John Hersey, "The Wayward Press: Conference in Room 474," *New Yorker*, December 16, 1950.
141、142 John Hersey, "Profiles: Mr. President: I. Quite a Head of Steam," *New Yorker*, April 14, 1951.
143 John Hersey, "The Wayward Press: Conference in Room 474," *New Yorker*, December 16, 1950.
144 "For Eisenhower, 2 Goals If Bomb Was to Be Used," *New York Times*, June 8, 1984.
145 マーティン・シャーウィンへのレスリー・ブルームによるインタビュー、2018年3月22日。シャーウィンはハーシーの発言に落胆していた。〝わたしの考えは正反対だ、[広島と長崎の原爆投下は]軍拡競争を開始したと思う。彼の意見には感心しない〟
146〜151 ジョナサン・ディによるインタビュー。"John Hersey, The Art of Fiction No. 92," *Paris Review*, issue 100 (Summer–Fall 1986).
152、153 John Hersey, *Here to Stay,* New York: Alfred A. Knopf, Inc., 1963.

エピローグ

1 Eric Pace, "William Shawn, 85, Is Dead; New Yorker's Gentle Despot," *New York Times*, December 9, 1992.
2 ジョナサン・ディによるインタビュー。"John Hersey, The Art of Fiction No. 92," *Paris Review*, issue 100 (Summer–Fall 1986).
3 Russell Shorto, "John Hersey, The Writer Who Let 'Hiroshima' Speak for Itself," *New Yorker*, August 31, 2016.
4、5 "John Hersey, The Art of Fiction No. 92."
6、7 John Hersey, "Hiroshima: The Aftermath," *New Yorker*, July 15, 1985.

ーヴァー指揮によるジョン・ハーシーの取調べについて（内部のテレタイプ原稿、J・エドガー・フーヴァー、1950年6月2日、FBIの記録）より。フーヴァーはハーシーのFBIのファイルを121-668とし、アーサー・ハーシーについての報告書に〝ジョン・ハーシーに関するファイルから適切な情報〟を補充するように命じた。

109 FBIの記録、1950年6月19日。"Results of Investigation: Loyalty of Government Employees: Arthur Baird Hersey."

110 FBIの記録、ファイルno.121-70、1950年6月14日。"Report title: Arthur Baird Hersey, Economist, Board of Governors of the Federal Reserve System, Washington, D.C."

111 FBIの記録、1954年5月25日。ハーシーの講演"Results of Investigation: Security of Government Employees: Arthur Baird Hersey"より。

112 FBIの記録、1950年6月19日。"Results of Investigation: Loyalty of Government Employees: Arthur Baird Hersey."

113 FBIの記録、ファイルno.121-70、1950年6月14日。"Report title: Arthur Baird Hersey, Economist, Board of Governors of the Federal Reserve System, Washington, D.C."

114 カール・マイダンズからジョン・ハーシーへ。ウィリアム・コシュランドへのジョン・ハーシーの手紙の中で語られている。1946年12月16日（Alfred A. Knopf, Inc., Archive, Harry Ransom Center, University of Texas at Austin）。

115 カルヴァート・アレクサンダー牧師の、〈ニューヨーカー〉のシャーロット・チャップマンへの手紙、1946年9月16日（*New Yorker* records, New York Public Library）。

116〜118 藤井正和医師と中村初代の言葉（Norman Cousins, "John Hersey," *Book-of-the-Month Club News*, March 1950）。

119、120 藤井正和医師のジョン・ハーシーへの葉書（*New Yorker* records, New York Public Library）。

121〜123 谷本清牧師のジョン・ハーシーへの手紙、1947年3月8日（*New Yorker* records, New York Public Library）。

124、125 ダグラス・マッカーサー司令官のオスカー・ハマースタインへの電報、1948年4月6日（MacArthur Memorial Archives, RG-5, Box 6, Fol. 3）。1948年4月7日の司令部の新聞発表でもあった（MacArthur Memorial Archives, RG-25: Addresses, Speeches, Box 1）。

126 Ralph Chapman, "All Japan Puts 'Hiroshima' on Best Seller List," *New York Herald Tribune*, May 29, 1949. チャップマンは〝4万部の1刷は刊行して2週間以内に売切れになり、いま2刷を1万部用意しているところだ〟と報告した。

127 ハーシーの日本語版『ヒロシマ』の書評、〈東京新聞〉1949年5月8日。

128 ハロルド・ロスのジョン・ハーシーへの手紙、1946年12月9日（*New Yorker* records, New York Public Library）。

129 しかしながら1947年6月に、〈ニューヨーカー〉にハーシーの短編小説が発表された。1947年6月14日号の"A Short Wait"だ。

1947. John Hersey Papers, Beinecke Library, Yale University.

86 ハロルド・ロスのジョン・ハーシーとウィリアム・ショーンへの手紙、1947年11月25日（*New Yorker* records, New York Public Library）。

87〜90 国際連合のソビエト代表団の長、USSRの外務大臣V・M・モロトフによる、〝ソビエト連邦と国際的協働〟についての演説。国際連合総会にて。ニューヨーク市、1946年10月29日。

91〜93 V. M. Molotov, *Molotov Remembers: Inside Kremlin Politics*, edited by Albert Resis (Chicago: Ivan R. Dee, Inc., 1993).

94 "Atomic Race," *New York Herald Tribune*, August 30, 1946.

95 David Holloway, *Stalin and the Bomb: The Soviet Union and Atomic Energy, 1939–1956*, New Haven, CT: Yale University Press, 1994（デーヴィド・ホロウェイ『スターリンと原爆』上下、川上洸・松本幸重訳、大月書店、1997年）.

96 Alexander Werth, *Russia at War, 1941–1945* (David Holloway, *Stalin and the Bomb*).

97 ラウル・フライシュマンのアンドレイ・グロムイコへの手紙の草稿の、ジョン・ハーシーによる手書きのメモ、日付なし。だが最初の日付のある草稿に記録されている1946年12月６日と、手紙が完成した1946年12月12日のあいだであろう（*New Yorker* records, New York Public Library）。

98 John Hersey, "Engineers of the Soul," *Time*, October 9, 1944 (Nancy L. Huse, *The Survival Tales of John Hersey*, Troy, NY: The Whitson Publishing Company, 1983).

99 David Remnick, "Gromyko: The Man Behind the Mask," *Washington Post*, January 7, 1985.

100〜102 Oskar Kurganov, *Amerikantsy v Iaponii* (*Americans in Japan*), Moscow: Sovetskii Pisatel', 1947（クルガノフ『日本にいるアメリカ人：ソヴエト記者の日本日記』高木秀人訳、五月書房、1952年）. アナスターシャ・オシポワによるロシア語からの翻訳。

103 Joseph Newman, "Soviet Writer Scoffs at Power of Atom Bomb; Says Nagasaki Destruction Was Not Nearly So Bad as Was Claimed by U.S." *New York Herald Tribune*, July 14, 1947.

104、105 A. Leites, "O zakonakh istorii i o reaktsionnoj isterii" ("On the Laws of History and Reactionary Hysteria"), *Pravda*, 178th ed., July 12, 1947. アナスターシャ・オシポワによるロシア語からの翻訳。

106、107 R. Samarin, "Miles Americanus," *Soviet Literature*, 1949. Harry Schwartz, "A Cold War Salvo," *New York Times Book Review*, July 17, 1949.

108 合衆国政府『オフィス覚書』、A・H・ベルモントからC・H・スタンリーへ、1950年６月２日、FBIの記録。この覚書の書き手によると、アーサー・ハーシー、つまり〝ジョン・リチャード・ハーシーの兄弟は、1948年におこなわれた忠誠心を問う捜査の対象となり……それは局によっておこなわれ……アーサー・B・ハーシーが1941年に反アメリカ的活動に関する下院委員会で共産主義者の活動の場として取り挙げられた組織、中国援助のためのワシントン委員会の財務担当者だった〟という情報に基づいていた。フ

Bomb," undated, National Archives and Records Administration. これらのコメントで、グローヴス中将は、最終稿に近くなったときスティムソンの記事を何度も読んで取りこんだと繰り返している。

47 レズリー・グローヴス中将のマクジョージ・バンディへの手紙、1946年11月6日(Robert Jay Lifton and Greg Mitchell, *Hiroshima in America*)。

48 John Chamberlain, "The New Books," *Harper's Magazine*, December 1, 1946.

49 James Hershberg, *James B. Conant.*

50 ジェイムズ・B・コナントのマクジョージ・バンディへの手紙、1946年11月30日(Jennet Conant, *Man of the Hour*)。

51 ジェイムズ・B・コナントのヘンリー・L・スティムソンへの手紙(Jennet Conant, *Man of the Hour*)。

52 ヘンリー・L・スティムソンのフェリックス・フランクファーターへの手紙、1946年12月12日(James Hershberg, *James B. Conant*)。

53、54 ハリー・S・トルーマンのヘンリー・L・スティムソンへの手紙、1946年12月31日(Robert Jay Lifton and Greg Mitchell, *Hiroshima in America*)。

55 Robert Jay Lifton and Greg Mitchell, *Hiroshima in America* および Michael J. Yavenditti, "John Hersey and the American Conscience," *Pacific Historical Review* 43, no. 1 (February 1974).

56 Robert Jay Lifton and Greg Mitchell, *Hiroshima in America.*

57〜63 Henry L. Stimson, "The Decision to Use the Atomic Bomb," *Harper's Magazine*, February 1947.

64 James Hershberg, *James B. Conant.*

65〜70 Henry L. Stimson, "The Decision to Use the Atomic Bomb," *Harper's Magazine*, February 1947.

71 "The United States Strategic Bombing Survey: The Effects of Atomic Bombs on Hiroshima and Nagasaki," June 30, 1946.

72〜75 Henry L. Stimson, "The Decision to Use the Atomic Bomb," *Harper's Magazine*, February 1947.

76 ハリー・S・トルーマンのヘンリー・L・スティムソンへの手紙(Jennet Conant, *Man of the Hour*)。

77 マクジョージ・バンディのヘンリー・L・スティムソンへの手紙(Jennet Conant, *Man of the Hour*)。

78 "National Affairs: 'Least Abhorrent Choice,'" *Time*, February 3, 1947.

79、80 "War and the Bomb," *New York Times*, January 28, 1947.

81〜83 Henry L. Stimson, "The Decision to Use the Atomic Bomb," *Harper's Magazine*, February 1947.

84 ルイス・フォースター・ジュニアのジョン・ハーシーへの手紙、1947年2月14日(*New Yorker* records, New York Public Library)。

85 "Hersey's 'Hiroshima' One Year Afterward," Knopf press release, November 20,

25 ジェイムズ・B・コナントのムリエル・ポッパーへの手紙、1968年6月21日(Jennet Conant, *Man of the Hour*)。
26〜29 ジェイムズ・B・コナントからハーヴェイ・H・バンディへ、1946年9月23日(Harvard University, Records of President James Bryant Conant, Harvard University Archives)。
30 ハリー・S・トルーマンのヘンリー・L・スティムソンへの手紙、1946年12月31日(James Hershberg, *James B. Conant*)。
31 ハリー・S・トルーマンからカール・T・コンプトンへ、1946年12月16日(*Atlantic*, February 1947)。
32、33 Leonard Lyons item, *New York Post*, October 7, 1946.
34 ハロルド・ロスのチャールズ・G・ロスへの手紙、1946年10月9日(*New Yorker* records, New York Public Library)。
35 チャールズ・G・ロスのハロルド・ロスへの手紙、1946年10月14日(*New Yorker* records, New York Public Library)。
36 ハリー・S・トルーマンのカール・T・コンプトンへの手紙、1946年12月16日。マーティン・シャーウィンによるトルーマン・コレクション(Michael Yavenditti, "American Reactions to the Use of Atomic Bombs on Japan, 1945–1947," dissertation for doctorate of philosophy, University of California, Berkeley, 1970)。
37 ジェイムズ・B・コナントからハーヴェイ・H・バンディへ、1946年9月23日(Harvard University, Records of President James Bryant Conant, Harvard University Archives)。
38 James Hershberg, *James B. Conant.*
39 Robert Jay Lifton and Greg Mitchell, *Hiroshima in America.*
40 ジェイムズ・B・コナントからハーヴェイ・H・バンディへ、1946年9月23日(Harvard University, Records of President James Bryant Conant, Harvard University Archives)。
41 "Henry L. Stimson Dies at 83 in His Home on Long Island," *New York Times*, October 21, 1950.
42 ヘンリー・L・スティムソンのフェリックス・フランクファーターへの手紙、1946年12月12日(James Hershberg, *James B. Conant*)。
43 ジョン・J・マクロイによる(Robert Jay Lifton and Greg Mitchell, *Hiroshima in America*)。
44 ヘンリー・L・スティムソンの言葉、1945年6月6日(Monica Braw, *The Atomic Bomb Suppressed: American Censorship in Japan,* Armonk, NY: M. E. Sharpe, Inc., 1991／モニカ・ブラウ『検閲：原爆報道はどう禁じられたのか』新版、繁沢敦子訳、時事通信出版局、2011年)。
45 James Hershberg, *James B. Conant.*
46 General Leslie Groves, "Comments on Article by Secretary of War, Henry L. Stimson, *Harper's Magazine*, February 1947, Explains Why We Used the Atomic

(*New Yorker* records, New York Public Library)。

7 陸軍省広報部雑誌書籍課チーフ、ジェイ・カッシーノからR・ハウリー・トルアックスへの手紙、1947年1月8日(*New Yorker* records, New York Public Library)。

8 Norman Cousins, "The Literacy of Survival," *Saturday Review of Literature*, September 14, 1946.

9 海軍元帥ウィリアム・F・(ブル)・ハルゼー・ジュニアの言葉("Use of A-Bomb Called Mistake," *Watertown Daily News*, September 9, 1946)。

10 政治および社会問題に関する委員会の報告書。アトミック・ヘリテージ財団ウェブサイトによる。Report of the Committee on Political and Social Problems, Manhattan Project "Metallurgical Laboratory," University of Chicago, June 11, 1945: https://www.atomicheritage.org/key-documents/franck-report

11 J・ロバート・オッペンハイマー、ロスアラモスでの別れの挨拶、1945年10月16日(Kai Bird and Martin J. Sherwin, *American Prometheus: The Triumph and Tragedy of J. Robert Oppenheimer*, New York: Alfred A. Knopf, Inc., 2005／カイ・バード、マーティン・J・シャーウィン『オッペンハイマー:「原爆の父」と呼ばれた男の栄光と悲劇』上下、河邉俊彦訳、PHP研究所、2007年)。

12 リチャード・ローズのレスリー・ブルームへの電子メール、2020年1月25日。

13 "On the Atomic Bomb, as Told to Raymond Swing, Before 1 October, 1945," *Atlantic Monthly*, November 1945 (David E. Rowe and Robert Schulmann, eds., *Einstein on Politics: His Private Thoughts and Public Stands on Nationalism, Zionism, War, Peace, and the Bomb*, Princeton, NJ: Princeton University Press, 2007).

14 アルベルト・アインシュタインのニールズ・ボアへの手紙、1944年12月12日(David E. Rowe and Robert Schulmann, eds., *Einstein on Politics*)。

15 アルベルト・アインシュタインのホテル・アスターでのスピーチ"The War Is Won, but the Peace Is Not" 1945年12月10日(David E. Rowe and Robert Schulmann, eds., *Einstein on Politics*)。

16、17 Albert Einstein, "The Real Problem Is in the Hearts of Men," *New York Times Magazine*, June 23, 1946 (David E. Rowe and Robert Schulmann, eds., *Einstein on Politics*).

18、19 アルベルト・アインシュタインの、『ヒロシマ』の〝特別複写版〟を受け取った者たちへの手紙、1946年9月6日(John Hersey Papers, Beinecke Library, Yale University)。

20 Jennet Conant, *Man of the Hour: James B. Conant, Warrior Scientist* (New York: Simon & Schuster, 2017).

21、22 "James B. Conant Is Dead at 84; Harvard President for 20 Years," *New York Times*, February 12, 1978.

23、24 アーサー・スクワイアからJ・バルダーストンへ、1946年9月7日(Alice Kimball Smith, *A Peril and a Hope: The Scientists' Movement in America: 1945–47*, Chicago: The University of Chicago Press, 1965／A・K・スミス『危険と希望:アメリカの科学者運動:1945-1947』広重徹訳、みすず書房、1968年)。

92 ハロルド・ロスのドロシー・トンプソンへの手紙、1946年9月17日（John Hersey Papers, Beinecke Library, Yale University）。
93 ヴァーナー・W・クラップのジョン・ハーシーへの手紙、1946年9月3日（John Hersey Papers, Beinecke Library, Yale University）。
94 ドナルド・G・ウィングのジョン・ハーシーへの手紙、1946年11月8日と1947年1月15日（John Hersey Papers, Beinecke Library, Yale University）。
95 無題のプレス・リリース、イエール大学ニューズ・ビューロー、1947年5月2日。冒頭には、〝1936年卒業生、著名な作家であるジョン・ハーシーは、その有名な『ヒロシマ』の原稿をイエール大学図書館に寄贈した〟とある。
96 ハロルド・ロスのハーディング・メイソンへの手紙、1947年5月19日（*New Yorker* records, New York Public Library）。
97 ハロルド・ロスのアルフレッド・クノップへの手紙、1946年9月13日（*New Yorker* records, New York Public Library）。
98 "Publication Proposal: Hiroshima," September 4, 1946, Alfred A. Knopf, Inc., Archive, Harry Ransom Center, University of Texas at Austin. クノップは『ヒロシマ』が、刊行から6ヵ月のうちに10万部以上売れるだろうと予想した。
99 ハロルド・ロスのドア・シャリーへの手紙、1946年9月6日（*New Yorker* records, New York Public Library）。
100、101 ブック・オブ・ザ・マンスの広告、1946年秋（*New Yorker* records, New York Public Library）。
102、103 ランドール・グールドのジョン・ハーシーへの手紙、1946年9月26日（John Hersey Papers, Beinecke Library, Yale University）。

第七章　余波

1 マクジョージ・バンディのロバート・ジェイ・リフトンによるインタビュー、1994年（Robert Jay Lifton and Greg Mitchell, *Hiroshima in America*, New York: G. P. Putnam's Sons, 1995／R・J・リフトン、G・ミッチェル『アメリカの中のヒロシマ』上下、大塚隆訳、徳間書店、1995年）。
2 トマス・ファレル准将のバーナード・バルクへの手紙、1946年9月3日（James Hershberg, *James B. Conant: Harvard to Hiroshima and the Making of the Nuclear Age*, New York: Alfred A. Knopf, Inc., 1993）。
3 ロバート・J・コークリー少佐からウィリアム・ショーンへの手紙、1946年9月23日（*New Yorker* records, New York Public Library）。
4、5 General Leslie Groves, "Remarks of Major General L. R. Groves Before the Command and General Staff School, Fort Leavenworth, Kansas," September 19, 1946, Hoover Institution, Stanford University.
6 ロバート・J・コークリー少佐からウィリアム・ショーンへの手紙、1946年9月23日

70 "Hiroshima Report," American Broadcasting Company, Inc., September 9, 1946, 9:30–10:00 p.m.

71 ロバート・ソーデックのジョン・ハーシーへの手紙、1946年９月13日（John Hersey Papers, Beinecke Library, Yale University）。

72 ロバート・ソーデックのＲ・ハウリー・トルアックスへの手紙、1946年10月25日（*New Yorker* records, New York Public Library）。

73 "Award Profile: *Hiroshima*, 1946, ABC Radio, Robert Saudek（Honorable Mention）, Outstanding Education Program": http://www.peabodyawards.com/award-profile/hiroshima

74 英国放送協会は四夜連続で『ヒロシマ』脚色版を放送した。1946年10月14、15、16、17日だ（Ｆ・Ｓ・ノーマンのハロルド・ロスへの手紙、1946年10月７日。John Hersey Papers, Beinecke Library, Yale University）。

75 "A Survey of Radio Comment on the Hiroshima Issue of THE NEW YORKER," Radio Reports Inc., September 6, 1946. これは８月28日から９月５日までのラジオ受信可能地域での調査で、〝少なくとも500の合衆国の局が放送した〟と述べた。

76、77 Bill Leonard, "This Is New York," WABC, August 30, 1946.

78 Raymond Swing, WJZ ABC, August 30, 1946.

79 Ed and Pegeen Fitzgerald, "The Fitzgeralds," WJZ NYC, August 31, 1946.

80 Alec Cumming and Peter Kanze, *New York City Radio*（Charleston, SC: Arcadia Publishing, 2013）.

81 Charles J. Kelly, *Tex McCrary: Wars, Women, Politics: An Adventurous Life Across the American Century*, Lanham, MD: Hamilton Books, 2009.

82、83 Jinx Falkenburg and Tex McCrary, "City of Decision," WEAF, September 4, 1946, 6:15 p.m.

84 Tex McCrary, *Hi Jinx*, WEAF, August 30, 1946, 8:30 a.m.

85 Richard Severo, "Tex McCrary Dies at 92; Public Relations Man Who Helped Create Talk-Show Format," *New York Times*, August 30, 2003.

86 社説。*New York Daily News*, September 16, 1946.

87 Ｒ・ハウリー・トルアックスからジョン・ハーシー、ハロルド・ロス、ウィリアム・ショーンへのメモ、1946年８月29日（*New Yorker* records, New York Public Library）。

88 ハロルド・ロスのジャック・スカーボールへの手紙、1946年９月12日（*New Yorker* records, New York Public Library）。

89 セレブリティ・インフォメーション・アンド・リサーチ・サービス社の社長アール・ブラックウェルの、ジョン・ハーシーへの手紙、1946年12月11日（John Hersey Papers, Beinecke Library, Yale University）。

90 ハロルド・ロスのジョン・ハーシーとウィリアム・ショーンへの手紙、1946年12月16日（*New Yorker* records, New York Public Library）。

91 "1946 Pulitzer Prize Winner in reporting: William Leonard Laurence of *The New York Times*": https://www.pulitzer.org/winners/william-leonard-laurence

Beinecke Library, Yale University)。

46 ウィリアム・マグアイアのウィリアム・ショーンへのメモ、1946年8月30日(*New Yorker* records, New York Public Library)。

47 ルイス・フォースター・ジュニアのハロルド・ロスへのメモ、1946年12月13日(*New Yorker* records, New York Public Library)。読者からの手紙に関するUCLAの調査によると、〝差し出し場所はさまざまで〟、〝田舎から都市部まで幅広く〟、多くの大都市、南部や北西部からも来ていた(Joseph Luft, "Reaction to John Hersey's 'Hiroshima' Story," UCLA report, July 14, 1947, *New Yorker* records, New York Public Library)。

48 ルイス・フォースターからハロルド・ロスへ、1946年9月6日、9月9日、9月17日(*New Yorker* records, New York Public Library)。

49 このときロスとショーンとハーシーに宛てられた手紙はすべて、Joseph Luft, "Reaction to John Hersey's 'Hiroshima' Story" に引用されている。このUCLAの、ハーシーと〈ニューヨーカー〉に送られてきた『ヒロシマ』関連の手紙についての調査では、〝この記事がアメリカの人々に与えた衝撃は極めて大きかった〟とされ、調べた手紙の大多数が〝無条件に記事を称賛していた〟と述べられている。

50 ルイス・フォースターの、ハロルド・ロスとウィリアム・ショーンおよびジョン・ハーシーへのメモ、1946年9月4日(*New Yorker* records, New York Public Library)。

51、52 J・B・ベザートンのジョン・ハーシーへの手紙、1946年9月(John Hersey Papers, Beinecke Library, Yale University)。

53〜55 社説。*New York Daily News*, September 16, 1946.

56 Dwight MacDonald, "Hersey's Hiroshima," *politics*, October 1946.

57 メアリー・マッカーシーからドワイト・マクドナルドへ。*politics*, November 1946.

58 ブック・オブ・ザ・マンスのパンフレット、1946年秋(Alfred A. Knopf, Inc., Archive, Harry Ransom Center, University of Texas at Austin)。

59 "The Press," *Newsweek*, September 9, 1946.

60、61 ハロルド・ロスのハーシーへの手紙、1946年9月11日(*New Yorker* records, New York Public Library)。

62〜64 "Without Laughter," *Time*, September 9, 1946.

65 Theodore H. White, *In Search of History: A Personal Adventure*, New York: Harper & Row, Publishers, Inc., 1978(セオドア・H・ホワイト『歴史の探求:個人的冒険の回想』上下、堀たお子訳、サイマル出版会、1981年).

66 Thomas Kunkel, *Genius in Disguise: Harold Ross of The New Yorker* (New York: Carroll & Graf Publishers, Inc., 1995).

67 Karen Fishman, David Jackson, and Matt Barton, "John Hersey's 'Hiroshima' on the Air: The Story of the 1946 Radio Production," Library of Congress, October 6, 2016: https://blogs.loc.gov/now-see-hear/2016/10/john-herseys-hiroshima-on-the-air-the-story-of-the-1946-radio-production/

68、69 Joseph Julian, *This Was Radio: A Personal Memoir*, New York: The Viking Press, 1975.

状にはノースカロライナ州ブローイングロックの住所が書かれている。
12 "The Press: Atomic Splash," *Newsweek*, September 9, 1946.
13 *Watertown Daily Times*, September 9, 1946.
14 リチャード・ピンカムのハロルド・ロスへの手紙、1946年9月11日(*New Yorker* records, New York Public Library)。
15、16 Lewis Gannett, "Books and Things," *New York Herald Tribune*, August 29, 1946.
17、18 社説。*New York Herald Tribune*, August 30, 1946.
19 ハロルド・ロスのルイス・ガネットへの手紙、1946年9月11日(*New Yorker* records, New York Public Library)。
20 ハロルド・ロスのジャック・スカーボールへの手紙、1946年9月12日(*New Yorker* records, New York Public Library)。
21、22 "Editorial for Peace," *Indianapolis News*, September 10, 1946.
23〜26 "News and Comments," *Monterey Peninsula Herald*, September 10, 1946.
27 秘書のハロルド・ロスへの覚書、1946年8月29日午後1時(*New Yorker* records, New York Public Library)。
28、29 "Atom Bomb Edition Out," *New York Times*, August 29, 1946.
30〜33 "Time from Laughter," *New York Times*, August 30, 1946.
34 J・マーケルのハロルド・ロスへの手紙、1946年8月30日(John Hersey Papers, Beinecke Library, Yale University)。
35 ドン・ホレンベックのウィリアム・ショーンへの手紙、1946年9月9日(*New Yorker* records, New York Public Library)。
36 C・V・R・トンプソンのハロルド・ロスへの手紙、1946年8月30日(*New Yorker* records, New York Public Library)。
37 ディック[苗字不詳]のジョン・ハーシーへの手紙、日付なし(John Hersey Papers, Beinecke Library, Yale University)。
38 ハロルド・ロスのチャールズ・マーズへの手紙、1946年9月5日(*New Yorker* records, New York Public Library)。
39 ハロルド・ロスのケイ・ボイルへの手紙、1946年9月5日(*New Yorker* records, New York Public Library)。
40 ハロルド・ロスのジャネット・フラナーへの手紙、1946年11月25日(*New Yorker* records, New York Public Library)。
41 ハロルド・ロスのブランチ・クノップへの手紙、1946年9月5日(*New Yorker* records, New York Public Library)。
42 ルイス・フォースターの、ハロルド・ロスとウィリアム・ショーンおよびジョン・ハーシーへのメモ、1946年9月5日(*New Yorker* records, New York Public Library)。
43、44 ウィリアム・マグアイアのウィリアム・ショーンへのメモ、1946年8月30日(*New Yorker* records, New York Public Library)。
45 ゴードン・ウィールのジョン・ハーシーへの手紙、1946年8月(John Hersey Papers,

125、126　匿名の〈ニューヨーカー〉の編集者の、〈タイム〉掲載の『ヒロシマ』製作についての記事（“Without Laughter,” *Time*, September 9, 1946）より。
127　ジョン・ハーシーのアルフレッド・クノップへの手紙、1946年９月６日（Alfred A. Knopf, Inc., Archive, Harry Ransom Center, University of Texas at Austin）。
128　R・ハウリー・トルアックスのエドガー・F・シルツへの手紙、1946年９月13日（*New Yorker* records, New York Public Library）。〈ニューヨーカー〉は編集者ティナ・ブラウンのもと、1990年代まで記事に写真を添えることはなかった（〈ニューヨーカー〉の幹部であり広報のヘッド、ナタリー・ラーベからのレスリー・ブルームへの電子メール、2019年４月８日）。
129　ケイ・ボネッティによるインタビュー、1988年（American Audio Prose Library）。
130　“Memorandum on the Use of the Hersey Article,” August 30, 1946 (*New Yorker* records, New York Public Library). 関係者全員がこの発表に同意したことについて〝全員が放棄した〟と、覚書に記されている。
131　“The Press: Six Who Survived,” *Newsweek*, September 9, 1946 およびジョン・ベネットへのレスリー・ブルームによるインタビュー、2018年２月７日。
132　ハロルド・ロスの覚書、日付なし（John Hersey Papers, Beinecke Library, Yale University）。
133　ウィリアム・ショーンからジョン・ハーシーへの手紙、1946年８月27日（John Hersey Papers, Beinecke Library, Yale University）。

第六章　爆発

1　〈ニューヨーカー〉の編集者から報道機関の編集者への『ヒロシマ』についての手紙、1946年８月28日（*New Yorker* records, New York Public Library）。
2〜4　Lillian Ross, *Here but Not Here: A Love Story*, New York: Random House, Inc., 1998（リリアン・ロス『「ニューヨーカー」とわたし：編集長を愛した四十年』古屋美登里訳、新潮社、2010年）.
5　ジョナサン・ディによるインタビュー。“John Hersey, The Art of Fiction No. 92,” *Paris Review*, issue 100 (Summer–Fall 1986).
6　『ヒロシマ』を紹介する編集者の覚書。*New Yorker*, August 31, 1946.
7、8　〈ニューヨーカー〉の編集者から報道機関の編集者への『ヒロシマ』についての手紙、1946年８月28日（*New Yorker* records, New York Public Library）。
9、10　ハロルド・ロスのチャールズ・マーズへの手紙、1946年９月５日（*New Yorker* records, New York Public Library）。
11　ハロルド・ロスは居残って、報道関係者たちに、〝［ハーシーは］記事の校正刷を見終わったあとで街を離れ、それ以来戻っていないし、近いうちに戻る予定もない〟と説明した（ハロルド・ロスのジャック・スカーボールへの手紙、1946年９月12日。*New Yorker* records, New York Public Library）。記事の発表から９月27日のあいだ、ハーシーの書

113 ウィリアム・ショーンのレズリー・グローヴス中将への手紙、1946年８月15日(*New Yorker* records, New York Public Library)。

114 レズリー・グローヴス中将の1945年９月21日のIBMの昼食会での講演("Keep Bomb Secret, Gen. Groves Urges," *New York Times*, September 22, 1945)。ハロルド・ロスとウィリアム・ショーンはグローヴス中将の発言や態度を承知していた。たとえばこの発言――前年の秋、ウォルドルフ＝アストリア・ホテルで彼を祝して開かれた昼食会で200人の聴衆に向けて発せられた――は、その秋の他の催しでのグローヴス中将の講演や発言と同様、〈ニューヨーク・タイムズ〉に大々的に報じられていた。

115、116 レズリー・グローヴス中将からの、ジョン・M・ハンコックへの覚書、1946年１月２日(Robert S. Norris, *Racing for the Bomb*, South Royalton, VT: Steerforth Press L.C., 2002)。

117 主だった出版物はすでに、アメリカ人に自国が脅かされていると思わせるのに加担していた。たとえば、〈ニューズウィーク〉は簡単に、広い地下避難所や、街の下に地下の村を作る計画についての記事を載せている("Ever-Ever Land?" *Newsweek*, September 9, 1946)。

118、119 レズリー・グローヴス中将の手帳からの覚書、1946年８月７日付(アメリカ国立公文書記録管理局、およびグローヴスの伝記作家ロバート・S・ノリスの個人的ファイル)。この会話で、グローヴスは〝デリー大佐〟か〝コークリー中佐〟を〈ニューヨーカー〉のオフィスに行かせようと提案した。ウィリアム・ショーンは、〝午前中に手配できる重要な変更があるかのように〟、翌日の午前中に来てほしいと伝えた。どちらの将官が行ったかは不明だが、ロバート・J・コークリー中佐はこの日付のあと、ショーンと通信のやり取りをしている("Ever-Ever Land?" *Newsweek*, September 9, 1946)。

120 グローヴス中将の代理人との打ち合わせに、ハーシーは出席していたのかもしれないが、のちのインタビューや『ヒロシマ』を書く経緯の話の中で、そのような打ち合わせがあったことを明かしてはいない。しかしながら、少なくとも、『ヒロシマ』が陸軍省の検閲の対象になったことを彼が知っていたという証拠がある。５ヵ月後、日本での『ヒロシマ』の刊行についての陸軍省に対する陳情活動の書面で、この記事は陸軍省に認可されたと述べているのだ(ジョン・ハーシーのジェイ・カッシーノへの手紙、1947年１月８日。John Hersey Papers, Beinecke Library, Yale University)。

121 John Hersey, "Hiroshima," *New Yorker*, August 31, 1946.

122 ウィリアム・ショーンからレズリー・グローヴス中将への手紙、1946年８月15日(*New Yorker* records, New York Public Library)。

123 "Charles Elmer Martin, or CEM, New Yorker Artist, Dies at 85," *New York Times*, June 20, 1995.

124 アルベルト・アインシュタインのホテル・アスターでの、第５回ノーベル賞記念式典のスピーチ"The War Is Won, but the Peace Is Not" 1945年12月10日(David E. Rowe and Robert Schulmann, eds., *Einstein on Politics: His Private Thoughts and Public Stands on Nationalism, Zionism, War, Peace, and the Bomb*, Princeton, NJ: Princeton University Press, 2007)。

年８月６日(Ben Yagoda, *About Town*)。

68、69 Brendan Gill, *Here at* The New Yorker.

70〜77 〝広島でのいくつかの出来事〟の第二部についてのハロルド・ロスのメモ、1946年８月６日(Ben Yagoda, *About Town*)。

78 James Thurber, *The Years with Ross*.

79〜82 "John Hersey, The Art of Fiction No. 92."

83 アダム・ゴプニクへのレスリー・ブルームによるインタビュー、2017年６月15日。

84、85 Lindesay Parrott, "Japan Notes Atom Anniversary; Hiroshima Holds Civic Festival," *New York Times*, August 7, 1946.

86〜88 "Japan: A Time to Dance," *Time*, August 19, 1946.

89 John Hersey, "Hiroshima," *New Yorker*, August 31, 1946.

90 ハロルド・ロスのジョン・ハーシーへの手紙、1946年９月11日(*New Yorker* records, New York Public Library)。

91 ハロルド・ロスのジョン・ハーシーへの手紙、1946年９月25日(*New Yorker* records, New York Public Library)。

92 ニューヨーク市立図書館の*New Yorker* recordsには、〈ニューヨーカー〉の編集者と陸軍省広報官のあいだで交わされた、記事の検閲や認可に関するたくさんの書類がある。

93 1945年９月28日に署名された大統領令9631(『検閲局の終了(１)』)は、〝1941年12月19日に大統領令8985によって設置された検閲局は、職務終了まで整理目的のために機能し続け、1945年11月15日の時点でこの局は(検閲長官のオフィスも含めて)終了する〟と命じた。

94 1945年９月14日、政府から編集者への手紙(Monica Braw, *The Atomic Bomb Suppressed: American Censorship in Japan*, Armonk, NY: M. E. Sharpe, Inc., 1991／モニカ・ブラウ『検閲：原爆報道はどう禁じられたのか』新版、繁沢敦子訳、時事通信出版局、2011年)。

95 Daniel Lang, "A Fine Moral Point," *New Yorker*, June 8, 1946.

96、97 サンダーソン・ヴァンダービルトのウォルター・キング少佐への手紙、1946年５月15日(*New Yorker* records, New York Public Library)。サンダーソンは戦争前に〈ニューヨーカー〉の従業員だったが、戦争中は合衆国陸軍で働き、その刊行物〈ヤンク〉に記事を書いた。1945年に〈ニューヨーカー〉に復帰し、この雑誌にとって戦後の陸軍省の広報活動の仲介者であったと思われる("Sanderson Vanderbilt, 57, Dies; *New Yorker* Editor Since 1938," *New York Times*, January 24, 1967)。

98〜102 Atomic Energy Act of 1946, Public Law 585, 79th Congress, Chapter 724, 2D Session, S. 1717.

103〜107 ハロルド・ロスのミルトン・グリーンスタインへの手紙、1946年８月１日(*New Yorker* records, New York Public Library)。

108〜111 ミルトン・グリーンスタインのハロルド・ロスへの手紙、1946年８月12日(*New Yorker* records, New York Public Library)。

112 マイケル・スウィーニーのレスリー・ブルームへの電子メール、2019年３月24日。

集めた〞(James Thurber, *The Years with Ross*, Boston: Little, Brown and Company, 1959)。

44 ハロルド・ロスのジャネット・フラナーへの手紙、1946年6月25日(Ben Yagoda, *About Town*, New York: Scribner, 2000)。

45、46 ハロルド・ロスのE・B・ホワイトへの手紙、1946年8月7日(Ben Yagoda, *About Town*)。

47〜50 "Of All Things," *New Yorker*, February 21, 1925.

51 Harold Ross, "The New Yorker Prospectus," Fall 1924(Thomas Kunkel, *Genius in Disguise: Harold Ross of The New Yorker*, New York: Carroll & Graf Publishers, Inc., 1995).

52 "The Press: Six Who Survived," *Newsweek*, September 9, 1946.

53 Thomas Kunkel, *Genius in Disguise* および "John Hersey, The Art of Fiction No. 92"。

54 ハロルド・ロスのレベッカ・ウエストへの手紙、1946年8月27日(Thomas Vinciguerra, *Cast of Characters: Wolcott Gibbs, E. B. White, James Thurber, and the Golden Age of The New Yorker*, New York: W. W. Norton & Company, 2016)。

55 Brendan Gill, *Here at* The New Yorker, New York: Random House, Inc., 1975(ブレンダン・ギル『「ニューヨーカー」物語:ロスとショーンと愉快な仲間たち』常盤新平訳、新潮社、1985年).

56 "The Press: Six Who Survived," *Newsweek*, September 9, 1946.

57 トマス・クンケルへのレスリー・ブルームによるインタビュー、2018年11月14日。

58 〝ダミー〞の号――あるいは1946年8月31日号の別版――はニューヨーク市立図書館の〈ニューヨーカー〉記録の中には存在しないようだが、引退した〈ニューヨーカー〉従業員の何人かは、その号が作られているのを聞いており、ロスとショーンとハーシー、そしてロスの秘書以外には、組版(あるいはレイアウト)担当者のカーメン・ペップだけが、ロスのオフィスで編集されている『ヒロシマ』の号のことを知っていたと話した。ある元〈ニューヨーカー〉組版担当者は、その部署の前任者から、〝一握りの編集者しか[ハーシーの]記事について知らず、秘密にしつづけるために問題の号の別版が用意されていた〞と聞いたと回想した(パット・キーオーからのレスリー・ブルームへの電子メール、2018年2月9日)。また長く〈ニューヨーカー〉の編集者だった別の人物の回想では、〝1920年代から組版の部署にいた人間から聞いた……偽の号を、全員で作っていたそうだ。ショーンとロスと、組版の部署のリーダーだけが、それを知っていた。とんでもないことだと思ったが、事実だと言われた〞(ジョン・ベネットへのレスリー・ブルームによるインタビュー、2018年2月7日)。

59 トマス・クンケルへのレスリー・ブルームによるインタビュー、2018年11月14日。

60、61 "The Press: Six Who Survived," *Newsweek*, September 9, 1946.

62 *New Yorker*, August 31, 1946 を参照。

63 Brendan Gill, *Here at* The New Yorker.

64〜67 〝広島でのいくつかの出来事〞の第二部についてのハロルド・ロスのメモ、1946

Yale University)。
18 『ヒロシマ』の草稿、発表された記事、書籍版のいずれでも、ハーシーは谷本牧師の子ども、紘子を息子と誤認していた。
19 John Hersey, “Hiroshima,” *New Yorker*, August 31, 1946.
20 ハーシーはまた、参照用の資料として、日本人医師都築正男博士による1926年の報告書も持っていた。その報告書は“Experimental Studies on the Biological Action of Hard Roentgen Rays”というタイトルで、研究用の動物に対する放射線の影響を調べる実験結果を記載していた。ハーシーは、〈ニューヨーカー〉(1946年6月8日)に“A Fine Moral Point”というタイトルで都築博士について書いたばかりだった作家ダニエル・ラングによる報告書についても耳にしていたか、実際にそれを手に入れていたかもしれない。この記事でラングは、〝[アメリカ人は放射線の]人体実験をまだしていなかった〟という都築博士の発言を引用している。
21、22 ジョン・ハーシーの『ヒロシマ』第一稿による(John Hersey Papers, Beinecke Library, Yale University)。
23 John Hersey, “Hiroshima,” *New Yorker*, August 31, 1946.
24 広島市の死傷者数についての報告書は、ハーシーの『ヒロシマ』執筆のための資料の中にあった。この報告書には、1945年11月30日の時点で、市民78,150人が死亡し、13,983人が行方不明だと述べられている。さらに9,428人が重傷、27,997人が〝軽傷を負った〟(“Statistics of Damages Caused by Atomic Bombardment, August 6, 1945,” Foreign Affairs Section, Hiroshima City, undated. John Hersey Papers, Beinecke Library, Yale University)。
25、26 “A Preliminary Report on the Disaster in Hiroshima City Caused by the Atomic Bomb,” Research Commission of the Imperial University of Kyoto. John Hersey Papers, Beinecke Library, Yale University.
27 “U.S. Strategic Bombing Survey: The Effects of the Atomic Bombings of Hiroshima and Nagasaki,” June 19, 1946: https://www.trumanlibrary.org/whistlestop/study_collections/bomb/large/documents/pdfs/65.pdf および John Hersey Papers, Beinecke Library, Yale University。
28〜37 “U.S. Strategic Bombing Survey.”
38 John Hersey, “Hiroshima,” *New Yorker*, August 31, 1946.
39 ウィリアム・ショーンの言葉(“John Hersey, The Art of Fiction No. 92”)。
40 “The Press: Six Who Survived,” *Newsweek*, September 9, 1946.
41 ジョン・マクフィーのレスリー・ブルームへの電子メール、2018年1月26日。
42 ハロルド・ロスの伝記作家トマス・クンケルのレスリー・ブルームへの電子メール、2018年11月15日および“The Press: Six Who Survived,” *Newsweek*, September 9, 1946。
43 真珠湾攻撃のあった日曜日、ロスとショーンは〈ニューヨーカー〉のオフィスに急行し、すぐに〝雑誌を、ロスのいう戦時体制にした〟と、〈ニューヨーカー〉の寄稿者ジェイムズ・サーバーは回想した。〝『トーク・オブ・ザ・タウン』を作り替え、一般的な話題を大砲や旗の配置の情報にして、記者をあちこちに派遣して戦争の話題や人物紹介などを

Library)。

127 Kiyoshi Tanimoto, "My Diary Since the Atomic Catastrophe up to This Day."

128 John Hersey, "Hiroshima," *New Yorker*, August 31, 1946.

129 同前。およびペイター・フランツ＝アントン・ネイヤーへの、レスリー・ブルームの代理ドクター・シギ・レオナードによるインタビュー、2018年1月19日。

130、131 John Hersey, "Hiroshima," *New Yorker*, August 31, 1946およびNorman Cousins, "John Hersey," *Book-of-the-Month Club News*, March 1950。

第五章　広島でのいくつかの出来事

1 *New Yorker*, June 15, 1946.

2 ジョン・ハーシーからウィリアム・ショーンへの電報、1946年6月12日午後3時30分着(*New Yorker* records, New York Public Library)。

3 エリザベス・ギルモアのジョン・ハーシーへの手紙、1946年9月7日(John Hersey Papers, Beinecke Library, Yale University)。およびハーシーの覚書(John Hersey Papers, Beinecke Library, Yale University)。

4 "Hickam Field," *Aviation: From Sand Dunes to Sonic Booms*, U.S. Department of the interior, National Park Service website: https://www.nps.gov/articles/hickam-field.htm

5 ジョナサン・ディによるインタビュー。"John Hersey, The Art of Fiction No. 92," *Paris Review*, issue 100 (Summer–Fall 1986).

6 ジョン・ハーシーの『ヒロシマ』第一稿による(John Hersey Papers, Beinecke Library, Yale University)。

7 John Hersey, "Hiroshima," *New Yorker*, August 31, 1946.

8 John Hersey, "The Novel of Contemporary History," *Atlantic Monthly*, 1949.

9 ケイ・ボネッティとの会談、1988年(American Audio Prose Library)。

10 "John Hersey, The Art of Fiction No. 92."

11、12 ジョン・ハーシーからマイケル・J・ヤヴェンディティへ、1971年7月30日(Michael J. Yavenditti, "John Hersey and the American Conscience," *Pacific Historical Review* 43, no. 1, February 1974)。

13 1946年6月、ウィリアム・ローレンスは*Dawn Over Zero*発表の準備をしていた。この本はその年の8月22日に刊行された("Book Notes," *New York Herald Tribune*, July 23, 1946)。

14 William L. Laurence, *Dawn Over Zero: The Story of the Atomic Bomb*, New York: Alfred A. Knopf, Inc., 1946 (W・L・ローレンス『0の暁：原子爆弾の発明・製造・決戦の記録』崎川範行訳、角川書店、1955年).

15、16 John Hersey, "Hiroshima," *New Yorker*, August 31, 1946.

17 ジョン・ハーシーの『ヒロシマ』第一稿による(John Hersey Papers, Beinecke Library,

102 ハーシーはのちに、〝ルイスは速記法を習うのに一ヵ月くれて――グレッグ・システムでもスピードハンドでもいいといった――我流のやり方をやめて、タッチ・タイプをしろと言った〟(John Hersey, "First Job," *Yale Review*, Spring 1987. John Hersey, *Life Sketches*, New York: Alfred A. Knopf, Inc., 1989 に収録)。グレッグ・システムを用いれば、1分間に225語を記録できると言われた。詳細は以下参照。Dennis Hollier, "How to Write 225 Words per Minute with a Pen," *Atlantic*, June 24, 2014: https://www.theatlantic.com/technology/archive/2014/06/yeah-i-still-use-shorthand-and-a-smartpen/373281/

103〜105 Norman Cousins, "John Hersey," *Book-of-the-Month Club News*, March 1950.

106 John Hersey, "Hiroshima," *New Yorker*, August 31, 1946.

107 Kiyoshi Tanimoto, "My Diary Since the Atomic Catastrophe up to This Day."

108 広島の医師と看護師の死傷者数は、1945年9月に広島を調査し、日記に死傷者の統計を記録した、赤十字国際委員会のドクター・マルセル・ジュノドによる。日記の内容はICRCウェブサイトに要約されて引用されている("The Hiroshima Disaster—a Doctor's Account," December 9, 2005: https://www.icrc.org/en/doc/resources/documents/misc/hiroshima-junod-120905.htm)。『ヒロシマ』でハーシーは、広島の医師150人のうち65人が死に、残りの大半が負傷したと書いた。看護師の死傷者についての統計も同じだ(John Hersey, "Hiroshima," *New Yorker*, August 31, 1946)。

109、110 Michihiko Hachiya, M.D., *Hiroshima Diary*.

111 追加された三人の日本人通訳者が誰なのかは不明だが、他の情報源から、当時広島には英語を話せる者がかなりいたとわかる。「広島にはたくさんの、合衆国に行ったことのある日本人がいた」と、あるアメリカ人医師は言った。この医師はハーシーの滞在後まもなく広島に拠点をおき、滞在中にアメリカで学んだ者、アメリカ生まれあるいは日本生まれの両親のもとアメリカで生まれた多くの二世と会った(Ray C. Anderson, Ph.D, M.D., *A Sojourn in the Land of the Rising Sun*)。

112、113 Michihiko Hachiya, M.D., *Hiroshima Diary*.

114 John Hersey, "Hiroshima," *New Yorker*, August 31, 1946.

115、116 Norman Cousins, "John Hersey," *Book-of-the-Month Club News*, March 1950.

117 John Hersey, "Hiroshima," *New Yorker*, August 31, 1946.

118、119 Kiyoshi Tanimoto, "My Diary Since the Atomic Catastrophe up to This Day."

120 John Hersey, "Hiroshima," *New Yorker*, August 31, 1946 および『"ヒロシマ"のモデル告知板』〈アサヒグラフ〉1952年8月6日。アリエル・アコスタによる日本語からの翻訳。

121 John Hersey, "Hiroshima," *New Yorker*, August 31, 1946.

122 ジョナサン・ディによるインタビュー。"John Hersey, The Art of Fiction No. 92," *Paris Review*, issue 100 (Summer–Fall 1986).

123 Kiyoshi Tanimoto, "My Diary Since the Atomic Catastrophe up to This Day."

124 Mark Gayn, *Japan Diary*.

125、126 ケイ・ボネッティによるインタビュー、1988年(American Audio Prose

44、フランツ＝アントン・ネイヤーへのインタビュー)。

63　ちなみにクラインゾルゲ神父は、1952年8月6日の〈アサヒグラフ〉の紹介記事などのインタビューで、そのようにしたと述べた。

64　谷本清からジョン・ハーシーへの手紙、1946年5月29日(John Hersey Papers, Beinecke Library, Yale University)。

65　Kiyoshi Tanimoto, "My Diary Since the Atomic Catastrophe up to This Day." 1945年9月18日記入。

66　谷本牧師の日記によると、ハーシーとクラインゾルゲ神父は彼の家に1946年5月29日水曜日に来た(同前)。

67　Kiyoshi Tanimoto, "My Diary Since the Atomic Catastrophe up to This Day." 1945年9月21日–1945年10月29日記入。

68　Kiyoshi Tanimoto, "My Diary Since the Atomic Catastrophe up to This Day." 1946年5月29日記入。

69、70　Kiyoshi Tanimoto, "Postscript: My Diary Since the Atomic Catastrophe up to This Day." John Hersey Papers, Beinecke Library, Yale University.

71　Kiyoshi Tanimoto, "My Diary Since the Atomic Catastrophe up to This Day." 1946年5月29日記入。

72　1946年5月29日付の谷本のハーシーへの手紙は手書きの地図とともに残っている(John Hersey Papers, Beinecke Library, Yale University)。

73　Kiyoshi Tanimoto, "Postscript: My Diary Since the Atomic Catastrophe up to This Day."

74〜77　Kiyoshi Tanimoto, "My Diary Since the Atomic Catastrophe up to This Day." 1946年5月29日記入。

78　Father Johannes Siemes, "Atomic Bomb on Hiroshima."

79〜89　Kiyoshi Tanimoto, "My Diary Since the Atomic Catastrophe up to This Day." 1946年5月29日記入。

90、91　近藤(谷本)紘子へのレスリー・ブルームによるインタビュー、2018年11月29日。

92〜100　Kiyoshi Tanimoto, "My Diary Since the Atomic Catastrophe up to This Day."

101　ハーシーはのちにデイヴィッド・サンダースに、これらのインタビューは録音されず、その間メモを取ったと語った("彼はテープレコーダーのない時代、どんな種類の記録装置も標準的な装備ではなかった時代に、対象者をインタビューした。そのため手書きの覚書は増補され整理されて……":1987年8月13日のサンダースによるハーシーへのインタビュー(David Sanders, *John Hersey Revisited*, Boston: Twayne Publishers, 1991)。ハーシーは以前は取材中に小さなノートを使っていた。ガダルカナルでは、ノートが濡れるのを防ぐためにコンドームで覆った(John Hersey, *Into the Valley*, New York: Schocken Books, 1989)。しかしながら、1946年5月と6月の広島でのインタビューのさいの覚書は、この記事を書くときに使った他の資料はあるのに、イエール大学のバイネッケ図書館の彼の文書の中にない。

31 Kiyoshi Tanimoto, "Postscript: My Diary Since the Atomic Catastrophe up to This Day," and Kiyoshi Tanimoto, "My Diary Since the Atomic Catastrophe up to This Day."

32、33 水本和実教授からレスリー・ブルームへ、2018年12月8日。

34 "Invitation Travel Order AGPO 144-21," General Headquarters, United States Army Forces, Pacific, May 24, 1946. John Hersey Papers, Beinecke Library, Yale University.

35 Kiyoshi Tanimoto, "My Diary Since the Atomic Catastrophe up to This Day."

36 『ヒロシマ』で、ハーシーはラッサールという名字を"LaSalle"と書いている。だがラッサールの伝記作家、ドクター・ウルスラ・バーツは、正しいスペルはLassalleだとしている。

37、38 西本雅実"History of Hiroshima: 1945–1995; Hugo Lassalle, Forgotten 'Father' of Hiroshima Cathedral"、中国新聞、1995年12月16日。

39 Father Johannes Siemes, "Atomic Bomb on Hiroshima: Eyewitness Account of F. Siemes." 西本雅実"History of Hiroshima: 1945-1995; Hugo Lassalle, Forgotten 'Father' of Hiroshima Cathedral"、中国新聞、1995年12月16日。

40、41 Ursula Baatz, *Hugo Makibi Enomiya-Lasalle.*

42、43 Father Johannes Siemes, "Atomic Bomb on Hiroshima"証言の長いバージョンのもの。このシーメス神父の証言は、編集されたうえで〈タイム〉のポニー版に掲載されたが、原子爆弾投下の余波の調査中、1945年12月6日に合衆国戦略爆撃調査団(太平洋)の司令部によって配布された。調査団の全部門に送られた証言には、〝この記録は合衆国陸軍と海軍の日本技術派遣団の合同で得られたものだ〟という添え状がつけられていた。添え状と証言の長いバージョンは、両方ともジョン・ハーシーの『ヒロシマ』の資料の中にある(John Hersey Papers, Beinecke Library, Yale University)。

44 ペイター・フランツ=アントン・ネイヤーへの、レスリー・ブルームの代理ドクター・シギ・レオナードによるインタビュー、2018年1月19日。

45〜47 ペイター・ウィルヘルム・クラインゾルゲのインタビュー、1960年(*Bayersicher Rundfunk*, "Strahlen aus der Asche")、ナジャ・レオナード=フーパーによるドイツ語からの翻訳。

48、49 John Hersey, "Hiroshima," *New Yorker*, August 31, 1946.

50、51 Father Johannes Siemes, "Atomic Bomb on Hiroshima."

52 深井の言葉はヨハネス・シーメス神父による言い換え(同前)。

53〜58 ヨハネス・シーメス神父の証言(同前)。

59、60 John Hersey, "Hiroshima," *New Yorker*, August 31, 1946.

61 アトミック・ヘリテージ財団ウェブサイトより。"Survivors of Hiroshima and Nagasaki," Atomic Heritage Foundation, Thursday, July 27, 2017: https://www.atomicheritage.org/history/survivors-hiroshima-and-nagasaki

62 クラインゾルゲ神父の手紙に、〝わたしはあの本に登場するほかのインタビュー相手を、彼に見つけてあげた。みんな、わたしの知人だった者だ〟と述べられている(前掲谷川幸雄訳、朝日ソノラマ、1977年).

14 Mark Gayn, *Japan Diary*.

15 Ursula Baatz, *Hugo Makibi Enomiya-Lasalle: Mittler zwischen Buddhismus und Christentum*, Kevelaer, Germany: Topos Taschenbücher, 2017. ナジャ・レオナード＝フーパーによるドイツ語からの翻訳。

16、17 Mark Gayn, *Japan Diary*.

18 ジョン・ハーシー『ヒロシマ』(〈ニューヨーカー〉1946年８月31日)による。ハーシーの覚書の中には、４人の京都大学の植物学者によっておこなわれた、原子爆弾投下後の広島に残存した植物についての調査結果があり、その中にフィーヴァーフュー（夏白菊)とパニックグラス(黍)も言及されていた。その調査では、ある植物の再び生える様子には〝明らかに放射線が生育を促進する〟ことが見てとれ、ある種類に対しては原子爆弾が〝発芽を刺激する効果〟があったとされている。ハーシーはこの言葉を『ヒロシマ』に取り入れることになる(“On the Influence upon Plants of the Atomic Bomb in Hiroshima on August 6, 1945, Preliminary Report,” undated, Kyoto University, John Hersey Papers, Beinecke Library, Yale University)。

19 Michihiko Hachiya, M.D., *Hiroshima Diary: The Journal of a Japanese Physician, August 6–September 30, 1945, Fifty Years Later*, Chapel Hill: The University of North Carolina Press, 1995(蜂谷道彦『ヒロシマ日記 改装版』法政大学出版局、2015年).

20、21 Ray C. Anderson, Ph.D, M.D., *A Sojourn in the Land of the Rising Sun*.

22 1946年10月、ドクター・レイ・アンダーソンは同僚の一人が広島にいて、隔離された地区のことを伝えたと報告した(Ray C. Anderson, Ph.D, M.D., *A Sojourn in the Land of the Rising Sun* Elan Press, 2005)。

23 検討会が国際的親善会の創設を考えたのは、ジョン・Ｄ・モンゴメリーという名のアメリカ陸軍中尉のアドバイスによるものだった。この中尉には、ハーシーも広島にいるあいだにインタビューをした。モンゴメリー中尉はこの仕事の関係で『ヒロシマ』にも登場する。彼の名前はハーシーの手書きの日本の連絡先リストにも見られる。『ヒロシマ』が発表されたあと、モンゴメリー中尉はハーシーにこの〈ニューヨーカー〉の記事について手紙を書き、広島で話をした〝じめじめした〟夜を思い出し、『ヒロシマ』は戦争から生まれた最も重要な記事になるかもしれないと述べた。ジョン・Ｄ・モンゴメリー中尉からジョン・ハーシーへの手紙、1946年９月６日(John Hersey Papers, Beinecke Library, Yale University)。

24〜27 Ray C. Anderson, Ph.D, M.D., *A Sojourn in the Land of the Rising Sun*.

28 1945年12月29日に発表された〈ニューヨーク・タイムズ〉ＡＰレポート “Atom Bowl Game Listed; Nagasaki Gridiron Will Be Site of Marines' Contest Tuesday”(12月28日付)および1946年１月３日に発表された〈ニューヨーク・タイムズ〉ＵＰレポート “Osmanski's Team Wins: Sets Back Bertelli's Eleven by 14–13 in Atom Bowl Game”(1946年１月２日付)。

29、30 ジェラルド・サンダース大佐による言及(John D. Lukacs, “Nagasaki, 1946: Football Amid the Ruins,” *New York Times*, December 25, 2005)。

69 ウィリアム・ショーンからジョン・ハーシーへの電報、1946年3月22日(*New Yorker* records, New York Public Library)。
70、71 Russell Brines, *MacArthur's Japan.*
72〜77 William J. Coughlin, *Conquered Press: The MacArthur Era in Japanese Journalism*, Palo Alto, CA: Pacific Books, 1952.
78 "Correspondents in the Far East"担当連絡将校のF・G・ティルマンからFBI長官への手紙(United States Department of Justice, Doc. 6275, Tokyo, Japan, June 10, 1946, the Records of the Federal Bureau of Investigation)。
79 ロバート・ジェイ・リフトンとグレッグ・ミッチェル *Hiroshima in America* によると、〝原子爆弾は、事実上日本では禁じられた話題だった。1945年から1948年のあいだ、日本で発表された原子爆弾についての本は4冊だけ、詩集は1冊だけだった〟。モニカ・ブラウ *The Atomic Bomb Suppressed* によると、〝日本のジャーナリストにとって、原子爆弾を投下された街の情報や、その影響についての話し合いは、4年間、調べられ、保留され、停止され消去された〟。
80 Robert Jay Lifton and Greg Mitchell, *Hiroshima in America.*
81、82 Lindesay Parrott, "Hiroshima Builds Upon Atomic Ruins," *New York Times*, February 26, 1946.
83 Joseph Julian, *This Was Radio: A Personal Memoir.*
84、85 ウィンストン・チャーチル〝鉄のカーテン〟の演説、1946年3月5日。
86 John Hersey, "Letter from Peiping," *New Yorker*, May 4, 1946.
87、88 "Invitation Travel Order AGPO 144-21," General Headquarters, United States Army Forces, Pacific, May 24, 1946. John Hersey Papers, Beinecke Library, Yale University.

第四章　六人の生存者

1 "The Tokyo Express: A Life Photographer Takes a Ride to Hiroshima on Japan's Best Train," *Life*, October 8, 1945.
2〜5 Ray C. Anderson, Ph.D, M.D., *A Sojourn in the Land of the Rising Sun: Japan, the Japanese, and the Atomic Bomb Casualty Commission: My Diary, 1947–1949*, Sun City, AZ: Elan Press, 2005.
6 Kiyoshi Tanimoto, "My Diary Since the Atomic Catastrophe up to This Day."
7 Mark Gayn, *Japan Diary*, Rutland, VT: Charles E. Tuttle Company, 1981(マーク・ゲイン『ニッポン日記』井本威夫訳、ちくま学芸文庫、1998年).
8 "After Hiroshima: An Interview with John Hersey," *Antaeus Report*, Fall 1984.
9〜12 ケイ・ボネッティによるインタビュー、1988年(American Audio Prose Library)。
13 Russell Brines, *MacArthur's Japan*, Philadelphia: J. B. Lippincott Company, 1948(R・ブラインズ『マッカーサーズ・ジャパン：米人記者が見た日本戦後史のあけぼの』長

のFCCJ[つまり、今は日本外国特派員協会と呼ばれているもの]の文書にジョン・ハーシーの名前の記録は見つからない〟が、〝当時の重要な記録はわずかしか残っていない〟とつけたした(チャールズ・ポメロイのレスリー・ブルームへの電子メール、2018年5月28日)。

56 リチャード・ヒューズによる。Charles Pomeroy, ed., *Foreign Correspondents in Japan.*

57 レスリー・スサン、無題、父親ハーバート・スサンの未発表の伝記。ハーシーをダニエル・マクガヴァン中佐に紹介したのは、別の占領者ジャーナリストか、あるいはハーシーがウィリアム・ショーンからの通信の送り先に指名した、東京を拠点とする〈タイム〉と〈ライフ〉のレポーター、ジョン・ルテンだったかもしれない。いずれにしても、マクガヴァン中佐とそのオフィスの場所、そして彼が広島についての映画を作ったという事実については、イエール大学バイネッケ図書館に残されたハーシーの日本での覚書に記されている。

58 オーヴィル・アンダーソン将官からハーバート・スサンに(Greg Mitchell, *Atomic Cover-up*)。

59 Robert Jay Lifton and Greg Mitchell, *Hiroshima in America.*

60、61 Greg Mitchell, *Atomic Cover-up.*

62 広島での連絡先および会合の詳細については、レスリー・スサン、無題、未刊の父親ハーバート・スサンの伝記およびGreg Mitchell, *Atomic Cover-up*、Robert Jay Lifton and Greg Mitchell, *Hiroshima in America*より。マクガヴァンの映画ユニットが撮影した1946年の広島の司祭たちの映像は、今は機密扱いを解かれ、オンラインで見ることができる。

63 シーメスの証言を掲載している〈タイム〉の太平洋戦域に向けたポニー版1946年2月11日号は、イエール大学のバイネッケ図書館のハーシーの個人的な文書の中にある。USSBSの部外秘のファイルにあったシーメスの報告書の長いバージョン("Eyewitness Account of the Bombing of Hiroshima," Headquarters, U.S. Strategic Bombing Survey [Pacific], December 6, 1945)もまたハーシーの文書の、『ヒロシマ』のための最初期の調査資料の中にある。彼はのちに〈ライブラリー・ジャーナル〉に、広島に行く前にシーメスの報告書を読み、それがあの街でのイエズス会司祭たちにつながったと述べた。ジョン・ハーシーからロバート・H・ドナヒューへの手紙、1985年7月21日(John Hersey Papers, Beinecke Library, Yale University)。

64、65 "Rev. John A. Siemes, S.J., professor of modern philosophy at Tokyo's Catholic University," *Time* Pacific pony edition, February 11, 1946.

66 Mark Gayn, *Japan Diary*, Rutland, VT: Charles E. Tuttle Company, 1981(マーク・ゲイン『ニッポン日記』井本威夫訳、ちくま学芸文庫、1998年).

67 Joseph Julian, *This Was Radio: A Personal Memoir*, New York: The Viking Press, 1975.

68 Charles Pomeroy, ed., *Foreign Correspondents in Japan.* ラジオ・トーキョーについての覚書と、電報を送る場所であった二階のことは、現存するハーシーの日本での覚書の中にある(John Hersey Papers, Beinecke Library, Yale University)。

28 John Hersey, "A Reporter in China: Two Weeks' Water Away—II," *New Yorker*, May 25, 1946.
29 ジョナサン・ディによるインタビュー。"John Hersey, The Art of Fiction No. 92," *Paris Review*, issue 100 (Summer–Fall 1986).
30 "After Hiroshima: An Interview with John Hersey," *Antaeus Report*, Fall 1984.
31 "John Hersey, The Art of Fiction No. 92."
32、33 William L. Laurence, "Blast Biggest Yet," *New York Times*, July 25, 1946.
34 William L. Laurence, *Dawn Over Zero: The Story of the Atomic Bomb*, New York: Alfred A. Knopf, Inc., 1946 (W・L・ローレンス『0の暁：原子爆弾の発明・製造・決戦の記録』崎川範行訳、角川書店、1955年).
35 ケイ・ボネッティによるインタビュー、1988年(American Audio Prose Library)。
36 ロバート・F・ジョブソン師団中尉からジョン・ハーシーへの電報、1946年5月13日(John Hersey Papers, Beinecke Library, Yale University)。
37 ギレム中将からジョン・ハーシーへの電報、1946年5月21日(John Hersey Papers, Beinecke Library, Yale University)。
38 Bill Lawrence, *Six Presidents, Too Many Wars*, New York: Saturday Review Press, 1972.
39 John Hersey, "Joe Grew, Ambassador to Japan: America's Top Career Diplomat Knows How to Appease the Japanese or Be Stern with Them," *Life*, July 15, 1940.
40 Anthony Weller, ed., *Weller's War* (New York: Three Rivers Press, 2009).
41〜43 Russell Brines, *MacArthur's Japan*.
44〜46 Ray C. Anderson, Ph.D, M.D., *A Sojourn in the Land of the Rising Sun: Japan, the Japanese, and the Atomic Bomb Casualty Commission: My Diary, 1947–1949*, Sun City, AZ: Elan Press, 2005.
47 藤井正和医師による(Norman Cousins, "John Hersey," *Book-of-the-Month Club News*, March 1950)。
48〜50 *Nippon Times*, "Over Here," September 22, 1946.
51〜53 Greg Mitchell, *Atomic Cover-up*.
54 Greg Mitchell, "The Great Hiroshima Cover-Up—And the Greatest Movie Never Made," *Asia-Pacific Journal* 9, issue 31, no. 4 (August 8, 2011).
55 Charles Pomeroy, ed., *Foreign Correspondents in Japan: Reporting a Half Century of Upheavals; From 1945 to the Present*, Rutland, VT: Charles E. Tuttle Company, 1998 (チャールズ・ポメロイ編『在日外国特派員：激動の半世紀を報道して：1945年から1995年まで』江口浩、佐藤睦共訳、新聞通信調査会、2007年). 広島に行く前、ハーシーが東京での短い滞在期間にクラブに滞在したかどうかは不明。クラブの歴史家チャールズ・ポメロイは、クラブ——場所は変わったが、今でも存在する——の文書係によるとハーシーがそこに滞在したという記録は見つかっていないが、〝疑いなくそこを訪れ、滞在したと思われる〟と述べている(チャールズ・ポメロイのレスリー・ブルームへの電子メール、2018年5月26日)。現在のクラブの調査員は現存するクラブの記録を調べ、〝1946年

第三章　マッカーサーの閉鎖的な王国

1　John Hersey, "The Marines on Guadalcanal," *Life*, November 9, 1942.

2　John Hersey, "Joe Grew, Ambassador to Japan: America's Top Career Diplomat Knows How to Appease the Japanese or Be Stern with Them," *Life*, July 15, 1940.

3　"The Battle of the River," *Life*, November 23, 1942.

4　John Hersey, *Into the Valley*, New York: Schocken Books, 1989.

5　Russell Brines, *MacArthur's Japan*, Philadelphia: J. B. Lippincott Company, 1948（R・ブラインズ『マッカーサーズ・ジャパン：米人記者が見た日本戦後史のあけぼの』長谷川幸雄訳、朝日ソノラマ、1977年）.

6　レズリー・グローヴス中将とオークリッジ病院の医師チャールズ・リー中尉との会話（Robert Jay Lifton and Greg Mitchell, *Hiroshima in America*, New York: G. P. Putnam's Sons, 1995／R・J・リフトン、G・ミッチェル『アメリカの中のヒロシマ』上下、大塚隆訳、徳間書店、1995年）。

7〜9　John Hersey, *Into the Valley*.

10　ケイ・ボネッティによるインタビュー、1988年（American Audio Prose Library）。

11　John Hersey, "Letter from Chungking," *New Yorker*, March 7, 1946.

12　ウィリアム・ショーンのジョン・ハーシーへの電報、1946年３月１日（*New Yorker* records, New York Public Library）。

13、14　Bob Considine, *It's All News to Me: A Reporter's Disposition*（New York: Meredith Press, 1967）.

15　ウィリアム・ショーンのジョン・ハーシーへの電報、1946年３月22日（*New Yorker* records, New York Public Library）。

16　米海軍歴史・遺産コマンド、合衆国海軍公式ウェブサイト。"Operation Crossroads: Fact Sheet": https://www.history.navy.mil/about-us.html

17　Bob Considine, *It's All News to Me*.

18　ノーマン・カズンズの回想（Robert Jay Lifton and Greg Mitchell, *Hiroshima in America*）。

19　Bob Considine, *It's All News to Me*.

20、21　Clark Lee, *One Last Look Around*, New York: Duell, Sloan, and Pearce, 1947.

22　Robert Simpson, "The Infinitesimal and the Infinite," *New Yorker*, August 18, 1945.

23　William L. Laurence, "U.S. Atom Bomb Site Belies Tokyo Tales," *New York Times*, September 12, 1945.

24、25　William L. Laurence, "Blast Biggest Yet," *New York Times*, July 25, 1946.

26　1946年８月30日のギャラップ世論調査による（Michael Yavenditti, "American Reactions to the Use of Atomic Bombs on Japan, 1945–1947," dissertation for doctorate of philosophy, University of California, Berkeley, 1970）。

27　Greg Mitchell, *Atomic Cover-up: Two U.S. Soldiers, Hiroshima & Nagasaki, and the Greatest Movie Never Made*, New York: Sinclair Books, 2012.

74 ジョン・ハーシーの言葉("After Hiroshima: An Interview with John Hersey," *Antaeus Report*, Fall 1984)。

75 Ben Yagoda, *About Town*.

76 John Hersey, *Into the Valley* (New York: Schocken Books, 1989).

77 1942年時点の記事で、彼は日本人を〝動物のような敵〟と述べた(John Hersey, "The Marines on Guadalcanal," *Life*, November 9, 1942)。

78、79 John Hersey, *Into the Valley*.

80 John Hersey, "The Mechanics of a Novel," *Yale University Library Gazette* 27, no. 1 (July 1952).

81 John Hersey, *Into the Valley*.

82 Wilfred Burchett, *Shadows of Hiroshima*.

83、84 George Weller, *First into Nagasaki: The Censored Eyewitness Dispatches on Post-Atomic Japan and Its Prisoners of War*.

85 アメリカ国立公文書記録管理局(NARA)に残っているSCAP広報官の東京ファイルには、記者たちやその活動についての詳細な記録がたくさんある。1946年の4月から6月だけでも、残っているSCAPの書類には、"Report on Press, Speeches, Publications, and Motion Pictures (May 1, 1946)"、"Report on Speech, Press, and Motion Pictures (May 15, 1946)"、"Report on Speech, Publications, and Motion Pictures (May 30, 1946)"などがある。1946年5月の"Activities of Time-Life International in Japan"は、特に注目するべきだ。広島に関する報告書は、どれも〝発表する許可〟を求めて提出しなければならなかった(NARA, SCAP, "List of Papers, No. 000.76, File #3, Sheet #1, April 23–June 24, 1946)。ある時点では、もっとあったのかもしれない。NARAのあるベテラン文書係は、SCAPの記録の1～3パーセントしか残っていないと見積もっている。

86、87 Greg Mitchell, *Atomic Cover-up: Two U.S. Soldiers, Hiroshima & Nagasaki, and the Greatest Movie Never Made* (New York: Sinclair Books, 2012). 同書によれば、〝第二師団の海兵隊が、三つの連隊戦闘団とともに長崎に入り、合衆国陸軍の第二十四と第四十一の師団が広島を押さえた〟。

88 マッカーサー元帥のワーコス(広報官)への電報、1946年11月2日、SCAP文書、NARA。

89 〈シカゴ・デイリー・ニュース〉に送ろうとした速報、1945年8月22日(Anthony Weller, ed., *Weller's War*, New York: Three Rivers Press, 2009)。

90 ハーシーがクノップと *Men on Bataan* の契約を結んだとき、出版社は1942年3月12日の会報でそれを伝え、〝ミスター・ハーシーは陸軍省の協力と認可を得てそれを書いている〟と読者に発表した。

91 デイヴィッド・スコット・サンダースの未発表のメモ("John Hersey Interview, Expanded Notes")、1987年8月13日のジョン・ハーシーへのインタビューより。

92 ジョナサン・ディによるインタビュー。"John Hersey, The Art of Fiction No. 92," *Paris Review*, issue 100 (Summer–Fall 1986).

93 ケイ・ボネッティによるインタビュー、1988年(American Audio Prose Library)。

50 1945年９月14日、出版編集者に対する陸軍省のプレス・リリース。Monica Braw, *The Atomic Bomb Suppressed: American Censorship in Japan*, Armonk, NY: M. E. Sharpe, Inc., 1991（モニカ・ブラウ『検閲：原爆報道はどう禁じられたのか』新版、繁沢敦子訳、時事通信出版局、2011年）より。

51 1945年９月14日、出版編集者に対する陸軍省のプレス・リリース。George Weller, *First into Nagasaki: The Censored Eyewitness Dispatches on Post-Atomic Japan and Its Prisoners of War*, edited by Anthony Weller, New York: Three Rivers Press, 2006（ジョージ・ウェラー著、アンソニー・ウェラー編『ナガサキ昭和20年夏：GHQが封印した幻の潜入ルポ』小西紀嗣訳、毎日新聞社、2007年）より。

52 チャールズ・ロスからＢ・Ｗ・ダヴェンポート中佐に宛てたメモ、1945年８月27日。Robert Jay Lifton and Greg Mitchell, *Hiroshima in America*, New York: G. P. Putnam's Sons, 1995（Ｒ・Ｊ・リフトン、Ｇ・ミッチェル『アメリカの中のヒロシマ』上下、大塚隆訳、徳間書店、1995年）.

53、54 William L. Laurence, "U.S. Atom Bomb Site Belies Tokyo Tales," *New York Times*, September 12, 1945.

55 "William Laurence: Science Reporter,"〈ニューヨーク・タイムズ〉の従業員の描写、1952年６月20日（*New York Times* archives）。

56～59 William L. Laurence, "U.S. Atom Bomb Site Belies Tokyo Tales," *New York Times*, September 12, 1945.

60～64 フィリップ・モリソン博士による（Daniel Lang, "A Fine Moral Point," *New Yorker*, June 8, 1946）。

65 William L. Laurence, "U.S. Atom Bomb Site Belies Tokyo Tales," *New York Times*, September 12, 1945.

66 William H. Lawrence, "No Radioactivity in Hiroshima Ruin," *New York Times*, September 13, 1945 および Robert Jay Lifton and Greg Mitchell, *Hiroshima in America*。

67、68 Wilfred Burchett, *Shadows of Hiroshima*（London: Verso Editions, 1983）.

69、70 William H. Lawrence, "No Radioactivity in Hiroshima Ruin," *New York Times*, September 13, 1945.

71 Michael J. Yavenditti, "John Hersey and the American Conscience," *Pacific Historical Review* 43, no. 1（February 1974）および Sean Malloy, "'A Very Pleasant Way to Die': Radiation Effects and the Decision to Use the Atomic Bomb Against Japan," *Diplomatic History* 36（June 2012）。

72 1945年８月29日、オークリッジでの発言（Robert S. Norris, *Racing for the Bomb*, South Royalton, VT: Steerforth Press L.C., 2002）。

73 ハロルド・ロスとウィリアム・ショーンは、〈ニューヨーカー〉の1945年８月31日号のハーシーの『ヒロシマ』の最初のページに短い編集者のメモを添える。そこには、彼らがこの記事を発表するのは、一つには〝誰もこの武器のとてつもない破壊力をまったく理解しておらず、みんながその使用の恐ろしい意味を考える時間をもつべきだと確信〟しているからだと述べられている（"To Our Readers," *New Yorker*, August 31, 1945）。

Yagoda, *About Town*)。
25 ジョン・ベネットへのレスリー・ブルームによるインタビュー、2018年2月7日。
26、27 Lillian Ross, *Here but Not Here: A Love Story.*
28 ウィリアム・ショーンによる無題のエッセイ(Brendan Gill, *Here at* The New Yorker)。
29 Brendan Gill, *Here at* The New Yorker.
30 Jane Grant, *Ross,* The New Yorker*, and Me.*
31 ウィリアム・ショーンからジョン・ベネットへ。レスリー・ブルームによるベネットへのインタビューより。2018年2月7日。
32 ハロルド・ロスがショーンに〝猫背の男〟というあだ名をつけた(Thomas Kunkel, *Genius in Disguise: Harold Ross of The New Yorker*)。
33 Janet Flanner, "Letter from Cologne," *New Yorker,* March 31, 1945.
34〜36 ハロルド・ロスのジャネット・フラナーへの手紙、1945年3月27日(Ben Yagoda, *About Town*)。
37 ウィリアム・ショーンによる無題のエッセイ(Brendan Gill, *Here at* The New Yorker)。
38 〈ニューヨーカー〉に載ったハーシーのケネディについての紹介記事は海軍の広報オフィスに提出された。その代表者は記事を〝発表に異議なし〟として返した。合衆国海軍予備役、海軍広報オフィスのアラン・R・ジャクソン中尉からのウィリアム・ショーンへの手紙、1944年5月25日(*New Yorker* records, New York Public Library)。
39 "John Hersey, Interview with Herbert Farmet," Oral History Research Office, Columbia University, December 8, 1976.
40 デイヴィッド・スコット・サンダースの未発表のメモ("John Hersey Interview, Expanded Notes")、1987年8月13日のジョン・ハーシーへのインタビューより。
41、42 ハロルド・ロスからジョセフ・ケネディへ、1944年5月18日(*New Yorker* records, New York Public Library)。
43 Robert Dallek, *An Unfinished Life: John F. Kennedy, 1917–1963,* New York: Little, Brown, and Company, 2003(ロバート・ダレク『JFK 未完の人生:1917–1963』鈴木淑美訳、松柏社、2009年)および Michael O'Brien, *John F. Kennedy*。
44 Eric Pace, "William Shawn, 85, is Dead; New Yorker's Gentle Despot," *New York Times,* December 9, 1992.
45 1945年に〈ニューヨーカー〉に掲載されたハーシーの記事の中には、"The Brilliant Jughead" (July 20, 1945)と "Long Haul, with Variables" (August 31, 1945)がある。
46 〝史上最大のニュース記事……その場に居合わせた記者は彼一人だった!〟〈ニューヨーク・タイムズ〉の広告主に対する案内状、日付なし。*New York Times* archives.
47 Robert Simpson, "The Infinitesimal and the Infinite," *New Yorker,* August 18, 1945.
48 ジョン・ハーシーの言葉("After Hiroshima: An Interview with John Hersey," *Antaeus Report,* Fall 1984)。
49 "The Tokyo Express: A Life Photographer Takes a Ride to Hiroshima on Japan's Best Train," *Life,* October 8, 1945.

TIONS/PAPER_SPIRES/nw14_ta.php

4〜6 Brendan Gill, *Here at* The New Yorker, New York: Random House, Inc., 1975（ブレンダン・ギル『「ニューヨーカー」物語：ロスとショーンと愉快な仲間たち』常盤新平訳、新潮社、1985年）.

7 Harold Ross, "The New Yorker Prospectus," Fall 1924（Thomas Kunkel, *Genius in Disguise: Harold Ross of The New Yorker*, New York: Carroll & Graf Publishers, Inc., 1995）.

8 Wolcott Gibbs, "Time... Fortune... Life... Luce," *New Yorker*, November 28, 1936.

9 JFKとの打ち合わせに使われたナイトクラブについて、どのクラブだったかハーシーはのちに思い出せなかった（"John Hersey, Interview with Herbert Farmet," Oral History Research Office, Columbia University, December 8, 1976）。ケネディの伝記作家であるマイケル・オブライエンは、この打ち合わせは1944年２月９日にストーク・クラブでおこなわれたと述べている（Michael O'Brien, *John F. Kennedy: A Biography*, New York: St. Martin's Press, 2005）。ベン・ヤゴダによれば、そのナイトクラブはラ・マルティニークだったと書かれている（Ben Yagoda, *About Town*, New York: Scribner, 2000）。

10、11 "John Hersey, Interview with Herbert Farmet," Oral History Research Office, Columbia University, December 8, 1976.

12 ギルの息子、マイケル・ゲイツ・ギルによると、ハーシーが最初に〈ニューヨーカー〉のチームに紹介されたのは、イエール大学のクラスメイトだったブレンダン・ギル――〈ニューヨーカー〉の作家で、やがてこの雑誌の歴史について書く――によってだったようだ。ブレンダン・ギルはハーシーを、彼が出版界の〝最後の避難所〟と考えていた〈ニューヨーカー〉に誘い、〈タイム〉誌から引き離そうとしていた。マイケル・ゲイツ・ギルへのレスリー・ブルームによるインタビュー、2018年１月29日。

13、14 ハロルド・ロスからジョセフ・ケネディへ、1944年５月18日（*New Yorker* records, New York Public Library）。

15 ハロルド・ロスのアレクサンダー・ウールコットへの手紙、1942年５月19日（Thomas Kunkel, *Genius in Disguise: Harold Ross of The New Yorker*）。

16、17 John Hersey, "Note," *Life Sketches*（New York: Alfred A. Knopf, Inc., 1989）.

18 Janet Flanner, "Introduction: The Unique Ross," in Jane Grant, *Ross,* The New Yorker*, and Me*（New York: Reynal and Company, Inc., 1968）.

19 Ｅ・Ｂ・ホワイトによるハロルド・ロスの死亡記事（Brendan Gill, *Here at* The New Yorker）より。

20 Brendan Gill, *Here at* The New Yorker.

21 John Hersey, "Note," *Life Sketches.*

22 Lillian Ross, *Here but Not Here: A Love Story*, New York: Random House, Inc., 1998（リリアン・ロス『「ニューヨーカー」とわたし：編集長を愛した四十年』古屋美登里訳、新潮社、2010年）.

23 マイケル・ゲイツ・ギルのレスリー・ブルームへの電子メール、2018年１月31日。

24 ハロルド・ロスのスティーヴン・Ｔ・アーリーへの手紙、1944年３月14日（Ben

は、戦争の最高潮のイベントとして原子爆弾投下を報道するように選ばれたと最初に言われたことを、特別に覚えていた。
85 Charles J. Kelly, *Tex McCrary.*
86 ビル・ローレンスのジョン・ハーシーへの手紙、1945年9月10日(John Hersey Papers, Beinecke Library, Yale University)。および国際通信社のクラーク・リーによる(Dickson Hartwell and Andrew A. Rooney, *Off the Record*)。
87 国際通信社のクラーク・リーによるもの。同前。
88 クラーク・リーその他の視察旅行のメンバーは、のちに、彼らは実際の広島への原子爆弾投下を目撃する予定だったのに、マクラリーが飛行機の行先を妻のいるローマに変更させたために旅行が遅延したと述べた。マクラリーの妻は女優でありモデルでもあるジンクス・ファルケンバーグで、米国慰問協会の仕事でイタリアの街にいた。9ヵ月後にファルケンバーグが出産したとき、日数の計算からローマ滞在中に妊娠したらしいとわかった。ある者は皮肉っぽく、赤ん坊に〝ヒロ〟――広島を省略して――と愛称をつけたと記した。〝愛は原子爆弾よりも強いとわかった〟記念だ。クラーク・リーによる(Dickson Hartwell and Andrew A. Rooney, *Off the Record*)。
89 Bill Lawrence, *Six Presidents, Too Many Wars.*
90、91 Clark Lee, *One Last Look Around* (New York: Duell, Sloan, and Pearce, 1947).
92、93 Wilfred Burchett, *Shadows of Hiroshima.*
94 Charles J. Kelly, *Tex McCrary.*
95 Bill Lawrence, *Six Presidents, Too Many Wars.*
96、97 Wilfred Burchett, *Shadows of Hiroshima.*
98 Charles J. Kelly, *Tex McCrary.*
99 Wilfred Burchett, *Shadows of Hiroshima.*
100〜103 George Weller, *First into Nagasaki: The Censored Eyewitness Dispatches on Post-Atomic Japan and Its Prisoners of War*, edited by Anthony Weller, New York: Three Rivers Press, 2006(ジョージ・ウェラー著、アンソニー・ウェラー編『ナガサキ昭和20年夏：GHQが封印した幻の潜入ルポ』小西紀嗣訳、毎日新聞社、2007年).
104〜106 ビル・ローレンスのジョン・ハーシーへの手紙、1945年9月10日(John Hersey Papers, Beinecke Library, Yale University)。
107 "After Hiroshima: An Interview with John Hersey," *Antaeus Report*, Fall 1984.

第二章　特ダネで世界を出し抜く

1 タイムズスクエア公式ウェブサイトより。"From Dazzling to Dirty and Back Again: A Brief History of Times Squre": https://www.timessquarenyc.org/history-of-times-square
2、3 スカイスクレイパー博物館ウェブサイトより。"News Paper Spires: From Park Row to Times Square: New York Times Annex": https://old.skyscraper.org/EXHIBI

1945.

55 Alexander Feinberg, "All City 'Lets Go.'"

56 1945年８月のギャラップ世論調査によると、アメリカ人の85パーセントが爆弾の使用を是認した。Robert Jay Lifton and Greg Mitchell, *Hiroshima in America*, New York: G. P. Putnam's Sons, 1995（R・J・リフトン、G・ミッチェル『アメリカの中のヒロシマ』上下、大塚隆訳、徳間書店、1995年）およびMichael J. Yavenditti, "John Hersey and the American Conscience."

57 ローパーによって1945年８月におこなわれた世論調査では、アメリカ人の23パーセントがもっとたくさんの原子爆弾が降伏前に使用されなかったことを残念に思っていた（Robert Jay Lifton and Greg Mitchell, *Hiroshima in America*）。

58、59 フィオレロ・ラガーディア、1945年８月15日のラジオの演説（"Mayor Proclaims Two Victory Days," *New York Times*, August 15, 1945）。

60〜63 Leslie Nakashima, "Hiroshima as I Saw it," United Press, August 27, 1945.

64 "Hiroshima Gone, Newsman Finds," *New York Times*, August 31, 1945.

65、66 "Japanese Reports Doubted," *New York Times*, August 31, 1945.

67 Wilfred Burchett, "The Atomic Plague," *Daily Express*, September 5, 1945. Wilfred Burchett, *Shadows of Hiroshima*（London: Verso Editions, 1983）に再録されている。

68 *Public Enemy Number One*（ウィルフレッド・バーチェットについてのドキュメンタリー。デイヴィッド・ブラッドバリー監督、1981年）.

69〜72 前掲67。

73〜76 W. H. Lawrence, "Visit to Hiroshima Proves It World's Most-Damaged City," *New York Times*, September 5, 1945.

77、78 W. H. Lawrence, "Atom Bomb Killed Nagasaki Captives," *New York Times*, September 9, 1945.

79 Michael Yavenditti, "American Reactions to the Use of Atomic Bombs on Japan, 1945–1947," dissertation for doctorate of philosophy, University of California, Berkeley, 1970.

80 ビル・ローレンスのジョン・ハーシーへの手紙、1945年９月10日（John Hersey Papers, Beinecke Library, Yale University）。

81 Charles J. Kelly, *Tex McCrary: Wars, Women, Politics: An Adventurous Life Across the American Century*, Lanham, MD: Hamilton Books, 2009.

82 Richard Severo, "Tex McCrary Dies at 92; Public Relations Man Who Helped Create Talk-Show Format," *New York Times*, July 30, 2003.

83、84 国際通信社のクラーク・リーによる。Dickson Hartwell and Andrew A. Rooney, *Off the Record: Inside Stories from Far and Wide Gathered by Members of the Overseas Press Club*（New York: Doubleday & Company, Inc., 1953）. マクラリーの伝記作家であるチャールズ・J・ケリーは著書*Tex McCrary*で、視察旅行の元々の目的は、〝空軍の役割がアメリカ国民の目には敵を打ち負かすために重要な戦略的手段であると見えるように手を尽くすこと〟だったと述べている。だが視察旅行に参加した記者のうちの何人か

33、34 William L. Laurence, *Dawn Over Zero: The Story of the Atomic Bomb*, New York: Alfred A. Knopf, Inc., 1946（W・L・ローレンス『0の暁：原子爆弾の発明・製造・決戦の記録』崎川範行訳、角川書店、1955年）.

35 ジョン・ハーシーからデイヴィッド・スコット・サンダースへ、1987年8月13日のインタビューの未発表のメモ（"John Hersey Interview, Expanded Notes"）およびジョン・ハーシーからマイケル・J・ヤヴェンディティへ、Michael J. Yavenditti, "John Hersey and the American Conscience," *Pacific Historical Review* 43, no. 1（February 1974）より。

36〜38 "After Hiroshima: An Interview with John Hersey," *Antaeus Report*, Fall 1984.

39 ハーシーからマイケル・J・ヤヴェンディティへ、1971年7月30日。Michael J. Yavenditti, "John Hersey and the American Conscience," *Pacific Historical Review* 43, no. 1（February 1974）。

40、41 William L. Laurence, "Atomic Bombing of Nagasaki Told by Flight Member," *New York Times*, September 9, 1945.

42、43 Sidney Shalett, "First Atomic Bomb Dropped on Japan; Missile Is Equal to 20,000 Tons of TNT; Truman Warns Foe of a 'Rain of Ruin,'" *New York Times*, August 7, 1945.

44 Monica Braw, *The Atomic Bomb Suppressed: American Censorship in Japan*, Armonk, NY: M. E. Sharpe, Inc., 1991（モニカ・ブラウ『検閲：原爆報道はどう禁じられたのか』新版、繁沢敦子訳、時事通信出版局、2011年）. 最初、日本政府とマスメディアは攻撃の実際の規模を隠した――使われた武器が普通のものではなく原子爆弾だという事実もだ――日本政府は8月8日に、被害を調べるためにすぐさま広島へ派遣された日本の核物理学の第一人者、仁科芳雄教授からすべての報告を受けていたにもかかわらずだ。仁科教授はその報告書で、何万人もの死者の出た光景を〝言葉にできない〟と述べている。〝あちこちに死体が山積みになっている……具合の悪い、傷ついた裸の人々が、ふらふらとさまよい歩き……まともに建っている建物はないに等しい〟。彼は残念ながら、使用された新しい武器が原子爆弾であることを政府に報告しなければならなかった（同前）。彼にそれがわかったのは、日本もドイツのように、独自の原子力の研究をおこなっていたからだ。だがマンハッタン計画のレズリー・グローヴス中将は、もし競合することになった場合でも、〝日本が危険な存在になることはけっしてないと確信〟していた（Robert S. Norris, *Racing for the Bomb*, South Royalton, VT: Steerforth Press L.C., 2002）。

45、46 Monica Braw, *The Atomic Bomb Suppressed* に引用された〈朝日新聞〉の記事より。

47、48 "Tokyo Radio Says Hiroshima Hit by Parachute Atomic Bombs," United Press, August 7, 1945.

49、50 1945年8月15日の裕仁天皇の玉音放送。Monica Braw, *The Atomic Bomb Suppressed* より。

51〜53 Alexander Feinberg, "All City 'Lets Go': Hundreds of Thousands Roar Joy After Victory Flash is Received," *New York Times*, August 15, 1945.

54 "City Police Prepared for V-J Celebration," *New York Herald Tribune*, August 9,

Henry Luce and His American Century (New York: Random House, Inc., 2010)および Alden Whitman, "Henry R. Luce, Creator of Time-Life Magazine Empire, Dies in Phoenix at 68," (*New York Times*, March 1, 1967)を参照。

17 Theodore H. White, *In Search of History: A Personal Adventure*, New York: Harper & Row, Publishers, Inc., 1978（セオドア・H・ホワイト『歴史の探求：個人的冒険の回想』上下、堀たお子訳、サイマル出版会、1981年）.

18 John Hersey, "Henry Luce's China Dream," *New Republic* (May 2, 1983). John Hersey, *Life Sketches* (New York: Alfred A. Knopf, Inc., 1989)に収録。

19 Thomas Griffith, *Harry & Teddy: The Turbulent Friendship of Press Lord Henry R. Luce and His Favorite Reporter, Theodore H. White* (New York: Random House, Inc., 1995).

20 John Hersey, "Henry Luce's China Dream" (John Hersey, *Life Sketches*)

21 Robert E. Herzstein, *Henry R. Luce,* Time, *and the American Crusade in Asia.*

22 Meyer Berger, "Lights Bring Out Victory Throngs," *New York Times*, May 9, 1945.

23 "After Hiroshima: An Interview with John Hersey," *Antaeus Report*, Fall 1984. ハーシーは、「日本の侵略があるに違いない、そのような侵略で予想される損失は双方にとってひどいものになるだろうと思われた」と述べている。

24 Richard L. Strout, "V-E Day: A Grand Anticlimax for Some," *Christian Science Monitor*, May 8, 1945.

25 Harrison E. Salisbury, *A Journey for Our Times: A Memoir* (New York: Harper & Row, Publishers, Inc., 1983).

26 Bill Lawrence, *Six Presidents, Too Many Wars* (New York: Saturday Review Press, 1972).

27 同前。彼の記事によると、情報部員たちは1945年秋に計画されていた上陸作戦で50万人の連合国軍兵士の死傷者を予測していたとつけ加えている。

28 同前。

29 ジョン・ハーシーからマイケル・J・ヤヴェンディティへ。Michael J. Yavenditti, "John Hersey and the American Conscience," *Pacific Historical Review* 43, no. 1 (February 1974)およびジョン・ハーシーからデイヴィッド・スコット・サンダースへ、サンダースによる1987年8月13日のインタビューの未発表のメモ("John Hersey Interview, Expanded Notes")より。

30 President Harry S. Truman, "Statement by the President of the United States," White House Press Release, August 6, 1945. アトミック・ヘリテージ財団のウェブサイトに全文が掲載されている。https://www.atomicheritage.org/key-documents/truman-statement-hiroshima

31 ジョン・ハーシーからデイヴィッド・スコット・サンダースへ、1987年8月13日のインタビューの未発表のメモ("John Hersey Interview, Expanded Notes")より。

32 前掲30およびJay Walz, "Atom Bombs Made in 3 Hidden 'Cities,'" *New York Times*, August 7, 1945。

第一章　この写真はすべてを物語ってはいない

1　Meyer Berger, "Lights Bring Out Victory Throngs," *New York Times*, May 9, 1945.
2　ニューヨーク市衛生局は、ドイツの無条件降伏を祝う二日間の祝賀で、1,074トンの紙が収集されたと発表した。"Paper Salvage Lowered by V-E Day Celebrations," *New York Times*, May 10, 1945.
3　"Life Goes to Some V-E Day Celebrations," *Life*, May 21, 1945.
4、5　ジョナサン・ディによるインタビュー。"John Hersey, The Art of Fiction No. 92," *Paris Review*, issue 100 (Summer–Fall 1986).
6　John Hersey, *Into the Valley* (New York: Schocken Books, 1989).
7　John Hersey Papers, Beinecke Library, Yale University Library. ハーシーについてのウィンチェルの言及("Winchell Coast-to-Coast," *Daily Mirror*, July 6, 1944)、同記事の切り抜きもJohn Hersey Papersに収められている。
8、9　John McChesney, "John Hersey '32: The Novelist," *Hotchkiss Magazine*, July 1965.
10、11　Russell Shorto, "John Hersey: The Writer Who Let 'Hiroshima' Speak for Itself" (*New Yorker*, August 31, 2016)に引用されているベアード・ハーシーの言葉。ベアードはこの記事で、ハーシーは「宗教的な人間ではなかった――彼はやがて、その世界で育てられたことに反発するようになった」と述べた。
12　ブルック・ハーシーの言葉(同前)。
13　〝ジョン・ハーシーは自らを売り込むのが自分の仕事だとは思わない人間だった〟と、のちにクノップの担当編集者となるジュディス・ジョーンズは回想して述べ、さらに〝代理人もいなかった。インタビューはほとんど受けず、自分の作品の宣伝旅行に出かけることなどは考えもしなかった〟と続けた(Judith Jones, VP, Knopf, "As Others Saw Him," *Yale Alumni Magazine*, October 1993)。とはいえ、ハーシーはその職歴における、早い時期からの職業的遺産の保存には熱心で、『ヒロシマ』の資料をイエール大学のバイネッケ・レア・ブック・アンド・マニュスクリプト図書館に寄付し、新聞の切り抜き、個人的および仕事上の手紙、招待状、彼自身についての記事や紹介、仕事のための草稿や参考資料、写真、自伝的な資料や記念品を個人のコレクションに残した。これらの個人的、および仕事上の資料もまたイエール大学にあり、学者たちが閲覧できるようになっている。コレクションしていたこと、それらを寄付したことは、ハーシーが、自分の人生と公人としての役割が、将来の学者やジャーナリストや伝記作家たちの興味を引くような価値のあるものだと自覚していたことを示している。彼の人生と、取材や創作のプロセスを再構築できるように、それらを提供したのだ。
14　デイヴィッド・スコット・サンダースの未発表のメモ("John Hersey Interview, Expanded Notes")、1987年8月13日のジョン・ハーシーへのインタビューより。
15　John Hersey, "The Mechanics of a Novel," *Yale University Library Gazette* 27, no. 1 (July 1952).
16　ルースの見方は、「20世紀はかなりの程度まで、アメリカの世紀にちがいない」という発言に簡潔に要約されている。詳細は、ルースの伝記であるAlan Brinkley, *The Publisher:*

メリカの中のヒロシマ』上下、大塚隆訳、徳間書店、1995年）およびMichael J. Yavenditti, "John Hersey and the American Conscience" より。

28 ローパー世論調査。Robert Jay Lifton and Greg Mitchell, *Hiroshima in America.*

29 John Hersey, *Into the Valley* (New York: Schocken Books, 1989).

30 John Hersey, "Hiroshima," *New Yorker*, August 31, 1946.

31 "A Survey of Radio Comment on the Hiroshima Issue of THE NEW YORKER, September 6, 1946, by Radio Reports, Inc.," *New Yorker* records, New York Public Library.

32 アルベルト・アインシュタインのスピーチ "The War Is Won, but the Peace Is Not" 1945年12月10日（David E. Rowe and Robert Schulmann, eds., *Einstein on Politics: His Private Thoughts and Public Stands on Nationalism, Zionism, War, Peace, and the Bomb*, Princeton, NJ: Princeton University Press, 2007）。

33 ジョナサン・ディによるインタビュー。"John Hersey, The Art of Fiction No. 92," *Paris Review*, issue 100 (Summer–Fall 1986).

34 アトミック・ヘリテージ財団ウェブサイトより。"Tsar Bomba," Atomic Heritage Foundation, August 8, 2014, referenced November 25, 2019: https://www.atomicheritage.org/history/tsar-bomba

35 マット・コーダのレスリー・ブルームへの電子メール、2019年12月２日。

36 アルフレッド・ワーナーによるアルベルト・アインシュタインへのインタビュー "Einstein at Seventy," *Liberal Judaism* (May–June 1949)。David E. Rowe and Robert Schulmann, eds., *Einstein on Politics: His Private Thoughts and Public Stands on Nationalism, Zionism, War, Peace, and the Bomb* より。

37 "After Hiroshima: An Interview with John Hersey," *Antaeus Report*, Fall 1984.

38 〈原子力科学者会報〉記事より。"Closer than ever: It is 100 seconds to midnight: 2020 Doomsday Clock Statement," *Bulletin of the Atomic Scientists*, John Mecklin, ed., January 23, 2020: https://thebulletin.org/doomsday-clock/current-time/

39、40 レスリー・ブルームによるドクター・ウィリアム・J・ペリーへのインタビュー、2020年１月31日、および2019年２月５日。

41〜43 〈原子力科学者会報〉記事より。Alida R. Haworth, Scott Sagan, and Benjamin A. Valentino, "What do Americans Really Think about Conflict with Nuclear North Korea? The Answer is Both Reassuring and Disturbing," *Bulletin of the Atomic Scientists*, July 2, 2019: https://thebulletin.org/2019/07/what-do-americans-really-think-about-conflict-with-nuclear-north-korea-the-answer-is-both-reassuring-and-disturbing/

44 John Hersey, *Here to Stay* (New York: Alfred A. Knopf, Inc., 1963).

13 Arthur Gelb, *City Room* (New York: G. P. Putnam's Sons, 2003).
14 ヘンリー・L・スティムソン、1945年6月6日(Monica Braw, *The Atomic Bomb Suppressed: American Censorship in Japan*, Armonk, NY: M. E. Sharpe, Inc., 1991/モニカ・ブラウ『検閲:原爆報道はどう禁じられたのか』新版、繁沢敦子訳、時事通信出版局、2011年)。
15 Office of the Supreme Commander for the Allied Powers Press Code, issued September 19, 1945. William Coughlin, *Conquered Press: The MacArthur Era in Japanese Journalism*, Palo Alto, CA: Pacific Books, 1952 および Monica Braw, *The Atomic Bomb Suppressed* より。
16 ハリー・S・トルーマン大統領、1959年8月27~29日のコロンビア大学での発言(Cyril Clemens, ed., *Truman Speaks*, New York: Columbia University Press, 1960)。
17 グローヴス中将の上院原子エネルギー特別委員会での演説。"Hearings: Atomic Energy Act of 1945." Michael J. Yavenditti, "John Hersey and the American Conscience," *Pacific Historical Review* 43, no. 1(February 1974)および Sean Malloy, "'A Very Pleasant Way to Die': Radiation Effects and the Decision to Use the Atomic Bomb against Japan," *Diplomatic History* 36 (June 2012) より。
18 John Hersey, "The Mechanics of a Novel," *Yale University Library Gazette* 27, no. 1 (July 1952).
19 第二次世界大戦の犠牲者数の推定値は、アメリカ国立第二次世界大戦博物館ウェブサイトより。National WWⅡ Museum, referenced in January 2019: https://www.nationalww2museum.org/students-teachers/student-resources/research-starters/research-starters-worldwide-deaths-world-war
20 国防省管理責任者のアレクサンドル・キリリン少将による統計。"The Ministry of Defense Clarifies Data on Those Killed in the Second World War," *Kommersant*, May 5, 2010 に要約。https://www.kommersant.ru/doc/1364563
21 アメリカ国立第二次世界大戦博物館ウェブサイトより。"U.S. Military Casualties in World War Ⅱ," National WWⅡ Museum, referenced in November 2019: https://www.nationalww2museum.org/students-teachers/student-resources/research-starters/research-starters-us-military-numbers
22、23 Lewis Gannett, "Books and Things," *New York Herald Tribune*, August 29, 1946.
24 John Hersey, "A Mistake of Terrifically Horrible Proportions," *Manzanar* (New York: Times Books, 1988).
25 アメリカ国立公文書記録管理局(NARA)ウェブサイトより。"Japanese Relocation During World War Ⅱ," National Archives, referenced in November 2019: https://www.archives.gov/education/lessons/japanese-relocation
26 前掲7。
27 ギャラップ世論調査、1945年8月。Robert Jay Lifton and Greg Mitchell, *Hiroshima in America*, New York: G. P. Putnam's Sons, 1995 (R・J・リフトン、G・ミッチェル『ア

原註

イントロダクション

1　ハーシーからマイケル・J・ヤヴェンディティへの発言 Michael J. Yavenditti, "John Hersey and the American Conscience: The Reception of 'Hiroshima'" *Pacific Historical Review* 43, no. 1, (February 1974)。ヤヴェンディティはハーシーと手紙を交わし、1967年9月19日にインタビューをした。

2　『原子爆弾による攻撃の被害の統計、1945年8月6日』広島市外務部。1945年8月25日の時点で、広島市は21,135人の民間の男性と21,277人の民間の女性が死亡、3,772人が行方不明だと推定した。11月30日、市の推定は38,756人の男性と37,065人の女性の死者、2,329人の行方不明者に増えた。これは、ハーシーが『ヒロシマ』を書くにあたって参考にしたいくつかの被害と死傷者の情報の一つだった(John Hersey Papers, Beinecke Rare Book & Manuscript Library, Yale University)。

3　John Hersey, "Hiroshima," *New Yorker*, August 31, 1946.

4　広島の死者の推定値は、68,000人(合衆国原子力委員会による計算)から280,000人(広島の新聞、〈中国新聞〉)まで、広い範囲にわたる。1970年、社会学者であり広島大学原爆放射能医学研究所の研究員である湯崎稔博士は犠牲者の調査をおこない、犠牲者数を200,000人前後とした。この研究のため、湯崎は原子爆弾投下の時点の広島の家屋一軒ずつの地図を作ろうとした。それでもなお、彼はその推定値が〝仮〟だとした。さらなる情報は、"Japan: To Count the Dead," *Time*, August 10, 1970 を参照。

5　たとえば1987年には、ハーシーが『ヒロシマ』で浅野泉邸(Asano Park)と呼び現在は縮景園として知られる庭園で、原子爆弾の犠牲者64人の遺体が発見された。2018年11月30日、レスリー・ブルームのインタビューで、広島県知事の湯﨑英彦は、広島で全てが掘り出されることはなかったと述べた。

6　湯﨑英彦県知事へのレスリー・ブルームによるインタビュー、2018年11月30日。

7　President Harry S. Truman, "Statement by the President of the United States," White House Press Release, August 6, 1945. アトミック・ヘリテージ財団のウェブサイトに全文が掲載されている。https://www.atomicheritage.org/key-documents/truman-statement-hiroshima

8〜10　Walter Cronkite, *A Reporter's Life*, New York: Alfred A. Knopf, Inc., 1996 (ウォルター・クロンカイト『クロンカイトの世界：20世紀を伝えた男』浅野輔訳、阪急コミュニケーションズ、1999年).

11　E. B. White, *New Yorker*, August 18, 1945.

12　Sidney Shalett, "New Age Ushered; Day of Atomic Energy Hailed by President, Revealing Weapon," *New York Times*, August 7, 1945.

著者

レスリー・M・M・ブルーム **Lesley M.M. Blume**

ロサンジェルスを中心に活動しているジャーナリスト、ノンフィクション作家、小説家。『ヴァニティ・フェア』『ニューヨーク・タイムズ』『ウォール・ストリート・ジャーナル』『パリ・レヴュー』など各紙誌に寄稿している。アーネスト・ヘミングウェイについて執筆したノンフィクション『Everybody Behaves Badly』は、『ニューヨーク・タイムズ』のベストセラーランキング入りを果たした。

訳者

高山祥子（たかやま・しょうこ）

一九六〇年東京生まれ。成城大学文芸学部ヨーロッパ文化学科卒業。翻訳家。訳書にキース・ジェフリー『ＭＩ６秘録』上・下（筑摩書房）、ヒラリー・ロダム・クリントン『WHAT HAPPENED 何が起きたのか?』（光文社）、ジェームズ・バロン『世界一高価な切手の物語』、アリソン・マクラウド『すべての愛しい幽霊たち』、ケイト・ウィンクラー・ドーソン『アメリカのシャーロック・ホームズ』（以上東京創元社）など多数。

装丁　木庭貴信＋角倉織音（オクターヴ）

写真　Bettman/Getty Images

ヒロシマを暴《あば》いた男《おとこ》

米国人《べいこくじん》ジャーナリスト、国家権力《こっかけんりょく》への挑戦《ちょうせん》

二〇二一年七月二〇日　第一刷発行

著　者　レスリー・M・M・ブルーム
訳　者　髙山祥子《たかやましょうこ》
発行者　徳永　真
発行所　株式会社集英社
〒一〇一-八〇五〇
東京都千代田区一ツ橋二-五-一〇
電話〇三-三二三〇-六一〇〇（編集部）
〇三-三二三〇-六〇八〇（読者係）
〇三-三二三〇-六三九三（販売部）書店専用
印刷所　大日本印刷株式会社
製本所　加藤製本株式会社

ISBN978-4-08-773515-4 C0098